SCHWARZES
SCHIFF
N
W
O
S
KIRCHE
MARKTPLATZ
HÜGEL MIT
DAMPFWAGEN
URCHBROCHENE
KAIMAUER
STADTTOR

Heiko Hentschel

Das hungrige Glas

HEIKO HENTSCHEL

DAS HUNGRIGE GLAS

Die Welt der Glas-Trilogie:

Bisher erschienen:

Das hungrige Glas (Band 1)

Lügen haben spitze Zähne (Kurzgeschichte, E-Book)

Das flüsternde Glas (Band 2)

Wir kaufen nichts! (Kurzgeschichte, E-Book)

Das ewige Glas (Band 3)

Südpol

MIX
Papier aus verantwortungsvollen Quellen
FSC www.fsc.org FSC® C014138

Das Buch wurde auf FSC-zertifiziertem Papier gedruckt und leistet damit einen aktiven Beitrag zur nachhaltigen Bewirtschaftung der Wälder rund um den Globus.

ISBN 978-3-96594-014-7

4. Auflage August 2021

Umschlaggestaltung und Illustrationen: Heiko Hentschel

www.suedpol-verlag.de

Bibliographische Information der Deutschen Nationalbibliothek
Die Deutsche Nationalbibliothek verzeichnet diese Publikation in der Deutschen Nationalbibliographie; detaillierte bibliographische Daten sind im Internet über http://dnb.ddb.de abrufbar.

FÜR MICHAEL

PROLOG

Der Nebel war dick wie Bohnensuppe. Er kroch in jeden Winkel der Stadt Riddersiel und hielt den Hafen fest im Griff. In der Ferne erklangen gedämpfte Hörner, tief und durchdringend. Das Signal der Nachtwächter.

Sämtliche Anwohner und Schutzmänner waren am 18. November des Jahres 1811 auf den Beinen. Sie suchten im Morgengrauen die Straßen mit Spürhunden ab. Kein Winkel wurde ausgelassen, keine Nische übersehen. Heisere Stimmen riefen Namen. Mädchennamen. Josephine, Dorothee, Anne, Marie. Und noch viele, viele mehr.

Begonnen hatte es vor einem Monat. Da verschwand das erste Mädchen. Mitten in der Nacht. Spurlos. Seitdem war kaum ein Morgen vergangen, an dem die Liste vermisster Mädchen nicht stetig angewachsen wäre. Die Stadtwache zählte nunmehr über dreißig Familien, deren Töchter wie vom Erdboden verschluckt waren. Und heute, in den frühen Morgenstunden, war der Liste ein weiterer Name hinzugefügt worden: Sophie Albrecht.

Greta Albrecht rannte. Schon seit Tagen hatte sie beunruhigende Geschichten aus der Nachbarschaft gehört. Erst gestern hatte ihr die Nachbarin Frau Weber unter Tränen erzählt, dass ihre Nichte in der Nacht zuvor verschwunden sei. Das Fenster war von außen aufgebrochen und das Bett zerwühlt gewesen. Greta war die Angst um ihre Tochter Sophie durch Mark und Bein gefahren. Jetzt verfluchte sie sich. Hätte sie doch nur in dem Augenblick Riddersiel verlassen, als das erste Mädchen aus ihrem Viertel vermisst worden war.

Sie lief vorbei an durchweichten Säcken mit Kohle und Getreide. Der Nebel hüllte alles ein und verlieh selbst den einfachsten Dingen etwas Gespenstisches. Fischernetze, die zum Flicken aufgespannt waren, verwandelten sich in riesige Spinnennetze, mannshohe Kisten und Fässer wurden zu steinernen Riesen, die sie stumm und reglos beobachteten. Greta war sich sicher, dass sie ein unheimliches Eigenleben entwickelten, kehrte man ihnen den Rücken zu. Sie zitterte unter ihrem Umhang. Der nasse Schlafrock klebte ihr wie Pech an den Beinen. Sie rannte durch den Nebel, das glitschige Pflaster unter ihren Sohlen und den Gestank von Fischabfällen in der Nase.

»Sophie? Wo bist du? Sophie!«

Sie lauschte, doch sie vernahm nur das monotone Klopfen der Fischerboote im Hafenbecken und weit hinter ihr all die anderen Stimmen, die nach ihren Töchtern riefen. Aber auch sie bekamen keine Antwort.

Gretas Laterne leuchtete tapfer gegen den kalten Dunst an, auch wenn ihr kümmerlicher Schein bereits nach wenigen Zentimetern verschluckt wurde. Sie suchte weiter. Sie durfte nicht aufgeben!

In den vergangenen zwei Wochen hatte Greta auf der Straße immer wieder Getuschel gehört. Die Menschen hatten in den Nächten etwas gesehen. Dunkel und groß, mit riesigen Flügeln. Ein Ungeheuer. Humbug!

»Sophie! Wo bist du nur?«

Da, ein Geräusch! Ein Rascheln hinter einer Kiste. Ein Schatten löste sich und schlich durch den Nebel.

»Sophie?«

Der Schatten huschte davon. Greta lief hinterher, aber bereits nach wenigen Metern blieb sie wie angewurzelt stehen.

Der gewaltige Bug eines Schiffes ragte, spitz wie ein Dorn, über ihr aus dem Nebel hervor.

Ein Schiff wie dieses hatte sie noch nie gesehen. Es hatte mit den gedrungenen grauen Einmastern, die sich nur für den Fischfang eigneten, nichts gemein. Nein, dieses hier war elegant, schlank und schwarz wie die Nacht. Zahlreiche Verzierungen und Schnitzereien waren in den Rumpf eingelassen, der wie dunkler Samt schimmerte. Doch irgendetwas wirkte seltsam falsch. Greta brauchte einen Moment, um es zu verstehen. Das finstere Holz schien sämtliche Helligkeit aus der Umgebung in sich aufzusaugen. Keine einzige feuchte Stelle befand sich am Bug, keine Reflexion zeichnete sich ab. Weder auf dem nassen Steg noch im Wasser. Wie ein schwarzer Fleck verschlang das Schiff das fahle Licht der Morgendämmerung und gab es nicht wieder her.

Greta spürte einen Windhauch im Nacken. Da war er wieder, der Schatten.

»Sophie?«

Niemand. Keine Sophie. Keine Menschenseele. Sie wandte sich wieder dem Schiff zu und direkt vor ihr stand plötzlich ein Mann wie eine Statue im Nebel. Zuerst glaubte Greta, einen der Nachtwächter vor sich zu haben, doch sein Aufzug ließ die strenge Uniform, den Laternenanzünder und das Signalhorn vermissen. Stattdessen trug er einen langen, dunklen Mantel, dessen Kragen hochgeschlagen war, bis über Mund und Nase. Zwei bernsteinfarbene Augen funkelten wie Perlen unter einem Schlapphut hervor.

»Grundgütiger, Sie haben mich erschreckt, mein Herr.« Greta senkte die Laterne. »Ich suche meine Tochter. Sie heißt Sophie. Haben Sie sie gesehen? Ein kleines Mädchen von sechs Jahren, mit flammend roten Haaren.«

»Nein.« Die Antwort klang gedehnt, so als käme der Mann nicht von hier. Vielleicht aus dem Norden. Etwas Starres lag in seinem Blick. Er wandte sich ab und schritt auf den Steg des schwarzen Schiffes zu.

Greta eilte hinterher. »Sind Sie sicher? Bitte, meine Tochter trägt ein weißes Nachtgewand mit kleinen Rosen am Saum und sie –«

»Ich habe sie nicht gesehen. Und jetzt verlassen Sie unser Schiff. Wir legen ab.« Wieder diese seltsame Betonung in der Stimme. Es klang hart. Ohne Gefühl.

Greta blickte nach unten. Sie war dem Fremden auf den Steg gefolgt und wich nun hastig zurück. »Verzeiht mir, mein Herr.« Als sie wieder aufsah, war der Mann in einer finsteren Öffnung an der Backbordseite verschwunden.

Ein metallisches Geräusch erklang. Irgendwo im Inneren wurde ein Mechanismus ausgelöst, der Ketten rasseln ließ.

Schwerfällig hob sich der Steg und mit einem dumpfen TOMB! schloss sich die Eingangsluke. Der Anker wurde gelichtet und das Schiff glitt hinaus aufs Meer.

Ein Schauer erfasste Greta. Nässe und Kälte krochen unter ihren Umhang. Sie durfte nicht stehen bleiben, sie musste weitersuchen und begann zu laufen. »Sophie? Wo bist du, Sophie?«

Der Nebel verschluckte zuerst die verzweifelte Mutter, dann das Leuchten ihrer Laterne und schließlich auch ihre Stimme, die sich wieder unter all die anderen Suchenden mischte.

*****

Das Innere des Schiffes war ein Labyrinth verwinkelter Korridore. Sie schienen schier endlos zu sein und wurden von Fackeln mit violettem Schein schwach erleuchtet. Auch hier saugten die dunklen Wände das Licht auf wie ein Schwamm.

Der Mann mit den Bernsteinaugen beschleunigte seine Schritte. Links und rechts lösten sich Schatten aus den Nischen. Lautlos erschienen maskierte Soldaten, standen an den Seiten stumm Spalier. Der Mann ignorierte sie. Sein Blick war auf die hohe Doppeltür gerichtet, die sich vor ihm öffnete. Er hatte sein Ziel erreicht und trat in die vor ihm liegende Messe. Das Herz des Schiffes.

Der Saal war finster, weit und leer. Weder Bänke noch Tische oder Fenster waren zu sehen. Das einzige Licht fiel in einem senkrechten weißen Strahl durch ein Loch im Zentrum der Decke auf ein rundes Podest. Und dort, in der Mitte der Messe, stand sie. Seine Herrin. Die Komtesse.

Eine kleine, puppenhafte Gestalt, einsam und lauernd. Sie war nicht viel größer als ein sechsjähriges Mädchen, gewandet in ein nachtschwarzes Kleid, über und über mit dunkler Spitze verziert, das Gesicht verborgen hinter einer glänzenden Maske aus schwarzem Glas.

Reglos verharrte sie, den Kopf im Nacken, und saugte das Weiß in sich auf.

Der Mann verneigte sich. »Wir haben soeben den Hafen verlassen, Durchlaucht.«

Etwas in der Beschaffenheit der Luft veränderte sich. Eine uralte Kraft ließ Staubkörner erzittern und sorgte dafür, dass der Atem gefror. Schall dehnte sich aus, zuerst verhalten, wie ein Wispern, dann kraftvoll, als ob mehrere verirrte Echos aufeinanderprallen würden. Ein ungeheuerlicher Klang erwachte, bis Hunderte von Stimmen gleichzeitig zu sprechen begannen. Die Stimmen unzähliger Mädchen.

»Segelt nach Norden, wo uns niemand kennt, Hauptmann.«

»Wie Ihr wünscht, Durchlaucht.« Der Hauptmann verharrte weiterhin in seiner Pose. Seine Aufgabe war noch nicht beendet.

»Es ist Zeit. Bringt sie jetzt zu mir.«

Eine noch tiefere Verneigung folgte, dann trat der Hauptmann einen Schritt zurück. Er holte ein Amulett aus Eisen unter seinem Mantel hervor. Ein Karfunkel schimmerte dunkelrot in der Düsternis. Mit halb geschlossenen Lidern begann er die Beschwörung. Seine Hand war ruhig, wie jedes Mal. Der Stein begann zu leuchten, zu pulsieren. Ein schlagendes Herz.

Erwache!

Ein tiefes Grollen donnerte durch die Messe, gefolgt von

einem Echo, das von den fernen Wänden widerhallte. Zwei rote Punkte – gleich einem Augenpaar – füllten sich mit Leben.

Etwas rührte sich in der hintersten Ecke, die von den Schatten fast vollständig verschlungen wurde. Ein Ungetüm in der Finsternis. Krallen schabten über das Parkett. Ein mächtiger Rücken hob und senkte sich. Weite, missgestaltete Schwingen entfalteten sich knirschend, bevor das Etwas sich umdrehte und seine Beute preisgab.

Ein kleines Mädchen wurde ins Licht gestoßen. Flammend rote Locken, ein weißes Nachtgewand, am Saum mit Rosen bestickt. Sophie starrte, leicht schwankend wie in Trance, stur geradeaus.

»Komm zu mir.«

Die Stimmen aus der Ferne summten wie ein Bienenschwarm.

Das Mädchen setzte sich in Bewegung. Wie von einem unsichtbaren Band gezogen, ging Sophie Albrecht hinüber zum Podest und schritt die Stufen hinauf.

Sie verharrte erst, als sie direkt vor der Komtesse stand. Doch sie konnte die in Schatten und Spitze gehüllte Gestalt nicht wahrnehmen. Sie sah nur eine kreisrunde Maske aus schwarzem Glas. Die Schwärze war unergründlich, aber nicht leblos. Schemen schlängelten sich darin. Hunderte, nein, Tausende kleiner Gesichter wirbelten umher und kräuselten sich wie feinster Rauch.

»Willst du meine Freundin sein?«

Mit beiden Händen wurde die Maske entfernt.

»Lass uns spielen.«

Der Hauptmann senkte den Blick, als das Glas sich langsam

auf das Mädchen zubewegte. Das Grollen des Ungetüms in der Ecke schwoll an und verwandelte sich in wilden Donner. Er hallte über das Schiff hinaus, über das Meer, bis in die nächste Stadt.

1. KAPITEL

Jede Stadt hat ihr eigenes Gesicht. Die meisten sind schmutzig – sehr schmutzig. Hässlich und wirr, als wären die Häuser ohne Vorwarnung aufgetaucht. Nachts erinnern sie an umgekippte Müllhalden, deren glühende Fensteraugen in Düsternis starren. Andere verzichten auf Spuk oder Romantik, um einfach so vor sich hin zu stinken.

Diese hier war ein Holzschnitt in Schwarz und Weiß. Die sehr engen und gedrängten Linien darauf waren allesamt krumm und schief. Und da es sich um eine sehr alte Stadt handelte, gruben sie sich sehr tief ins Holz. Darüber konnte noch nicht einmal die Sonne hinwegtäuschen, die gerade über dem Meer aufstieg und alles in warmes Licht tauchte.

Ravenbrück, der oberste Zipfel Preußens.

Kleine, schiefe Fachwerkhäuser pressten sich dicht an dicht – so verhutzelt und verwinkelt, dass nicht einmal ein Pferdekarren durch die Gassen passte. Eine jener übel riechenden Fischereistädte, durch deren Straßen man nicht ging, nein, man schob und zwängte sich hindurch, häufig auf Fischabfällen ausrutschend.

Hierhin passte auch der bucklige Schatten, der über allem

thronte. Drohend und abweisend. Das Waisenhaus. Der Ort der Vergessenen. Unzählige Schornsteine reckten sich in den Himmel, wie ausgemergelte Finger. Sie griffen nach den Wolken, doch erreichten sie nicht. Noch nicht. Aber das war nur eine Frage der Zeit.

Moritz Brenner verabscheute diesen Ort. Kaum ein Zimmer, das nicht halb auseinanderfiel oder sich aufgrund schiefer Treppen und morscher Dielen in kürzester Zeit in eine Todesfalle verwandelte. Und seine kleine Schwester mittendrin.

»Konstanze, wo bist du?« Er spähte hinunter in den kargen Vorhof. »Wo versteckst du dich?«

Keine Antwort.

Moritz fluchte. Konstanze wollte ihn ärgern, klar. Das tat sie nur, weil sie wusste, dass er die Verantwortung trug. Es war leichter, eine Katze zu baden, als auf sie aufzupassen. Warum konnte sie nur nicht so vernünftig sein wie er?

Stöhnend reckte er sich noch weiter aus dem Fenster, um ganz in die Tiefe blicken zu können; unter seinem Gewicht knackte der Holzrahmen. Weit und breit nichts zu sehen von Konstanze.

Moritz lehnte sich zurück und blickte an sich herab. Er war über und über mit Staub und Holzsplittern bedeckt. Großartig. Er klopfte seine Jacke sauber. Sie war viel zu schade für diese Umgebung. Seine Eltern hatten sie ihm vor über einem Jahr geschenkt, zu seinem zwölften Geburtstag. Danach war nichts mehr so gewesen wie zuvor.

»Konstanze, wo steckst du nur?«

Wie aufs Stichwort schepperte eine lose Schindel die Dachschräge hinunter. Sie prallte von der Regenrinne ab und sauste dann dem Erdboden entgegen. Moritz sah, wie sie auf dem Pflaster zerbarst. Panisch blickte er zum Dachfirst hinauf. Ihm stockte der Atem.

Da war Konstanze. Sie balancierte auf der obersten Dachkante ... Nein, sie balancierte nicht, sie ruderte wild mit den Armen! Der Novemberwind peitschte ihr das Kleid um die Beine und zerrte an ihren dunklen Locken. Ihr bloßer Fuß suchte auf den Schindeln Halt. Sie drohte zu fallen.

»Konstanze, nicht!«, rief Moritz. »Komm auf der Stelle da runter!«

Langsam gewann Konstanze ihr Gleichgewicht zurück – aber nur für wenige Sekunden – im nächsten Moment fegte eine Windböe über die Dächer und erwischte sie mit voller Wucht. Das Mädchen taumelte und umklammerte das Rohr eines nahen Schornsteins. Es knackte. Der obere Teil des von Ruß und Rost zerfressenen Metalls brach ab und polterte die Dachschräge hinunter. Mit einem Aufschrei fand Konstanze Halt am First.

»Rühr dich nicht vom Fleck! Ich komme zu dir!«

Hastig kletterte Moritz auf den Sims. Von dort aus sprang er auf das erste Schrägdach, dann krabbelte er hoch zum First und balancierte hinüber zum Schornstein. Er musste sich selbst an den Überresten des Rohrs festhalten, um nicht das Gleichgewicht zu verlieren, als er seine kleine Schwester zu sich zog.

»Konstanze, was ist in dich gefahren? Bist du verrückt?« Ängstlich besah er sich Konstanzes Knie. »Hast du dir wehgetan? Bist du irgendwo verletzt?«

»Nein, Moritz. Es geht mir gut.«

»Bist du sicher?« Er untersuchte ihre schmutzigen Füße. »Manchmal merkt man das nicht sofort und hat trotzdem was gebrochen.«

»Ja-ha.« Es klang genervt.

Moritz verdrehte die Augen. Konstanze verstand einfach nicht, wie wichtig es war, dass ihr nichts passierte. Für sie war er nur ein Angsthase und Spielverderber.

»Ich wollte wissen, was das für ein seltsames Geräusch ist«, sagte sie.

»Was für ein Geräusch?«

SCHA-RACK. Ein blechernes Krächzen meldete sich aus dem abgeknickten Rohr. Moritz zuckte zusammen.

»Das da! Ich hab's durch den Kamin gehört.« Mit einer geschickten Bewegung befreite sie sich aus Moritz' Umarmung, um sich die Sache näher anzusehen.

»Warte, das ist viel zu gefährlich! Ich sehe nach und du hältst dich hier am Sockel fest, damit du nicht runterfällst. Verstanden?«

Er bekam ein Murren als Antwort. Zögernd erhob er sich und starrte in den düsteren Schlot. Innen steckte ein dürrer Schemen kopfüber in der Dunkelheit und krächzte um sein Leben. Moritz griff in das Rohr und förderte ein Bündel aus schwarz-weißen Federn zutage.

»Eine Elster!« Konstanze schlug die Hände vor den Mund.

Das Tier sah wirklich mitleiderregend aus. Mit weit geöffnetem Schnabel starrte die Elster ins Nirgendwo und atmete dabei so heftig, dass ihr gesamter Körper bebte. Ihr Gefieder war rußverschmiert und einer ihrer Flügel stand seltsam verdreht vom Körper ab.

»Sie ist verletzt«, sagte Moritz und ließ sich zu seiner Schwester auf den First hinunter.

»Wir pflegen sie wieder gesund, dann können wir sie behalten!«, rief Konstanze.

»Auf keinen Fall! Der Vogel kann dir in den Finger beißen. Außerdem kriegen wir Ärger, wenn Fräulein Bimmel das merkt. Du weißt doch, wie die ist.«

Konstanze wandte sich ab und schlang die Arme um die Knie. »Wenn Mama und Papa noch da wären, würden sie es erlauben.«

Moritz seufzte. Seitdem ihre Eltern gestorben waren, musste er für Konstanze alles sein: Vater, Mutter und Bruder zugleich. Er verspürte ein flaues Gefühl im Magen. Genau da, wo sein Herz hätte sein müssen, war seit fast einem Jahr ein Loch. Es war über Tage und Wochen langsam gewachsen. Da war eine Leere, die nicht mehr gefüllt werden konnte. Von niemandem.

Nachdenklich sah Moritz auf die zitternde Elster und fuhr sich durch die schwarzen Haare. Konstanze schniefte.

»Na gut. Wir verstecken sie unter dem Bett, da entdeckt sie niemand. Aber du musst mir versprechen, auf deine Finger aufzupassen.«

Konstanze wischte eine Träne fort und lächelte ihren Bruder an. »Ehrenwort, versprochen!«

»Das ist kein Scherz«, sagte Moritz und verstaute die Elster unter seiner Jacke. »Du machst dir keine Vorstellungen, was so eine Elster anrichten kann. Vielleicht wird dein Gesicht ganz grün und deine Haare wie Stroh! Und dann bekommst du überall braune Flecken – und am Ende siehst du aus wie, ähm, wie ...«

»Eine Kartoffel?« Konstanze gluckste und ergriff die Hand ihres Bruders, um mit ihm zurück in ihr Zimmer zu klettern.

*****

Am anderen Ende von Ravenbrück kräuselten sich Wellen. Lautlos näherte sich etwas auf dem Wasser, schmal, schlank und schwarz wie Pech. Wie aus dem Nichts tauchte das Schiff auf und hielt auf den Uferdamm zu.

An Deck ließ der Hauptmann seinen Blick über das Getümmel im Hafen schweifen. Sein neues Revier. Ein Ort, innezuhalten, sich zu laben. Ein Ort voller Leben. Laut, gedrängt und vor allem ... besetzt. Der Hauptmann erkannte die französischen Uniformen schon von Weitem. Auf Anweisungen eines Zollbeamten durchsuchten sie Waren, brachen Kisten auf und klopften Fässer ab. Mit unwirschen Gesten deuteten sie mal hierhin und mal dorthin, um ihren Kontrollen die nötige Autorität zu verleihen. Alles, was im Entferntesten an englische Güter erinnerte oder nicht ausreichend ausgewiesen war, wurde konfisziert. Die Handelssperre war intakt und betraf jeden. Auf Schmuggel stand vielerorts die Todesstrafe.

Der Hauptmann lächelte. Solange er sich erinnern konnte, segelten seine Herrin und er im Windschatten irgendeines Krieges. Schipperten von Hafen zu Hafen, nicht mehr als ein Gespenst auf hoher See. Ihm war nicht ganz klar, welchen Zauber die Komtesse bewirkte, doch ihr Schiff befand sich stets im

Augenwinkel des Betrachters. Sichtbar und doch unsichtbar – geschützt vor neugierigen Blicken.

Sophie.

Der Name war haften geblieben. Er verteilte sich wie Gift in seinem Körper. Denk nicht daran, dass sie Menschen sind, hatte sein Vater immer gepredigt. Frag nicht nach ihren Namen.

Er war unvorsichtig gewesen, hatte seinen Posten verlassen. Die Gerüche an Bord machten ihn verrückt.

Sophie.

Namen hatten Macht. Waren sie nicht das, was die Menschen mit der Vergangenheit verband? Machten sie Menschen nicht sichtbar? Aber es war seine Pflicht, unsichtbar zu sein.

Er erinnerte sich noch gut an seinen Namen. Er war sein Geheimnis. Seine Mutter hatte ihn *Nathaniel* gerufen. Nathaniel Rien. Das schien eine Ewigkeit her zu sein.

Einmal hatte er seinen Namen in die Bordwand über seiner Schlafstätte geritzt. Dafür waren ihm die Hände mit kochendem Wasser verbrüht worden. Danach hatte er den Namen so lange mit dem Messer bearbeiten müssen, bis er kaum noch zu erkennen gewesen war.

Hier an Bord war er ein Niemand, ein Mann ohne Namen, ohne Identität. Ein Diener, sonst nichts.

Seine Hand suchte nach dem Amulett an seiner Brust und der Stein erwachte. Eine Erschütterung ließ die Planken unter seinen Füßen leise erzittern. Die Kreatur im Bauch des Schiffes rührte sich. Durch das Amulett sah er, wie sich ihre wilden Augen in der Dunkelheit der Messe öffneten und sich ihr Körper im Takt seines Herzens unruhig hin und her bewegte.

»Heute Nacht werden wir wieder jagen«, murmelte Nathaniel. Nur würde er diesmal vorsichtiger sein.

2. KAPITEL

Donner grollte. Der Abendhimmel bereitete sich auf einen gewaltigen Sturm vor. Die ersten Böen jagten bereits über die Häuser. Sie lockerten Schindeln und zerrten das letzte Laub von den schon herbstkahlen Bäumen.

Im Waisenhaus hatte man begonnen, die Fenster und Türen zu sichern. Fräulein Bimmel, die Leiterin des Hauses, schritt mit griesgrämiger Miene von Zimmer zu Zimmer, um höchstpersönlich die Barrikaden zu begutachten.

Wenn man überhaupt etwas Gutes über Fräulein Bimmel sagen konnte, dann, dass sie groß war. Und das in jeder Beziehung. Ihre Gestalt war so riesenhaft, dass so manch gestandener Mann vor Angst die Flucht ergriffen hatte. Sie hatte große Hände, große Schultern, große Beine und große Hüften, die sie jeden Morgen in eine kornblumenblaue Scheußlichkeit von Kleid zwängte. Selbst ihr Busen wirkte überdimensional. Nun wäre es sicher naheliegend anzunehmen, dass in so einer übergroßen Brust auch ein ebenso großes Herz schlägt – doch weit gefehlt. Ihr Herz war noch kleiner als ihr Mund und dieser kannte zusammen mit dem Rest ihres Gesichtes nur einen Ausdruck: beleidigt!

Grob rüttelte Fräulein Bimmel an den vernagelten Fensterläden in der Küche, wo zu dieser Stunde eine Handvoll französischer Soldaten schweigend ihr Abendessen einnahm; sie waren permanent hier einquartiert, ein Umstand, der per Erlass von den Besatzern durchgesetzt worden war. Die Männer taten gut daran, das Fräulein nicht anzusprechen. Einer hatte es einmal gewagt und war nur mit einem Nachttopf bekleidet auf dem Dach aufgewacht. Seitdem ging das Gerücht, dass die Geheimwaffe des Preußischen Reiches Fräulein Auguste Bimmel hieße.

Das Fräulein grunzte, als die Inspektion beendet war. Das bedeutete gemeinhin, dass sie leidlich zufrieden mit der geleisteten Arbeit war. Die Köchin und die Magd, deren Fenster die Prüfung bestanden hatten, tauschten besorgte Blicke aus, bis das Fräulein endlich wieder den Raum verließ. Sie war heute in besonders grässlicher Stimmung.

Direkt unter dem Dach, auf einem kleinen Nachtisch, brannte eine Kerze. Ihr Schein fiel auf ein blank geputztes Medaillon aus feinem Silber, das die Silhouetten einer Frau und eines Mannes zeigte: Luise und Lutz Brenner, die Eltern von Moritz und Konstanze.

Dieses Schmuckstück war das Einzige, was den beiden Geschwistern von ihren Eltern geblieben war. Alles andere war nach ihrem Tod verbrannt worden. Aus Angst, wie Moritz wusste. Denn wenn in einem Haushalt Influenza ausgebrochen war, wussten sich die Leute nicht anders zu helfen. Die letzte große Epidemie steckte allen noch tief in den Knochen. Auch sämtliche

Kleidungsstücke wurden ins Feuer geworfen – und doch war es Moritz gelungen ein paar Sachen vor dem Ofen im Keller des Waisenhauses zu retten.

»So, jetzt bist du fertig.«

Moritz blinzelte. Die Stimme seiner Schwester drang in sein Bewusstsein. Sie saß mit dem Rücken zu ihm im Schneidersitz auf den Dielen, wo er gerade dabei war, ihr graues Nachtgewand am Rücken zuzuknöpfen.

Die Elster hopste von ihrem Schoß herunter und inspizierte den Verband, der ihren Körper stützte. Seltsamerweise versuchte sie nicht ihn loszuwerden, sondern keckerte nur leise, als sie die winzige Schleife an ihrer Brust entdeckte. Moritz kannte Elstern. Sie waren weder zu übersehen noch zu überhören, wenn sie sich in den Gassen mit den Möwen um die Abfälle stritten. Aber diese hier war anders. Sie reagierte ruhig und friedlich, fast wie ein Mensch.

»Du brauchst unbedingt einen Namen«, sagte Konstanze.

Moritz, der gerade den letzten Knopf an ihrem Gewand geschlossen hatte, schnappte sich zum vermutlich hundertsten Mal am heutigen Tag das rosa Haarband seiner Schwester. »Jetzt halt bitte still, sonst kann ich deine Schleife nicht richtig zubinden.«

»Wie wär's mit Theo?«, fragte Konstanze und legte den Kopf schief. Die Elster ahmte sie nach.

»Scha-rack!« Es klang unzufrieden.

»Stillhalten habe ich gesagt.«

»Also, es ist auf jeden Fall ein Männchen. Das sieht man an der Form seines Schnabels!«

Moritz seufzte. »Wenn du meinst.« Er war immer noch vertieft in seine Arbeit mit dem Zopf. Irgendwann musste er es doch schaffen, die Haare so zu binden, dass alles an seinem Platz blieb. »Fertig!«

Konstanze entspannte sich und sprang auf. Sie hüpfte wild über die Betten und steuerte dann schnurstracks auf das Medaillon zu.

»Heute bin ich dran«, verkündete sie und griff danach.

»Nein, gib es wieder her!«, rief Moritz. »Du hast es gestern Abend schon gehabt.«

»Hab ich nicht!«

Ein Moment der Unachtsamkeit und Moritz hatte ihr das Medaillon wieder abgenommen. Er hielt es hoch über ihren Kopf. »Mama und Papa haben mir die Verantwortung übertragen. Ich bin der Erwachsene, also sage ich, wer es bekommt.«

»Mama und Papa haben gesagt, wir sollen es uns teilen!« Sie hüpfte hoch, um es zu erreichen.

Moritz verfluchte sich. Da war sie wieder, die Lüge. Er hatte seiner Schwester nie erzählt, wie er wirklich an das Medaillon gekommen war. Die Wahrheit war zu schrecklich. Warum hatte er ihr überhaupt davon erzählt?

Abermals sprang Konstanze nach oben. Sie bekam den Anhänger zu fassen und riss daran.

»Lass das! Du machst es kaputt«, rief Moritz.

Konstanze schrie hell auf. Sie zog noch fester an der Kette. Die Elster krächzte erschrocken und brachte sich unter dem Bett in Sicherheit.

Moritz dämpfte seine Stimme. »Hör auf zu schreien! Wir kriegen noch Ärger!« Aber Konstanze schrie weiter, den Anhänger so fest im Griff, dass ihre Fingerknöchel weiß wurden.

»Sei leise! Bitte!«

Doch es war zu spät. Die Tür flog auf und eine bekannte Stimme donnerte ins Zimmer. »Was ist denn hier los?«

Moritz wurde kalkweiß. Fräulein Bimmel stand mitten in der Tür, mit einem Gesicht, das Milch hätte sauer werden lassen können.

»Er hat das Bild von Mama und Papa«, rief Konstanze, »und ich bin heute dran, es zum Einschlafen zu haben.«

Das Fräulein hob eine Augenbraue. »Stimmt das, junger Brenner?«

Moritz schluckte. Fräulein Bimmel hatte ihn mit seinem Nachnamen angesprochen – kein gutes Zeichen. »Sie hatte es schon gestern. Sie erinnert sich nur wieder nicht.«

»Gar nicht wahr!«, blökte Konstanze.

»Wohl wahr!«, schnaubte Moritz. Warum musste sie immer alles noch schlimmer machen?

Fräulein Bimmel reckte sich und der Raum schien zu schrumpfen. Ihre Mundwinkel erklommen einen Teil ihres Gesichts, der nur sehr selten Besuch bekam. Sie lächelte, die Parodie eines Lächelns. »Nun, da gibt es wohl nur eine Lösung.«

Ihre Hand senkte sich vor Moritz herab, der ängstlich die Augen zusammenkniff. Und als sie wieder verschwand, hatte das Medaillon den Besitzer gewechselt.

»Nein, bitte nicht!«

»Ich behalte es heute Nacht«, sagte das Fräulein und lächelte. Bereits das zweite Mal an diesem Abend – ein unheimlicher

Rekord. »Wenn ihr euch wieder vertragen habt, könnt ihr morgen zu mir kommen.«

»Aber ...« Unwillkürlich macht Moritz eine Bewegung auf sie zu.

»Ihr Brenners solltet auch schon längst schlafen.« Ihr Lächeln gefror. »Ich komme gleich und kontrolliere das. Wenn ich dann noch Licht sehe, dann ...« Sie schwenkte das Medaillon wie ein Pendel und ließ es in ihre Tasche gleiten. Mit einem RUMS! schloss sie die Tür hinter sich.

Moritz war wie erstarrt. Sein Mund staubtrocken. Er hörte die Stimme seiner Schwester. »Tut mir leid, Moritz.«

Aber Moritz rührte sich nicht. Er starrte auf die Tür. Dann irgendwann, sank sein Kopf nach unten: »Warum verschwindest du nicht einfach ...«

Ohne Konstanze noch einmal anzusehen, ging er zu seinem Bett, löschte die Kerze und zog sich die Decke über den Kopf.

»Es tut mir leid!«

Moritz hörte seine Schwester in der Dunkelheit schniefen. Aber es war ihm egal. Kurz darauf krabbelte sie in ihr Bett, wo sie leise weiter wimmerte. Er schloss die Augen und glitt hinüber in einen unruhigen Traum, während draußen vor dem Fenster der Sturm begann.

3. Kapitel

Ein Blitz zerriss die Nacht. Das Unwetter fegte ins Zimmer. Glas zersplitterte. Wind und Regen peitschten zum Fenster herein. Moritz wälzte sich in seinem Bett hin und her. Etwas Riesiges kroch durch die Öffnung. Jemand schrie. Eine helle, kleine Stimme. Konstanze!

Mit einem Satz sprang Moritz aus dem Bett, plötzlich hellwach. Es war kein Traum! Wieder hörte er den Schrei.

Moritz stand mitten im Zimmer und starrte zum Erkerfenster. Die Läden waren aus den Angeln gerissen – überall lag Glas. Als der nächste Blitz den Fensterrahmen ausfüllte, sah Moritz das, was ihn eben noch in seinen Träumen verfolgt hatte. Den Umriss eines gewaltigen Ungetüms. Klauen, ein langer Schwanz, gewaltige Schwingen, ein gebogenes Maul und rot glühende Augen!

Ein ... ein *Greif*!

Nein, das konnte unmöglich sein! Moritz' Gedanken rasten. So etwas gab es nur im Märchen! Das Untier bewegte sich. Seine Gestalt, sein ganzes Äußeres, verschwamm vor Moritz' Augen wie durch einen Zerrspiegel entstellt und setzte sich dann neu zusammen – in all seiner Schrecklichkeit. Das Geschöpf, groß wie ein Löwe, klammerte sich mit einer Pranke am Fensterrahmen fest. In seiner anderen hielt er – Moritz stockte der Atem ...

»Konstanze!«

Mit einem grässlich knackenden Geräusch öffnete das Untier sein Maul. Tief in seinem Rachen loderte ein Feuer. Funken sprühten, als ob sie aus der Hölle selbst heraufgeflogen kämen. Sein Schrei vermischte sich mit dem Grollen des Donners und dem Heulen des Sturms. Dann krümmte sich die Kreatur und sprang hinauf zum First. Sie wollte verschwinden – mit Konstanze.

»Moritz!«, schrie seine Schwester.

Er stürzte hinterher, zum Fenster hinaus, hoch aufs Dach. Regen klatschte ihm ins Gesicht. Schnell kletterte er höher, bis er den ersten First erreicht hatte. Oben sah er sich um.

Das Ungetüm raste durch den Irrgarten aus kleineren und größeren Dächern. Es rammte Schornsteine und riss sie mit sich wie eine Geröllawine. Moritz nahm die Verfolgung auf. Er rannte eine Dachschräge hinauf und schlitterte sie auf der anderen Seite wieder hinunter. Konstanzes Stimme hallte durch den Sturm.

»Moooriiitz!!!«

Er schnellte wie ein Pfeil von der Sehne – bog um Schornsteine, schlug Haken, das Ungetüm mit seiner Schwester immer im Blick.

»Konstaaanzeee!!!«

Das Monstrum öffnete die Flügel. Moritz' Augen wurden groß. *Oh nein, bitte nicht.*

Ein letztes Mal mähte das rasende Ding einen Schornstein

um. Etwas löste sich, flatterte vom Sturm getragen direkt auf Moritz zu. Er fing es auf. Konstanzes Haarband.

Das Ungetüm hatte das Ende des Daches erreicht und sprang. Ein Blitz zerfetzte den Himmel.

Die Flügel spannten sich. Das Monstrum segelte vom Dach des Waisenhauses durch den Regen davon, Konstanze in seinen Fängen.

Moritz stolperte, stürzte zu Boden. Er schlug hart auf und schlitterte unkontrolliert das Dach hinunter. Auf der linken Seite sah er einen Schornstein, dahinter ging es in die Tiefe. In letzter Sekunde verlagerte er sein Gewicht. Der Schlag gegen die Brust nahm ihm den Atem, doch der Schornstein stoppte ihn gerade noch rechtzeitig.

In der Ferne konnte er die Umrisse des Ungetüms sehen, dunkel und verschwommen.

»Konstanze«, murmelte er, seine Finger krampfhaft um das nasse Haarband geschlossen. Das war sein einziger Gedanke, bevor er das Bewusstsein verlor.

Konstanze.

Er konnte sie sehen.

Sie trat aus der Dunkelheit.

Stumm in ihr Nachtgewand gehüllt.

Weißes Licht fiel auf ihr Gesicht.

Ein Schatten näherte sich.

Kroch wie Pech über ihre starren Züge.

Verschluckte sie.

Ganz.

Konstanze erwacht. Sie ist nicht mehr als ein kleiner Funken, der in der Dunkelheit schwebt. Ein Geist ohne Körper, Gesicht oder Erinnerung. Alles, was noch an ihr haftet, ist ein Gedanke, ein Name: Moritz. Sie kennt weder seine Bedeutung noch seine Herkunft. Doch er ist tief in ihr eingebrannt, wie ein Mal. Langsam treibt der zitternde Hauch, der einmal Konstanze gewesen ist, durch die Finsternis, die endlos und kalt ist. Die Kälte eines dunklen Sees, ohne Grund, ohne Leben. Doch, da ist Leben. Kümmerlich und fein bewegt es sich überall. Es müssen Hunderte sein, vielleicht Tausende. Genauso winzig und geisterhaft wie sie, aber ebenso lebendig und atmend. Im nächsten Moment erstarrt alles. Etwas hat sich verändert. Etwas ist anwesend und bemächtigt sich ihrer Stimme. Es regt sich in der Dunkelheit und alle müssen ihm gehorchen. Direkt vor ihr schlägt das Etwas seine Augen auf. Gleißendes Licht durchzuckt die Finsternis. Ein grausamer Mund öffnet sich.

Behutsam setzte die Komtesse ihre Maske wieder auf und begann zu sprechen. Unzählige Mädchenstimmen erklangen im Chor. Und Konstanze war nun eine von ihnen.

4. KAPITEL

Am Morgen nach dem Sturm erschien die Welt grell und laut. Die Straßen waren voll von alldem, was das Unwetter mit sich gerissen hatte. Zäune und Karren lagen in den Seitengassen und machten ein Durchkommen unmöglich. Wagenladungen verdreckter Wäsche klebten an Häuserwänden und Fensterläden. Eine einsame Unterhose zierte das Eingangsschild der Stadtwache.

Drinnen tobte das blanke Chaos. Ein Dutzend Menschen hatten sich vor dem breiten Tresen versammelt und diskutierten aufs Heftigste miteinander. Mittendrin, eingequetscht zwischen Rücken, Ellenbogen und dem bis zum Platzen geschnürten Mieder einer drallen Dame, stand Moritz. Er war bleich, hatte tiefe Augenringe und seine Lippen waren leichenblau.

Bereits den ganzen Morgen über hatte er nach Hilfe gesucht. Im Waisenhaus war er weggeschickt worden, denn alle waren viel zu sehr damit beschäftigt gewesen, die Sturmschäden zu beseitigen. Aber die Wachmänner würden ihm helfen. Sie mussten einfach!

Er hatte sich schon bis nach vorne zum Tresen durchgekämpft, als ihn zum zweiten Mal der Ellenbogen des Mannes traf, der ihm die Sicht blockierte. Er schrie nicht nur am lautesten, sondern schleuderte eine übel riechende Bierfahne in die Gesichter aller Anwesenden.

»Der Wagen kam aus der Seitengasse und hat meinen Karren gerammt. Und nun frage ich Sie, mein Herr, wo waren die Wachleute da?«, rief er, während sich ein stattlicher Rülpser seinen Weg die Kehle hinauf suchte.

Sofort zwängte sich die dralle Dame nach vorne und schob Moritz beiseite: »Zuerst der Sturm und heute Morgen klaut mir jemand meinen Apfelwagen. Das darf doch nicht wahr sein!«

Der zuständige Wachtmeister kratzte sich seinen gewaltigen Backenbart. Er tauschte einen Blick mit seinem jüngeren Kollegen, der hinter ihm den Bretterwall vor den Fenstern entfernte. Dies war alles andere als ein gewöhnlicher Morgen.

»Jetzt mal ganz ruhig. Jeder kommt ja an die Reihe.«

»Mein Apfelkarren ist weg!«, hob die dicke Dame wieder an. »Der Dieb ist sicher schon über alle Berge, nur weil Sie hier unsere wertvolle Zeit verplempern!«

Sie erdrückte Moritz fast. Glücklicherweise entdeckte er eine Lücke zwischen zwei Bierbäuchen. Er konnte zwar kaum über den Tresen hinwegsehen, doch er war entschlossen, gehört zu werden: »Bitte helfen Sie mir! Meine Schwester wurde entführt! Ich habe die Verantwortung für sie und –« Weiter kam er nicht, denn eine fleischige Hand packte seinen Kopf und schob ihn aus dem Weg.

»Jetzt drängel dich hier nicht vor, Lümmel«, schimpfte eine andere Frau und nahm die Hand wieder von Moritz' Kopf. »Ich bin eine respektable Dame und werde nicht zulassen, dass du dich hier so frech ...«

Moritz beachtete die Frau gar nicht. Er nutzte die nächste Lücke und quetschte sich nach vorne: »Bitte helfen Sie mir! Meine Schwester wurde entführt! Ich –«

Ein Ellenbogen landete mitten in seinem Gesicht. Seine Nase vibrierte vor Schmerz. Moritz schrie auf und schlug gegen den Tresen. Der Knall ließ für Sekunden das Durcheinander verstummen.

»Verdammt, jetzt hören Sie doch zu! Meine Schwester wurde entführt!«

Alle Augen ruhten nun auf Moritz.

Der bärtige Wachtmeister beugte sich tief über den Tresen: »Was schreist du so, Bursche?«

Moritz betastete seine Nase. Wenigstens blutete sie nicht. »Meine Schwester, Konstanze Brenner«, sagte er hastig, »sie ist sechs Jahre. Sie wurde entführt von einem Ding! Einem ... einem Etwas! Einem ... einem ... Monstrum!«

Einen Herzschlag lang geschah nichts. Dann ertönte schallendes Gelächter. Ausnahmslos alle Anwesenden schütteten sich aus vor Lachen.

Moritz sank in sich zusammen. Er starrte auf das feuchte rosa Haarband in seiner Hand. Dann hörte er wieder die Stimme des Wachtmeisters: »Geh nach Hause zu deinen Eltern, Junge. Wir haben hier Wichtigeres zu tun, als uns deine Märchen anzuhören.«

»Sie sind tot. Meine Eltern sind tot!« Die Worte schossen förmlich aus Moritz' Mund.

Wieder Stille. Diesmal länger.

Moritz blickte auf seine Schuhe. Die ersten Geräusche, die er hörte, kamen von Stiefeln. Jemand ging um den Tresen herum. Moritz spürte, wie sich eine Hand auf seine Schulter legte. Er sah auf.

Es war der junge Schutzmann, der gerade noch an den Fenstern gearbeitet hatte. Sein Gesicht war freundlich, seine Stimme ruhig. »Komm mit mir, Junge«, sagte er. Vor ihnen bildete sich eine kleine Gasse.

Es klopfte zweimal, dann öffnete sich die Tür.

Den ganzen Weg zurück zum Waisenhaus hatte Moritz geschwiegen. Immer wieder hatte der Schutzmann versucht, ein Gespräch anzufangen, hatte ihn nach seinem Namen gefragt. Moritz war stumm geblieben. Es war sinnlos. Er hatte um Hilfe gebettelt, wollte allen erzählen, was passiert war – doch sie hatten nur gelacht.

Jetzt erwartete ihn der Flur des Waisenhauses und der finstere Blick von Fräulein Bimmel.

Wenig später saß er auf einem Stuhl in ihrem Büro. Wie hypnotisiert sah er auf das Haarband in seinen Händen. Sein Zeigefinger fuhr sanft über den weichen Stoff. Die Unterhaltung zwischen dem jungen Beamten und Fräulein Bimmel lähmte seine Sinne.

Wie immer saß das Fräulein mit vor der Brust verschränkten Armen hinter ihrem Schreibtisch. Der säuerliche Zug um ihren Mund konnte nur eines bedeuten: Sie hielt den Schutzmann in seiner viel zu großen Uniform für einen Schwächling.

»Die Brenners hat die Grippe geholt, letzte Weihnachten.« Ihre Worte waren ein Fausthieb in Moritz' Magengrube.

»Der Junge sagt, dass seine Schwester entführt wurde.«

Fräulein Bimmel grunzte. »Ach, ich bitte Sie, wer sollte so ein mageres Gör schon entführen?! Das sind Hirngespinste.«

»Das heißt, Sie wissen, wo das Mädchen ist?«

»Mitnichten! Es muss letzte Nacht während des Sturms fortgelaufen sein.« Sie schnalzte mit der Zunge. »Wäre nicht das erste Mal.«

Schweigen.

»Und Sie haben noch nicht nach dem Kind gesucht?«

Es knarrte bedrohlich, als sich das Fräulein sehr, sehr langsam über den Tisch beugte und dabei die Hände faltete. »Vielleicht haben Sie es noch nicht bemerkt, aber wir hatten letzte Nacht einen Jahrhundertsturm. Sämtliche Fenster auf der Nordseite wurden zerstört und wir sind gerade damit beschäftigt die Schäden zu beseitigen – die Franzosen rühren natürlich keinen Finger. Glauben Sie wirklich, ich hätte schon Zeit gehabt, mich um ein missratenes Balg zu kümmern?« Mit jedem Wort hatte sie sich mehr von ihrem Stuhl erhoben, bis sie schließlich wie ein Berg über dem mageren Beamten aufragte.

»Nun, ich, ähm ...«, begann dieser und fand plötzlich die Falten seiner Uniform ungemein interessant. Ein untrügliches Zeichen dafür, dass Fräulein Bimmel bereits gewonnen hatte.

Ihre Bratpfannenhand wies zur Tür. »Ich versichere Ihnen, das Mädchen wird wieder auftauchen, wenn es Hunger hat. Das tun sie alle.«

Moritz stand allein in seinem Zimmer. Hier sah es aus wie auf einem Schlachtfeld. Das Fenster war zerborsten, der Nachttisch umgefallen und die Kerze entzwei. Die Holzdielen hatten sich mit Regenwasser vollgesogen und überall klebten Laub, Dreck und Zweige.

Bei jedem Schritt, den Moritz auf Konstanzes Bett zumachte, knackte Glas unter seinen Schuhen.

Ihr Bett war zerwühlt, nass und schmutzig, als hätte ein Kampf stattgefunden. Moritz begann zu zittern. Angst kroch in ihm hoch. Konstanze – er war so gemein zu ihr gewesen. Und jetzt war sie irgendwo, ganz allein. Vielleicht tat man ihr weh oder sie war bereits …

Er hörte ein Geräusch. Etwas keckerte unter dem Bett. Die Elster zeigte ihr Köpfchen und sah sich im Zimmer um. Ihr Verband war verrutscht.

Moritz kniete nieder. Die Schnitte der Glasscherben in seinen Knien spürte er kaum. Vorsichtig nahm er Konstanzes Haarband und umwickelte den verletzten Flügel neu. Zum Dank erhielt er ein Krächzen.

Behutsam hob Moritz den Vogel vom Boden auf und steckte ihn schützend unter seine Jacke. Dort hatte er es warm und weich. Sein Blick glitt zum Fenster hinaus. Hier gab es nichts mehr für ihn zu tun. Es gab keinen Grund, noch länger zu bleiben.

Doch, eine Sache noch …

Im Erdgeschoss war alles ruhig. Moritz stand auf der Treppe und spähte um die Ecke einen langen Gang hinunter. Er sah sich nach allen Seiten um, dann rannte er los.

Vorsichtig legte er ein Ohr an die Tür und wartete. Kein Geräusch war zu hören. Mit pochendem Herzen drückte er die

Messingklinke herunter. Ein Glück, die Tür war nicht verschlossen. Schnell trat er in Fräulein Bimmels Büro.

Der Raum war karg möbliert und eiskalt. Moritz starrte auf den großen Schreibtisch. An den Wänden waren hohe Schränke mit Schubfächern angebracht. Nur an der linken Seite nicht, da stand ein schiefer Sekretär und direkt daneben ein wuchtiger, alter Kleiderschrank.

Moritz schlich zum Schreibtisch, auf dem sich allerlei Krimskrams häufte: Briefe, Einkaufslisten, ein Rechenschieber, ein aufgeschlagenes Kassenbuch, ein Tintenfass mit Schreibfedern und ein kümmerliches Talglicht.

Unter seiner Jacke strampelte die Elster. Scheinbar spürte sie seine Anspannung. Als er versuchte sie zu beruhigen, zwickte sie ihm in den Finger. Moritz gab auf. Vorsichtig setzte er den Vogel auf den Tisch, um seine Suche zu beginnen.

Er öffnete sämtliche Schubkästen und drehte alle Schriftstücke und Akten um. Er kramte in Zetteln und Büchern, aber was er suchte, fand er nicht.

Schnell wechselte er zum Sekretär an der Wand. Das Blut rauschte in seinen Ohren, als er all die Sortierfächer, Schubfächer und Aussparungen für Tinte und Papier durchging. Plötzlich stockte ihm der Atem. Ein kleines Schmuckkästchen. Das musste es sein! Eilig öffnete er es – aber außer ein paar Münzen, einer Porzellanbrosche und einem zerkratzten Silberring fand er nichts. Verdammt!

Ein Geräusch ließ ihm das Herz fast in die Hose rutschen. Er starrte auf den Schreibtisch.

Da saß die Elster auf einem umgekippten Tintenfass. Sie

keckerte und wackelte mit den Schwanzfedern, während sich die schwarze Flüssigkeit über sämtliche Dokumente ergoss.

»Oh nein!« Moritz schnappte den Vogel vom Tisch. Augenblicklich waren seine Hände pechschwarz und die Dokumente segelten zu Boden. Eilig sammelte er sie auf und verteilte seine schwarzen Fingerabdrücke mit gnadenloser Präzision auf jedem einzelnen.

Plötzlich hörte er Schritte.

Moritz wurde kreidebleich. Hastig sah er sich um und entdeckte einen Abfalleimer. Sofort wollte er alles hineinstopfen, aber er hielt inne – zwischen dem Müll, ganz unten am Boden, glitzerte etwas.

Halb verdeckt von einem braunen abgenagten Apfel lag das, wonach er die ganze Zeit gesucht hatte: das Medaillon. Fräulein Bimmel hatte es in den Müll geworfen.

»Alte Hexe!« Moritz griff nach dem Anhänger und stopfte die verschmierten Dokumente aufs Geratewohl in den Eimer.

Die Schritte stoppten vor der Tür. Moritz blickte sich um. Was sollte er tun? Sein Blick fiel auf den Schrank.

Die Türklinke wurde heruntergedrückt. Fräulein Bimmel betrat ihr Büro und stapfte zum Schreibtisch hinüber.

Versteckt zwischen miefigen Kleidern und Wollmänteln verfolgte Moritz atemlos jeden ihrer Schritte. Mit einer Hand hielt er die Schranktür von innen zu, mit der anderen umklammerte er das Medaillon und drückte die verschmierte Elster an sich.

»Scha-rack!«

Moritz' Herz setzte einen Schlag aus. Im Raum war es auf einmal ganz still. Kein Laut war mehr zu hören.

»Verteufelt noch mal!«

Moritz schluckte.

»Was ist das für eine Sauerei!«, rief Fräulein Bimmel und polterte aus dem Büro. »Zeig dich, du Schmutzfink! Na warte, wenn ich dich erwische!«, schrie sie den Gang hinunter.

Blitzschnell verließ Moritz sein Versteck und lief zur Tür. Er sah gerade noch, wie ein riesiges kornblumenblaues Hinterteil um die Ecke bog.

Schnell legte er sich das Medaillon um den Hals und sah die Elster an. »Nichts wie weg hier!«

Mit dem Vogel unter dem Arm rannte er hinaus aus der großen Eingangstür, überquerte den Vorhof und ließ das rostige Eisentor des Waisenhauses hinter sich. Er rannte, so schnell er konnte, und wusste in diesem Moment, dass er niemals wieder an diesen Ort zurückkehren würde. Nie im Leben! Er hatte nur ein Ziel: Er musste seine Schwester wiederfinden.

Koste es, was es wolle.

5. KAPITEL

Das Leben auf den Straßen Ravenbrücks gestaltete sich schwierig. Moritz drückte sich vor allem in den Seitengassen herum und versuchte, von niemandem gesehen zu werden. Obwohl er nicht annahm, dass man nach ihm suchen würde. Jedes Maul, das Fräulein Bimmel nicht zu stopfen hatte, war für sie ein Geschenk des Himmels.

Nachts durchsuchte Moritz die Abfälle hinter einem beliebten Gasthaus. Aber außer ein paar vertrockneten Brotscheiben fand er nichts Essbares. Sollte er doch zur Armenspeisung gehen? Nein, dafür war er zu stolz. Moritz drückte seine Nase gegen ein erleuchtetes Fenster. In der Stube herrschte ausgelassene Stimmung. Die Leute prosteten sich zu und der Wirt brachte die köstlichsten Speisen an die Tische. Moritz lief das Wasser im Munde zusammen. Er seufzte – es hatte keinen Sinn, hier vor der Scheibe zu schmachten.

Sein Blick glitt nach oben, an der Dachkante vorbei in den Himmel, und eine tiefe Sehnsucht erfasste ihn. Er lief in den Hof hinter dem Gasthaus, zum Hühnerstall, stieg eine kleine Leiter hinauf und schlich über das Flachdach des Stalls zu einer hohen

Mauer hinüber. Von hier aus konnte er die erste Dachschräge des Gasthauses erreichen und über eine Gaube ganz nach oben klettern. Außer Atem kam er auf dem First an und sah auf die eng aneinandergedrängten Häuser von Ravenbrück. Der Mond lag versteckt hinter Wolken und eine kalte Brise rollte wie eine Walze über die Dächer. Moritz stand freihändig auf dem First und stemmte sich gegen das Brausen.

So musste sich sein Vater gefühlt haben. Die ganze Stadt im Blick.

Der schwarze Mann, so hatten die Nachbarskinder ihn immer gerufen. Und sie hatten recht. Wenn sein Vater von der Arbeit nach Hause gekommen war, war er ein Fremder gewesen, dessen Gesicht unter einer dicken Schicht Ruß und Schmutz verborgen lag. Ein Mann, der sich auf den Häusern wohler fühlte als in ihnen. Ein Schornsteinkehrer durch und durch. Nie hatte er es lange in geschlossenen Räumen ausgehalten. Er hatte Weite und frische Luft gebraucht. Moritz verstand jetzt warum. Vor ihm lag eine völlig neue Welt.

Die meisten Häuser ähnelten sich sehr. Es waren kleine Fachwerkhäuser mit geschwungenen Dächern, einfachen Giebeln oder Gauben. Sie waren so eng aneinandergebaut, dass die einzelnen Dächer miteinander verwachsen waren. Ein Dach schmiegte sich ans nächste und wo eine größere Lücke zwischen den Häusern entstanden war, gab es starke Torbalken, die sich über die verschachtelten Gassen spannten. Ein perfekter Parcours für Moritz. Dies war jetzt sein neues Zuhause.

Die Kälte verwandelte seinen Atem in kleine Rauchwölkchen. Sein Blick wanderte nach links. Dort, in gut einem Kilometer

Entfernung, erhob sich das Waisenhaus mit seinen unzähligen Schornsteinen im spärlichen Mondlicht.

Nie wieder!, dachte er.

Konstanze, sie war das Einzige, was für ihn zählte.

Mit einem geschickten Sprung wechselte er vom First des Gasthauses zu einem nahen Schornstein hinüber und sprang von dort zum Schrägdach einer Apotheke. Er kletterte die Stufen eines Treppengiebels hinauf und hielt sich oben am schmiedeeisernen Wetterhahn fest.

Moritz war zufrieden. Wenn er sich die Eigenheiten jedes Daches einprägen konnte, würde er sein neues Revier sicherlich bald im Schlaf ablaufen können.

Er sprang den Stufengiebel auf der anderen Seite wieder hinunter. Vor ihm erstreckte sich eine hohe Mauer, auf der er schnell bis zum nächsten Haus laufen konnte. Am Ende angekommen, stieß er sich ab und landete auf dem Seitenteil eines überdachten Balkons. Er war gerade auf das Geländer gestiegen, um sich am Vordach des Balkons hochzuziehen, als der Boden unter ihm nachgab. Der Handlauf des Geländers zerbrach und Moritz' Körper sackte nach unten – von einer zur anderen Sekunde baumelte er mit einem Arm am Vordach. Er vernahm ein Krächzen. Aus dem Augenwinkel sah er, wie die Elster aus seiner Jacke rutschte. Sie flatterte nur mit einem Flügel und drehte sich dabei um sich selbst. Moritz' Hand schnellte ihr nach und packte sie im letzten Moment.

Mit einiger Mühe bugsierte er sich auf den Balkon zurück. Dort hob er die zitternde Elster an seine Brust und streichelte sie sanft. Ihr Gefieder stand aufgeplustert vom Körper ab.

»Alles gut«, murmelte er, »ich hab dich.«

Das hätte wirklich übel enden können. Er musste sich etwas ausdenken, um derartige Missgeschicke in Zukunft zu vermeiden. Ein Plan musste her.

Am nächsten Morgen sah sich Moritz überall in der Stadt um. Es dauerte bis zum Mittag, bis er gefunden hatte, wonach er suchte: einen Hufschmied. Der Mann war um die fünfzig, untersetzt und hatte ein Gesicht wie die Faust eines Preisboxers – eckig, grob und purpurrot.

Er schwitzte am Ofen und hielt ein glühendes Hufeisen so lange mit der Zange ins Feuer, bis es die richtige Farbe hatte. Dann ging er hinüber zu seinen beiden Helfern, die bereits ein gewaltiges Brauereipferd für den Beschlag vorbereitet hatten.

Das heiße Eisen zischte auf dem Huf, doch das Pferd rührte sich nicht. Stur blickte es über die Schulter des kleineren Helfers direkt auf Moritz, der sich heimlich aus dem Abfalleimer der Schmiede bediente.

Hier fand er alles, wonach er suchte: ein paar alte Seile, Metallstifte und ein uraltes Messer ohne Griff. Keine schlechte Ausbeute für seine erste Station, aber Moritz brauchte noch mehr.

Kurze Zeit später huschte er unter einem Torbogen hindurch in eine Seitenstraße. Über einer schmalen Eingangstür prangte das Aushängeschild eines Schneidermeisters. Sein nächstes Ziel.

Moritz konnte durch das Fenster prachtvoll verzierte Kleidungsstücke erkennen, die auf Schneiderpuppen hingen. Der Laden war so eng, dass dem betagten Schneider nichts anderes übrig blieb, als mit gekreuzten Beinen auf dem Tisch zu sitzen – auch damit die schönen und schweren Stoffe nicht den Boden berührten. Er war vollkommen in seine Arbeit vertieft, als Moritz leise die Tür öffnete. Die Türglocke läutete.

»Holla, wie kann ich zu Diensten sein?«

Moritz duckte sich hinter eine der Schneiderpuppen und hörte, wie die Tür mit einem weiteren Bimmeln wieder ins Schloss zurückfiel. Vorsichtig spähte er hinter der Puppe hervor.

Der Schneider ließ seinen Blick durch den vollgestellten Laden schweifen. Überall Kleiderpuppen, Stoffballen, Holzformen für Waden, Arme und Füße sowie Körbe und Holzkästen mit allerlei Stoffabfällen und Knöpfen. Moritz bemerkte er nicht.

»Hier spukt es«, murmelte er irgendwann und begutachtete seine letzte Naht. Mit einem nervösen Hüsteln fuhr er mit der Arbeit fort.

Lautlos ging Moritz auf die Knie, zwängte sich an der Schneiderpuppe vorbei und langte aufs Geratewohl in einen der Körbe in seiner Nähe. Er packte alles, was er finden konnte, und zog sich dann zur Tür zurück. Es bimmelte ein drittes und ein viertes Mal, doch bevor der Schneider den Kopf erhoben hatte, war Moritz bereits verschwunden.

Atemlos kam er an der nächsten Hausecke an. In seinen Händen hielt er alte Stofffetzen und ein Knäuel bunter Wolle. Er lächelte. Noch fehlte einiges, aber das musste bis morgen warten. Zuerst brauchte er einen Unterschlupf für die Nacht.

Bis zum Abend wanderte Moritz durch die Gassen und sah sich jeden Hinterhof an. Als die Nacht hereinbrach, entschied er sich für einen großen, windgeschützten Holzverschlag hinter einem mehrstöckigen Fachwerkhaus. Er kletterte über die gestapelten Scheite tief in den Verschlag und schichtete das Holz im Inneren dann so, dass er einen kleinen Raum für sich und die Elster hatte. Dann breitete er seine gesammelte Beute vor sich aus.

Als Moritz in Konstanzes Alter gewesen war, hatte sein Vater ihn oft mit auf die Jagd genommen. Stundenlang waren sie durch den Wald gezogen und hatten gemeinsam Waffen und Werkzeuge aus dem gebaut, was die Natur ihnen bot.

»Jedermann kann mit einem angefertigten Bogen und etwas Übung sein Ziel treffen«, hatte sein Vater ihm erklärt, »Die Kunst ist es, Bogen und Speer mit einfachsten Mitteln *selbst* zu bauen. Oder ein Reh mit nur einem Seil und drei Steinen zu fangen. Darin zeigt sich der Wille zum Überleben.«

Für Moritz waren diese Ausflüge stets ein aufregendes Abenteuer gewesen – jetzt versuchte er sich an all das zu erinnern, was ihm sein Vater beigebracht hatte.

Die Elster verfolgte jeden seiner Handgriffe. Sie sah zu, wie er an einem langen, biegsamen Stock schnitzte, ihn in der Hand wog und ausbalancierte. Anschließend zauberte er noch mehr dünne Stöcke hervor und spitzte auch diese mit dem behelfsmäßig reparierten Messer an. Irgendwann war er fertig.

Stolz präsentierte er einen selbstgebauten Bogen. »Na, was sagst du nun?«, wandte Moritz sich an die Elster. Doch die konnte damit natürlich nichts anfangen und legte nur den Kopf schief. Moritz hingegen strahlte bis über beide Ohren.

Er kletterte aus dem Verschlag, denn er musste seine Waffe

unbedingt ausprobieren. Er legte einen Pfeil auf die Sehne, so wie es ihm sein Vater gezeigt hatte, spannte den Bogen und zielte auf einen Holzpfahl hinter dem Haus. Der Pfeil zischte los und blieb mit einem stumpfen POCK im Pfahl stecken. Moritz lächelte.

Wenig später befand er sich wieder über den Dächern und lag auf der Lauer. Sein selbstgebauter Bogen lag griffbereit neben ihm. Die Elster schlief bereits an seiner Brust, den Körper verborgen unter seiner zugeknöpften Jacke. Moritz hingegen konnte nicht schlafen. Er beobachtete die Stadt. Keine Bewegung durfte seinem Blick entgehen, kein Mensch, kein Tier – und ganz bestimmt nicht das Ungetüm. Doch es zeigte sich nicht.

*****

Morgens war es genauso kühl wie in der Nacht zuvor. Moritz fröstelte, als er den Marktplatz von Ravenbrück überquerte; der Elster unter seiner Jacke ging es nicht viel besser. Normalerweise hätte Moritz sie auch im Verschlag zurückgelassen, denn da war es wenigstens nicht so zugig wie auf offener Straße, aber heute brauchte er sie. Sie war das Herzstück dessen, was er vorhatte.

Rasch ließ er den Marktplatz hinter sich und bog in eine enge Seitenstraße ein, in der es nach Pferdeäpfeln roch. Hier war er richtig. Er sah das Schild mit dem Sattler-Wappen über einer Tür am Ende der Straße, ebenso wie die Türglocke darunter.

Moritz holte die Elster hervor und blickte ihr tief in die Augen. »Du weißt, was du zu tun hast.«

Die Elster keckerte als Antwort.

Moritz schlich über den Hinterhof der Sattlerei. Er folgte dem Duft des warmen Leders, der durch das leicht geöffnete Erdgeschossfenster strömte. Ein schwerer, intensiver Geruch, der die Sinne benebelte. Moritz bezog unter dem Fenster Stellung und lugte vorsichtig ins Werkstattinnere.

Der Sattlermeister saß an seiner Werkbank direkt vor ihm und schnitt ein paar Stücke Leder zurecht. Moritz konnte das Gesicht des Mannes kaum ausmachen. Es war so braun und gegerbt wie die Riemen, Gürtel und Schnüre, die überall um ihn herum von der Decke baumelten.

Im Hintergrund läutete es.

Moritz beobachtete, wie der Meister die Lederstücke auf den Stapel legte und in einem dichten Wald aus Tierhäuten verschwand. Wenn der Mann zurückkam, würde er einige Lederstreifen weniger besitzen.

Wenig später verließ Moritz den Hinterhof mit einem halben Dutzend Lederstreifen unterm Arm. Er sah hoch zur Türglocke unter dem Wappen und lächelte. Die Elster saß noch immer da, wo er sie zuvor platziert hatte, und beäugte ihr Spiegelbild in der Glocke. Immer wieder neigte sie ihr Köpfchen und beobachtete, wie es ihr die andere Elster im Spiegel gleichtat. Sie pickte erneut nach der Glocke und es läutete.

Moritz pfiff und die Elster hüpfte auf seine Schulter hinunter. Dann gab er Fersengeld. Er war bereits außer Sichtweite, als der Sattler abermals die Tür öffnete und hinausspähte.

Moritz' Trick hatte funktioniert. Es gab kaum etwas, was die Aufmerksamkeit eines Handwerkers so sehr zu fesseln vermochte, wie eine Glocke. Das hatte Moritz durch seinen Besuch bei dem Schneider gelernt. Glockengeläut bedeutete Kundschaft – und Kundschaft bedeutete ein paar Gute Groschen.

Immer wenn Moritz neue Gegenstände eingesammelt hatte, kehrte er in seinen Verschlag zurück und begann, dort an mehreren Dingen gleichzeitig zu arbeiten.

Unter den neugierigen Blicken der Elster hantierte er abwechselnd mit Lederriemen und Metallstiften auf der einen und Seilen und Steinen auf der anderen Seite.

Als die Dämmerung hereinbrach, hatte er sein nächstes Werk vollendet – eine Bola. Es war eine Wurfwaffe, wie er sie aus einer der Waffen- und Werkzeugfibeln seines Vater kannte. Der Aufbau der Waffe war vergleichsweise simpel: drei gleich lange Seile, die an einem Ende miteinander verknotet waren, wie ein dreifingriger Stern. An den anderen Enden der Seile war jeweils eine kleine Ledertasche angebracht, die einen kreisrunden Stein als Gewicht enthielt.

Moritz hatte fast einen ganzen Tag nur darauf verwendet, drei exakt gleiche Steine zu finden. Fast alle Pflastersteine, die man in den Gassen finden konnte, waren zwar gleich groß, aber viel zu schwer, um daraus ein Wurfgeschoss zu bauen, das man ständig mit sich herumtragen konnte. Nein, Moritz brauchte kleinere Steine – es sollte eine handliche Waffe werden.

Nun konnte er es kaum erwarten, sie auszuprobieren. Er hielt die Bola an einem der Gewichte fest und wirbelte sie durch die Luft. Die Steine in den Ledertaschen surrten über seinem Kopf und Moritz zielte auf einen Holzpfahl.

Er ließ los. Die Bola machte einen kümmerlichen Satz und landete im Dreck.

Auch die nächsten Versuche klappten nicht besser. Mal verwendete er zu viel Schwung, was dafür sorgte, dass die Bola nach hinten losging und ihn fast bewusstlos schlug, mal ließ er nicht rechtzeitig los und die Seile wickelten sich in rasender Geschwindigkeit um seine Hand – wobei ihm die zusammenschlagenden Steingewichte beinahe die Finger zerquetschten.

Es dauerte über eine Stunde, bis Moritz ein paar halbwegs passable Würfe erzielte. Es war ein Anfang, doch er wusste, dass es noch um einiges schwieriger sein würde, ein bewegliches Ziel im Laufen zu treffen.

Er übte weiter, bis er das Gefühl hatte, dass die Waffe mehr und mehr ein Teil von ihm wurde. Dann war es Zeit, sich wieder auf die Lauer zu legen.

Diese Nacht war noch kälter als die vorherige und Moritz' Glieder schmerzten vor Müdigkeit, als er sich auf dem Dach des Apothekers niederließ. Abgesehen vom Kirchturm war dies wohl der beste Platz, um die Gegend im Auge zu behalten. Er gähnte, aber er wollte nicht schlafen. Er durfte nicht. Was, wenn er das Monster verpassen würde? Was, wenn es gerade zuschlug, während er die Augen schloss?

Ein schrecklicher Gedanke kroch in ihm hoch: Was, wenn sich das Monster nie wieder zeigen würde? Er würde Konstanze niemals wiederfinden.

Er schüttelte den Gedanken ab. Nein, er würde warten. Er musste warten. Es war seine einzige Chance.

Der nächste Morgen roch nach Schaf.

Moritz ließ sich vom Dach herunter und schlich hinter den Marktplatz, wo eine magere Schafherde dicht gedrängt auf der umzäunten Fläche eines Viehhofes stand. Lautlos legte er sich hinter dem Gatter auf die Lauer.

Obwohl die Sonne heute so kraftvoll schien wie schon lange nicht mehr, fühlte sich Moritz miserabel. Die Nacht zuvor war ein endloser Kampf mit der Müdigkeit gewesen und er hatte einen furchtbaren Muskelkater von den ungewohnten Wurfübungen mit der Bola. Seine Ohren dröhnten und seine Augen brannten wie Feuer. Aber er versuchte sich auf die Aufgabe zu konzentrieren, die vor ihm lag. Und diese war weich, roch muffig und war erheblich wärmer eingepackt als er.

Moritz zückte sein Messer und kletterte zu den Schafen ins Gatter. Lautlos pirschte er sich an das Hinterteil des größten Tieres heran und zupfte vorsichtig an der Wolle. Er nahm das Messer und begann ein paar Locken abzuschneiden. Direkt hinter ihm reckte ein schwarzer Widder seinen Kopf. Er hatte Moritz ins Visier genommen und seine Nüstern blähten sich.

Die Elster krächzte.

Erschrocken wandte sich Moritz um und im nächsten Moment jagte der Widder mit gesenkten Hörnern hinter ihm her.

Als Moritz später mit einem blauen Auge zum Verschlag zurückkam, hatte er ausreichend Wolle ergattert, um sein letztes Werkzeug endlich fertigzustellen. Er holte das Wirrwarr aus Leder, Stofffetzen und Metall hervor und begann, die Schafwolle einzuarbeiten. Als er fertig war, stemmte er die Hände in die

Hüften und warf der Elster einen abschätzenden Blick zu. Neugierig beobachtete sie, wie er das Kunstwerk in die Luft hob.

Es war ein Tragesitz für die Elster: mit Riemen aus Leder und einem Köcher aus Stoff, der innen mit Wolle ausgepolstert war. Moritz lächelte. Die Elster zurückzulassen, kam nicht infrage. Wenn er in ihre Knopfaugen schaute, war alles wieder da – der Abend, der Streit, der Sturm, das Monstrum. Die Elster war das Band, das die Geschwister zusammenhielt.

Für Konstanze.

*****

Der Mond glänzte hell. Moritz lief behände über die Dächer und Firste. Die Elster saß bequem in dem Tragesitz, der um seine Brust geschnallt war. Bola und Bogen hatte er geschultert. Die Pfeile hatte er in einem provisorischen Köcher aus übrig gebliebenen Lederstreifen untergebracht, sodass er beide Hände zum Klettern frei hatte. Er hielt an einer Dachkuppe kurz inne und blickte über die Stadt. Zum ersten Mal fühlte er sich bereit für die Jagd nach dem Monstrum.

Und da hörte er es.

6. KAPITEL

Es kam völlig unvermittelt und gellte durch die Dunkelheit. Moritz fuhr erschrocken herum. Da wieder! Der helle Schrei eines Mädchens. Es klang wie ... Konstanze!

Seine Glieder verkrampften sich. Etwa fünfhundert Meter entfernt von ihm bewegte sich ein massiger Schatten blitzschnell über die Dächer der Stadt.

Das Monstrum!

Moritz' Herz raste. Darauf hatte er gewartet.

Er rutschte von seinem Posten herunter und rannte über die flachen Dächer. Mit einem Satz übersprang er eine Häuserschlucht und überschlug sich fast dabei. Die Elster im Tragesitz wurde ordentlich durchgeschüttelt.

Moritz flog förmlich über Balken, Mauern und Torbögen. Plötzlich tauchte der Schatten des Untiers direkt vor ihm auf. Es zwängte sich aus einer schmalen Seitengasse hinauf und preschte mit weit geöffneten Flügeln voran über eine Reihe gedrungener Backsteinhäuser. In den Krallen hielt es ein kleines Mädchen. Moritz sah blonde Haare, ein schlichtes Kleid, nackte Füße und einen Ausdruck, den er nie wieder vergessen würde. Ihr Gesicht war erstarrt zu einer Grimasse, die blankes Entsetzen zeigte. Und sie schrie.

Moritz strauchelte, rutschte vom Dach und krachte mehrere Meter in die Tiefe, mitten in einen Hühnerstall. Federn flogen in alle Richtungen.

»Autsch!« Über ihm klaffte ein riesiges Loch im Dach und die Hühner flatterten aufgeregt hindurch.

Moritz tastete nach der Elster in ihrem Tragesitz. »Alles in Ordnung?« Hastig befreite er den Vogel von dem Stroh, das ihn bedeckte, und bekam ein Krächzen als Antwort.

»Gut.« So schnell er konnte, kletterte er aus dem Stall und stemmte sich hoch auf die nächste Mauer. Dort lauschte er in die Nacht.

Rufe drangen aus der Gasse rechts von ihm. Zwei Männer, die offenbar gerade in einen Streit verwickelt waren, hielten inne und starrten nach oben. Über ihnen sprang ein gewaltiger Schatten von Dach zu Dach. Sofort war Moritz wieder in seinem Element. Er sprang von der Mauer und rannte los. Die Häuser flogen an ihm vorbei – ein Ochsenkarren lag auf dem Pflaster. Eine perfekte Rampe. Er rannte an den Männern vorbei, den Karren hinauf und sprang auf der Deichsel ab. Polternd landete er auf einem niedrigen Vordach, dann hastete er weiter, die nächste Dachschräge hinauf. Schon bald war er wieder auf gleicher Höhe mit dem Ungetüm.

Je näher er kam, desto klarer wurden die Konturen des Monsters. Der Greif nahm wieder Gestalt an. Doch war es wirklich einer? Die Umrisse des Wesens verzerrten sich von einer zur nächsten Sekunde und versuchten mit seiner Umgebung zu verschmelzen. Es bewegte sich mit der Wendigkeit eines Raubtiers. Und es war unglaublich groß. Wo es mit seinen massigen Pranken landete, spritzten zermalmte Dachpfannen in alle Richtungen.

Moritz lief ein Schauer über den Rücken, doch er wurde nicht langsamer. Er legte sogar noch einen Zahn zu.

Hinter Moritz tauchte unterdessen ein zweiter Schatten auf: eine schmale Gestalt, mit einem Käfig auf dem Rücken und einem langen Stab in der Hand. Der Fremde flitzte mit Siebenmeilensprüngen über die Dächer, sprang von Giebel zu Giebel und von Zinne zu Zinne, als ob die Schwerkraft nicht existieren würde. Ein sonderbares Geräusch ging von ihm aus – ein heulendes Alarmsignal.

Moritz griff nach seiner Bola. Er sprang zum nächsten Hausdach und begann, sie über dem Kopf zu schwingen. Er kam dem Monstrum immer näher. Als ihn nur noch wenige Meter von dem Ungetüm trennten, sprang es plötzlich vom Dach hinunter und verschwand. Moritz verriss die Bola. Sie segelte knapp an den Hinterläufen des Monstrums vorbei und knallte gegen die nächste Hauswand.

Sofort bremste Moritz ab. Stolpernd erreichte er den Rand des Daches, als das Ungetüm steil vor ihm nach oben in die Luft stieg. Für einen kurzen Moment starrte er in die schreckgeweiteten Augen des blonden Mädchens, dann wurde es in die Höhe gerissen. Ihr Schrei war markerschütternd. Moritz strauchelte, sah die aufgespannten Flügel und im selben Moment war ihm klar, dass das Untier davonfliegen würde. Ohne zu überlegen, stieß er sich vom Dach ab, streckte die Arme aus und packte das Wesen am Schweif.

Moritz fühlte die Haut des Ungetüms – kalt, starr und rau. Das Monstrum ruckte herum und sein Blick traf den des Jungen. Für Moritz blieb die Zeit stehen. Er sah die glutroten Augen des Wesens, das schartige, klaffende Maul und die kurzen, gebogenen Ohren. Es stieß einen unwirklichen Laut aus: eine Mischung aus Peitschenknall und dem Angstschrei eines Pferdes. Sein Herz setzte aus.

Mit einem Mal sauste ein Netz auf Moritz zu und riss ihn fort vom Schweif des Ungetüms. Das Netz umschloss ihn und gleich darauf bohrte sich ein Eisenbolzen über ihm in eine Hauswand. Moritz baumelte kopfüber in der Falle!

Das Monstrum verschwand im Dunkel der Nacht, das Mädchen in seinen Fängen.

»Nein!«, schrie Moritz, aber es war zu spät.

Wie ein Fisch zappelte er im Netz und knallte mit dem Kopf gegen die Wand, als er plötzlich eine Stimme auf dem Dach neben sich hörte: »Ich könnte schwören, dass ich …«

Moritz wandte sich um. Leichtfüßig tauchte eine lange, dünne Gestalt auf der Dachschräge auf. Vom Schatten des gegenüberliegenden Hauses verhüllt, starrte sie nach oben, dem Ungetüm hinterher. »Höchst ungewöhnlich.« Eine kurze Pause entstand. »Es sei denn …«

Moritz beobachtete die seltsame Szene. Offenbar unterhielt sich die eigenartige Gestalt mit sich selbst und wälzte diverse Theorien im Kopf. Scheinbar ohne nennenswertes Ergebnis. »Ich muss mich irren.« Achselzuckend machte er einen weiten

Hüpfer den First entlang, sprang senkrecht hinunter auf die Straße und verschwand.

»Halt, warten Sie!«, rief Moritz. »Haben Sie nicht etwas vergessen?«

Nach wenigen Sekunden tauchte die dünne Gestalt beinahe schwerelos wieder neben ihm auf dem Dach auf. »Habe ich?«

»Ja, mich zu befreien!« Moritz konnte die Silhouette eines sehr schlaksigen und hochgewachsenen Mannes erkennen, aber nicht viel mehr, denn noch immer hielt er sich in den Schatten verborgen.

»Warum sollte ich? Ich kenne dich nicht, Junge. Wer weiß, vielleicht ist es besser, wenn du da drin bleibst.«

»Sie können mich doch nicht einfach hier hängen lassen!«

»Nicht? Na, dann pass mal auf!« Mit einem gewaltigen Satz sprang der Fremde von dannen.

»Das glaube ich nicht!« Abermals kämpfte Moritz mit dem Netz. Ohne Erfolg. Die Maschen gaben keinen Millimeter nach.

»So klappt das nie, mein Junge.«

Moritz sah sich um. Der Mann stand diesmal auf der anderen Seite im Schatten.

»Dann helfen Sie mir!«, rief er und begann, die Seile mit den Zähnen zu bearbeiten.

»Erst erzählst du mir, was du eigentlich vorhattest«, sagte der Fremde. Etwas glitzerte in seinem Gesicht, eine Brille mit kreisrunden Gläsern.

»Ich will dieses Monster fangen!«

Ein Lachen. »Etwa damit?« Sein Gegenüber hielt die selbstgebaute Bola ins Mondlicht.

»Ja, und es hätte fast geklappt, wenn Sie nicht dazwischengekommen wären, mein Herr!«

»Tut mir leid, dass ich den Großwildjäger bei seiner Arbeit gestört habe«, sagte der Fremde und reckte einen länglichen Zylinder aus Messing ins Licht. »Kommt bestimmt nicht wieder vor.«

Der Zylinder teilte sich der Länge nach und ein Schwert schnellte aus der Spitze hervor. Die Klinge surrte durch die Luft und schnitt das Netz entzwei.

Moritz schlug hart auf dem Schrägdach auf. Sein Schädel dröhnte, als er aufsah. Vor ihm trat der seltsamste Mann ins Licht, den er je gesehen hatte: Er war so lang wie ein Reisigbesen und hatte eine ebensolche Frisur. Wild und ungebändigt standen seine rostroten Locken vom Kopf ab, auch wenn er versucht hatte, sie mit einem Band am Hinterkopf zurückzubinden. Doch das Aufsehenerregendste waren die Farben. Wo Moritz ein Bild in schwarz und weiß abgab, war der Samtrock dieses Mannes eine Farbexplosion von weinrot bis violett. Darüber trug er eine silbrig schimmernde Fellweste. Auf seiner Nase saß ein Kneifer, hinter dessen Gläsern zwei smaragdgrüne Iriden funkelten.

»Lichtholm ist der werte Name. Edgar van Lichtholm. Monster- und Dämonenjäger«, sagte er und streckte Moritz eine Hand entgegen. »Schön, dich fast kennengelernt zu haben.«

Moritz rieb sich den Brummschädel. »Was heißt hier *fast*?«

Edgar zwinkerte. »Es heißt, dass ich weiter muss.«

»Aber Sie sind Monsterjäger!«

»Monster- und Dämonenjäger«, korrigierte Edgar mit erhobenem Zeigefinger.

»Richtig! Dann können Sie mir helfen!«

Zuerst lachte Edgar herzhaft, dann schlug seine Stimmung um. »Nein. Ich kann nicht.« Er wandte sich ab.

»Aber Sie müssen!« Moritz rappelte sich auf. »Dieses Ding, dieses Monstrum, hat meine Schwester entführt!«

Edgar sah ihn an. Sein Ausdruck war eine Mischung aus Mitleid und Zweifel. »Nun, das ist sicherlich überaus ...«, er suchte nach den richtigen Worten, »... tragisch.«

»Ja!«, rief Moritz. So einen begriffsstutzigen Menschen hatte er noch nie erlebt. »Genau deswegen brauche ich einen Monsterjäger!«

»Monster- und Dämonenjäger«, sagte Edgar und rückte seinen Kneifer zurecht. »Ich kann dir nicht helfen, mein Junge.«

»Warum nicht?!« Moritz' Stimme wurde schriller. »Sie sind Monsterjäger, bitteschön, da war gerade ein riesiges Monster, es hat ein Mädchen entführt und meine Schwester auch! Warum tun Sie nichts?!«

»Keine Zeit.« Edgar wandte sich ab und ging zum Rand des Daches hinüber.

Jetzt konnte Moritz den langen Käfig sehen, der auf seinen Rücken geschnallt war. Darin befand sich ein schuppiges Etwas von der Größe einer Katze. Es spitzte seine Ohren und bleckte die kleinen Raffzähne, während es Moritz mit handtellergroßen Glupschaugen anstarrte. Das seltsame Geschöpf öffnete sein Maul und produzierte ein Geräusch, wie es Moritz noch nie zuvor gehört hatte. Es klang wie eine Mischung aus Hecheln und Glucksen, doch irgendwie war es auch keins von beidem.

»Mein Gott, was ist das?«

»Was meinst du?« Edgar sah über seine Schulter. »Ach das? Das ist ein Boogelbie.«

Moritz hatte Mühe gleichzeitig zu begreifen, was er sah und hörte. »Was tut es da?«

»Es *roottelt*«, sagte Edgar knapp.

»Es roo-ttelt?«

»Ja, nein, jetzt nicht mehr. Jetzt *wuppert* es.«

Moritz blinzelte. Das merkwürdige Geräusch hatte sich tatsächlich in etwas verändert, das man als zufriedenes Wuppern bezeichnen konnte. Der Boogelbie starrte ihn an und leckte sich hingebungsvoll über beide Augäpfel. Moritz wurde schwindelig.

»Hör mal, mein Junge«, sagte Edgar, »es tut mir aufrichtig leid. Ich wollte nicht dich einfangen, ich wollte das Wesen.«

»Dann fangen Sie es ein!«, rief Moritz. »Ich kann Ihnen helfen, ich –«

»Nein.« Edgar hatte kurz die Stimme erhoben, aber dann ließ er den Kopf hängen und murmelte etwas, das wie *Es ist nicht das Richtige* klang.

Irgendwo in der Ferne wurden Stimmen laut. Was genau gerufen wurde, konnte Moritz nicht verstehen, denn die Worte verloren sich in den verwinkelten Gassen. Doch eine Frau weinte und schrie. Schrie aus Angst um ihre Tochter.

Moritz' Knie zitterten.

»Ich wünsche dir viel Glück«, sagte Edgar leise.

Er straffte die silbrige Weste und streckte sein rechtes Bein aus, bereit zum Sprung. Moritz wurde übel. Die Welt rückte von ihm fort und seine Beine knickten ein. Er drohte vom Schrägdach zu rutschen.

Plötzlich packte ihn jemand am Arm. Edgar. »Was hast du? Bist du verletzt?«

Moritz keuchte. »Nein, ich habe nur seit ein paar Tagen nicht mehr richtig geschlafen. Es geht ... gleich ... wieder ...«, murmelte er und versuchte sich hochzustemmen. Seine Knie protestierten und ihm wurde schwarz vor Augen.

»Teufel auch«, hörte er Edgar murmeln.

Was dann geschah, bekam Moritz nur noch bruchstückhaft mit. Er spürte, wie Edgar nach ihm griff und ihn sich über die Schulter warf. Dann sprangen sie vom Dach.

Es fühlte sich an, als ob er fliegen würde. Seine Gedanken tauchten in einen schwarzen Tunnel ein, an dessen Ende seine Schwester wartete.

Konstanze.

*****

Hauptmann Nathaniel stand vor dem Podest der Komtesse. Hinter ihm, in den Schatten der Schiffsmesse, zuckte das Ungetüm vor Unruhe. Gehetzt blickte es sich um.

»Ich kann es mir nicht erklären, Durchlaucht!« Nathaniel rang die Hände. »Aber wir wurden verfolgt.«

Stille. Die Komtesse blieb reglos.

Es war unerträglich.

»Ich schlage vor, wir ziehen weiter in die nächste Stadt. Wir sind hier nicht sicher.«

»Dann ist es Eure Aufgabe, für Sicherheit zu sorgen, Hauptmann!«, donnerten ihm die Stimmen entgegen. Unwillkürlich öffnete Nathaniel den Mund, doch die Komtesse kam ihm zuvor: »Bringt sie zu mir.«

Nichts geschah.

»Worauf wartet Ihr?«

Zögernd verneigte sich Nathaniel und trat beiseite. Er gab den Blick frei auf das rastlose Ungetüm in der Finsternis.

Nach einer Berührung seines Amuletts öffnete das Untier eine Pranke und mit einem Schubs wurde ein kleines blondes Mädchen ins Licht gestoßen. Wie im Traum stand es da, schwankend im Takt eines stummen Wiegenliedes.

»Komm zu mir.«

7. Kapitel

»Konstanze ... nein ... Konstanze!«

Moritz schlug die Augen auf. Goldenes Licht hüllte ihn ein, warm und weich. Er blinzelte. Allmählich kam er zur Besinnung und die Welt nahm wieder Gestalt an. Er befand sich in einem fremden Raum, umringt von Kerzen, wie in einem Traum. Von irgendwoher kam ein gedämpftes Klicken.

Moritz richtete sich langsam auf. Er fühlte sich wie im Bauch eines kleinen goldenen Wals. Schwere rostrote Brokatvorhänge und goldgewebte Tücher hingen kreuz und quer an den Wänden. Türme aus Büchern, Kissen und Einmachgläsern bildeten eine bizarre Landschaft, die bis unter die gewölbte Decke reichte. Auf schiefen Regalen wucherten die kuriosesten Gegenstände über- und untereinander: seltsam geformte Zangen und Spieße, gewundene Apparaturen aus Metall, kunstvolle Zeichnungen von furchterregenden Fabelwesen und allerlei aberwitziges Getier in gläsernen Döschen, Kästchen und Käfigen.

Immer noch benommen wandte Moritz seinen Kopf zur Seite und starrte in ein Vergrößerungsglas. Das absurd verzerrte Wesen dahinter mit seinen geschlossenen Augen war faszinierend und abstoßend zugleich. Es saß in einem hohen Käfig und hatte einen rötlich glänzenden, schuppigen Körper mit kleinen, dreifingrigen Händen und Füßen. Die transparenten Ohren lagen eng am Kopf an. Es ähnelte dem Wesen, das er im Käfig dieses merkwürdigen Mannes gesehen hatte. Wie hieß diese Kreatur noch gleich?

Moritz beugte sich nach vorn und presste seine Nase gegen das Glas. Im selben Moment riss das Wesen die Augen auf. Groß und kugelrund starrten sie ihn an.

Ein Schrei löste sich aus Moritz' Kehle und er wich zurück. Das Wesen musterte ihn von Kopf bis Fuß. Dann wupperte es und igelte sich ein.

»Keine Angst«, sagte eine fremde Stimme hinter Moritz. »Boogelbies sind absolut harmlos.«

Erschrocken wandte er sich um.

Auf den golddurchwirkten Kissen am Kopfende seines Bettlagers saß ein Mädchen. Sie beobachtete ihn mit großen violetten Augen.

»Was ist passiert? W-wo bin ich?«

»Du bist in Sicherheit«, antwortete das Mädchen. Ihre Stimme hatte einen beruhigenden Klang. Sie musste etwa in Moritz' Alter sein und ihr Haar war genauso schwarz wie seines. Lang und glatt floss es ihr rotes Kleid hinunter.

Moritz sah sie verlegen an. Seine Hände suchten etwas an seiner Brust, doch fanden sie es nicht. »Wo? Wo ist mein ...«

»Keine Sorge, deine Hüterin hat es nicht aus den Augen gelassen«, sagte das Mädchen.

»Scha-rack!«

Moritz sah nach oben.

Auf einem vollgestellten Regal, eingeklemmt zwischen der Miniatur eines geschnitzten Lindwurms und einer Familie ernst dreinblickender Schrumpfköpfe, saß die Elster – unter sich das silberne Medaillon.

»Sie hat die ganze Zeit auf deinen Schatz aufgepasst. Und sie lässt niemanden an sich heran«, sagte das Mädchen. Zum Beweis rutschte sie näher und versuchte, nach dem Schmuckstück zu greifen. Die Elster stellte ihr Gefieder auf und begann gefährlich zu fauchen.

»Siehst du.«

Moritz lächelte und streckte die Hand nach dem Medaillon aus.

»Scha-rack!« Die Elster ließ ihn gewähren.

»Wie heißt sie?«, erkundigte sich das Mädchen.

»Die Elster? Äh, sie hat keinen Namen. Außerdem weiß ich nicht, ob sie überhaupt eine *sie* ist.«

»Es ist ein Männchen.«

Moritz seufzte. »Dann hatte Konstanze recht.«

»Konstanze?«

»Meine Schwester«, sagte Moritz und legte das Medaillon wieder an. »Sie hat behauptet, die Elster wäre ein Männchen.«

»Kluges Kind«, sagte das Mädchen und sah zu, wie Moritz die Elster auf dem Regal kraulte. »Elstern sind faszinierende Tiere. In ihnen steckt viel mehr, als man denkt.« Sie zwinkerte Moritz zu, als ob sie ihm gerade ein Geheimnis anvertraut hätte.

Moritz schüttelte verwirrt den Kopf. Dieses Mädchen war ihm unheimlich. Sie hatte ein Lächeln, das samtig, weise und auf unbeschreibliche Art bezaubernd war. Aber irgendetwas fehlte.

Jetzt, da er sie aus der Nähe sehen konnte, bemerkte er, wie ungewöhnlich blass sie war. Selbst im warmen Schein der Kerzen sah ihre Haut fahl und zerbrechlich aus.

»Ich bin Helene van Lichtholm«, sagte sie und streckte Moritz die Hand entgegen.

»Ähm, freut mich.« Er reichte ihr zögernd die seine, wobei er sich in dem vollgestopften Raum umsah. »Was ist das alles hier? Und wo bin ich?«

»Bei meinem Bruder Edgar und mir, in unserem Wagen«, sagte Helene. »Das sind alles Edgars Forschungsobjekte. Mein Bruder sammelt alles über Monster und Dämonen, um mehr über ihre Natur in Erfahrung zu bringen.«

Moritz' Blick glitt über die Regale, auf denen sich bizarre Kreaturen in Einmachgläsern stapelten. So viel unheimliches Getier.

»Und, möchtest du mir auch verraten, wie du heißt?«, fragte Helene. »Oder soll ich dich *Großwildjäger* nennen?«

»Oh! Ich heiße Moritz Brenner.«

»Sei gegrüßt, Moritz. Mein Bruder Edgar hat mir schon von dir erzählt. Hast du wirklich versucht, ein Monster mit einem Strick und ein paar Steinen zu fangen?«

Moritz blinzelte. »Also ... das ist eine sehr vereinfachte Beschreibung der Situation, aber –«

»Schon gut«, sagte Helene. »Mein Bruder fand sich wohl sehr witzig. Er ist so in seiner Welt, dass er jede andere Vorgehensweise als stümperhaft empfindet. Er ist ein echter Meister seines Fachs, verstehst du.«

»Ist er wirklich Monsterjäger?« Moritz tippte gegen eines der

Einmachgläser. Das Wesen darin sah aus wie eine Kreuzung aus Ringelwurm und Fledermaus.

Helene erhob einen Zeigefinger. »Monster- und Dä–«

»Dämonenjäger«, korrigierte sich Moritz. »Ich weiß, ich weiß. Es ist nur ...« Er seufzte. »Dein Bruder muss mir unbedingt helfen. Ich muss meine Schwester finden. Ich sollte auf sie aufpassen – ich hab's versprochen. Ich ...«

»Ich glaube, du brauchst erst mal einen Schluck hiervon.« Helene griff nach einem dampfenden Becher, der auf einem Beistelltisch stand.

»Was ist das?«, fragte Moritz.

»Koste.«

Unsicher führte er den Becher zum Mund und nippte daran. Augenblicklich schüttelte sich sein ganzer Körper. Es schmeckte, als hätte man faulige Früchte mit Käsefüßen zerstampft.

»Das ist ja widerlich!«

»Aha«, sagte Helene und nahm ihm den Becher wieder ab. »Ich hatte mich schon gefragt, wie das wohl schmeckt.«

Ein Vorhang wurde beiseite geschoben. »Helene, sag mir bitte Bescheid, wenn der Junge ...« Edgar stand mitten im Raum. »Oh, du bist schon wach.«

»Ja«, sagte Moritz. »Danke ... danke, dass Sie mich mitgenommen haben.«

»Gern geschehen.« Edgar setzte zögernd seinen Kneifer ab. »Helene, kommst du bitte mit? Ich brauche deine Hilfe.« Er verschwand genauso schnell, wie er gekommen war.

»Entschuldige mich.« Helene erhob sich. »Ich habe dir übrigens eine Tinktur aus Rattenfett und Ringelblumen auf dein blaues Auge geträufelt, als du geschlafen hast. Falls dein Gesicht in den nächsten Minuten taub werden sollte und du den Geschmackssinn verlierst, dann ist das vollkommen normal.«

Als Helene zu Edgar trat, lief dieser zwischen den unzähligen Boogelbie-Käfigen auf und ab. Ausnahmslos alle Kreaturen wupperten vor sich hin und *zergelten* neugierig an den Gitterstäben.

»Er kann nicht hierbleiben«, platzte es aus ihm heraus.

»Habe ich irgendetwas gesagt?«

»Ich kenne dich und meine Entscheidung steht fest.«

»Aber er braucht unsere Hilfe.«

»Ich weiß«, sagte Edgar, »aber wir müssen weiterziehen. Das Monster heute Nacht war …« Er rang nach Worten. »Es war nicht das richtige. Also ziehen wir weiter. Noch heute Nacht.«

Helene sah Edgar forschend an. Sie erkannte ihren Bruder nicht wieder, er hatte sich verändert in letzter Zeit – stark verändert.

»Verheimlichst du mir etwas?«

»Wie könnte ich«, murmelte er.

»Lass mich deine Augen sehen, Edgar.« Ihre Hand griff nach seinem Arm, doch er drehte sich fort.

»Jetzt nicht, Helene.«

»Wie du willst. Was schlägst du vor? Er hat seine Schwester verloren. Willst du ihn gleich aus dem Wagen werfen oder ihn vorher noch etwas betteln lassen?«

Edgar seufzte. »Es tut mir leid, aber wir können nichts für ihn tun.«

Schweigen. Helene warf einen Blick durch den Vorhang.

Moritz saß auf den Kissen und befühlte sein Auge. Er war erschöpft. Die Elster hüpfte vom Regal hinunter auf seine Schulter und keckerte leise in sein Ohr. Moritz lächelte gequält.

»Du überraschst mich, Bruderherz«, flüsterte Helene. »Gerade du solltest doch wissen, wie es ist, wenn man die Hoffnung nicht aufgeben will.«

Ohne ihn eines weiteren Blickes zu würdigen, ging sie an Edgar vorbei und verschwand durch einen Vorhang an der Hinterseite des Raumes.

Edgar seufzte. Ein Moment verstrich. Dann ging er zu einer kleinen Werkbank, auf der drei Boogelbie-Käfige standen. Die Wesen darin beobachteten aufmerksam jede seiner Bewegungen.

Edgar zog eine Schublade auf und drückte auf eine Platte am Boden. Mit einem hölzernen KLICK öffnete sich ein kleines Versteck, das eine lange, schmale Schatulle enthielt. Er öffnete den Deckel und sah hinein. Sanftes smaragdgrünes Licht leuchtete ihm entgegen.

Die Boogelbies tauschten *summselnd* Blicke aus.

In der Schatulle befanden sich Dutzende kleiner Fläschchen und Phiolen. Sie waren alle unterschiedlich groß, standen aufrecht in ihren Fächern und waren sämtlich leer bis auf zwei in der untersten Reihe.

Edgars Hand zitterte – ein untrügliches Zeichen dafür, dass die letzte Dosis viel zu lange zurücklag. Die Flüssigkeit im Innern der Flaschen leuchtete wie seine Augen. Er öffnete die vorletzte Phiole und atmete tief durch. Dann trank er den Inhalt in einem Zug aus.

Endlich ließ das Zittern nach. Edgar spähte durch den Vorhang und beobachtete Moritz, der gerade die Elster auf dem Kissen neben sich behutsam streichelte. Das Tier hatte sich zusammengekauert und das Köpfchen unter seinen unverletzten Flügel geschoben.

Der Junge griff nach dem Medaillon an seinem Hals und presste es fest an die Brust.

»Du solltest jetzt schlafen.«

Überrascht sah Moritz auf.

Edgar ging zu ihm und reichte ihm eine Wolldecke. »Wenn ich dir helfen soll, deine Schwester wiederzufinden, haben wir morgen einen ziemlich anstrengenden Tag vor uns.«

Moritz' Gesicht hellte sich auf, seine Augen strahlten. »Danke.«

»Lösch die Kerzen, bevor du einschläfst«, sagte Edgar und schlüpfte zurück hinter den Vorhang.

Eine kleine Ewigkeit stand Edgar reglos im Halbdunkel und betrachtete die leuchtenden Augen der Boogelbies. Das Zittern war nun vollends verschwunden. *Wie lange noch?*

Er lächelte bitter. Helene hatte recht: Edgar wusste, was es hieß, die Hoffnung nicht aufgeben zu wollen. Ein Grund mehr, keine Zeit zu verlieren.

Er würde dem Jungen helfen – würde ihn unterweisen und einen Stundenplan entwerfen, der selbst den talentiertesten Schüler auf eine harte Probe stellte. Wofür er, Edgar, Jahre des Forschens und der Übung gebraucht hatte, würde der Junge in wenigen Tagen lernen müssen.

8. Kapitel

Der Hunger war gestillt.

Nach dem Ritual war Nathaniel unverzüglich in sein Refugium an Bord des Schiffes zurückgekehrt, seine Kammer aus Glaskolben und Getier. Wie lange würde es dauern, bis seine Herrin nach einem neuen Mädchen verlangte? Einen Tag? Zwei Tage? Und wie lange würde es dauern, bis ihre Verfolger sie aufspüren würden? Seine Bewegungen wurden fahriger. Sein Geist floh panisch in alle Richtungen und drohte ihn zu zerreißen.

Er sollte für Sicherheit sorgen, doch wie sollte er das anstellen? In der Tiefe seines Herzens ahnte er, dass die Worte der Komtesse nur eine Provokation gewesen waren. Sie wusste, wie schwach und hilflos er war ... wie sehr er auf die Hilfe seiner Kreatur angewiesen war. Er war das schwächste Glied in einer langen Kette von Männern, die ihr Leben einzig und allein dem Geleit und dem Fortbestehen der Komtesse gewidmet hatten. Nathaniel kannte die Geschichte auswendig. Sie wurde weitergegeben vom Vater zum Sohn, auf dass niemals in Vergessenheit geraten würde, welche Schuld einer seiner Vorfahren vor fast 300 Jahren auf sich und alle Nachkommen geladen hatte.

Damals stand Nathaniels Familie in den Diensten einer der einflussreichsten Adelshäuser ganz Europas, der Familie Flavée. Ein Haus, dem man nachsagte, es könne Könige stürzen und Päpste stellen. Diesem Geschlecht zu dienen, kam einem Ritterschlag gleich.

Doch Macht und Einfluss schaffen Feinde – und Feinden tritt man nicht ohne Schutz gegenüber. Eben diesen Schutz garantierte der Clan, dem auch Nathaniel entstammte. Sämtliche Mitglieder dieser Familie, ob Mann oder Frau, waren geübt im Kampf und in der Kriegskunst.

Oberster Hauptmann der Leibwache war ein Mann namens Ruprecht gewesen. Ein Hüne, mit einem Gesicht, das mehr Nadelstiche gesehen hatte als eine Flickendecke. Ihm folgten die Seinen treu ergeben und schützten das Haus Flavée vor den feindlichen Schatten, die immer wieder am Horizont auftauchten. Doch es gab Bedrohungen, denen man nicht mit Schwertern oder einer List beikommen konnte. Kräfte, die sich weder vertreiben noch bestechen ließen.

Man schrieb das Jahr 1513, als zum sechsten Geburtstag der einzigen Tochter des Hauses alle nahen Angehörigen und Verwandten auf dem Kastell der Flavées versammelt waren. Es sollte ein rauschendes Frühlingsfest werden, das drei Tage und drei Nächte dauern und ein unheimliches Leiden vergessen machen sollte, das wie eine düstere Wolke über der Familie schwebte.

Das Geburtstagskind, Komtesse Emilia Flavée, war der ganze Stolz der Familie. Sie war das einzige Kind, das nach über zwei Jahrzehnten der Unfruchtbarkeit empfangen worden war.

Von Geburt an wurde sie wie ein Schatz behütet. Sie war das Schmuckstück der Familie, das Juwel, das man gerne zu öffentlichen Anlässen anlegt, um sich bestaunen und bewundern zu lassen – nur um es anschließend in seine Schatulle zurückzusperren, bis es wieder gebraucht wird. So geschah es auch der kleinen Emilia.

Nach offiziellen Auftritten wurde sie stets in ihre Kemenate zurückgeschickt. Ihre Tage waren gefüllt mit Unterrichtsstunden, in denen sie Poesie und Melodien beigebracht bekam, um sie wenig später in geselliger Runde vorzutragen. Stets lächelnd, perfekt frisiert und in prächtige Gewänder gehüllt, die ihr auf den Leib geschneidert waren. Anschließend verschwand sie wieder, als ob sie einem flüchtigen Traum entsprungen wäre.

Die wenigsten Hausdiener hatten die kleine Emilia jemals zu sehen bekommen. Aus Angst vor ansteckenden Krankheiten war nur einigen ausgewählten Kammerdienern und Zofen der Zutritt zu ihren Räumlichkeiten gestattet. Ruprecht gehörte zu denjenigen, die dieses Privileg genossen. Die niedere Dienerschaft kannte nur ihr Abbild, das die Wände des Kastells zierte. Wunderschöne Portraits, die versuchten, die engelsgleichen Züge des Mädchens auf Leinwand zu bannen, ihre Anmut einzufangen und sie zu verewigen.

Manchmal ertappten sich der Graf und die Gräfin Flavée dabei, wie sie sich wünschten, das zarte, feine Gesicht für immer konservieren zu können, um ihr zauberhaftes Lächeln, ihr putziges Näschen, ihre strahlenden Äuglein für immer zu erhalten. Denn mit jedem Lebensjahr – in dem sie ein Stück erwachsener wurde – verlor sie einen Teil ihrer Unschuld.

Der Glanz des Diamanten begann zu verblassen, im Alter von nicht einmal sechs Jahren.

Und eine seltsame Veränderung vollzog sich: Emilia lächelte nicht mehr – was man mühelos an den jüngsten Gemälden ablesen konnte. Mit fortschreitender Zeit fiel es immer schwerer, ihr einen freudigen Ausdruck zu entlocken.

Dem folgte alsbald die Stimme. Hinter vorgehaltener Hand wurde gemunkelt, das Mädchen sei von einem seltenen Leiden befallen worden. Einige behaupteten gar, sie hätte ihre Stimme ganz verloren. Die Spekulationen überschlugen sich und wurden durch häufige Hausbesuche diverser Mediziner angefacht.

Sämtliche Freude schien aus der Seele des Mädchens gewichen zu sein. Schwermut bemächtigte sich ihrer und verdunkelte ihr Gemüt, bis von dem ehemals so fröhlichen Antlitz nur noch ein Schatten übrig war.

In dem Monat vor Emilias sechstem Geburtstag verschwanden urplötzlich die Heilkundler aus dem Haus. Kurzzeitig glaubte man, das Mädchen hätte sein Leiden überwunden, denn der Graf höchstselbst hatte einen jungen, aufstrebenden Künstler in sein Heim bestellt, um anlässlich des bevorstehenden Wiegenfestes ein neues Portrait seiner Tochter anfertigen zu lassen.

Als der Maler der Familie seine Aufwartung machte, führte man ihn in die Kemenate der kleinen Emilia. Kurz darauf beobachteten die Diener, wie dieser mit gequältem Ausdruck zur Tür hinauslief.

Was auch immer der junge Mann gesehen hatte, es hatte ihm einen Schock versetzt.

Als der große Tag gekommen war, trafen von nah und fern

die kostbarsten Geschenke auf dem Familiensitz ein. Selbst die umliegenden Städte und Grafschaften überbrachten aufwendige Gaben, einerseits, um ehrfurchtsvoll ihre Aufwartung zu machen, andererseits, um einen kurzen Blick auf das Geburtstagskind zu erhaschen, dessen mysteriöser Zustand die Gerüchteküche brodeln ließ.

Ihrer Pflicht folgend, oblag es Ruprecht und seinen Vasallen, die Geschenke nach fragwürdigen Objekten, giftigen Substanzen oder gefährlichen Tieren zu durchsuchen. Im angespannten Klima, das seinerzeit in der Provinz herrschte, musste man auf böse Überraschungen gefasst sein.

So durchlief jedes Präsent die Hände der Leibwache vor dem großen Festsaal. Auch die mit Pfauenaugen verzierte schwarze Schatulle, die ein Page in letzter Minute am Hoftor abgegeben hatte. Sie wurde sogleich zu Ruprecht gebracht, da keine schriftliche Botschaft beigefügt war.

Gerade als der Hauptmann die Schatulle mit einem Messer öffnen wollte, schwangen die Türen des Festsaales auf. Ruprecht hob seinen Blick und erstarrte …

In den letzten Wochen vor dem Fest hatte selbst er das Mädchen kaum noch zu Gesicht bekommen. Einzig und allein ihrer Kammerzofe war der Zutritt zu ihren Gemächern erlaubt gewesen. Doch der Hauptmann erinnerte sich noch gut an all die Gelegenheiten, bei denen er das Kind durch die Anlagen des Kastells eskortiert hatte. Wie lebhaft und strahlend ihr Blick gewesen war. Vergangenheit angesichts dessen, was er nun erblickt hatte.

Dort, wo das Geburtstagskind Emilia Flavée saß, erstarb jegliches Leben. Um sie herum war der ganze Festsaal in Bewegung. Schnatternde Gäste, die aßen und tranken, geschäftiges Treiben, laute Stimmen überall. Aber das Kind war allein und vergessen.

Sie saß abseits, umringt von Geschenken, und niemand nahm Notiz von ihr. All die Menschen, die ihretwegen hierhergekommen waren – und doch war nicht ein Einziger bei ihr. Sie war nur schmückendes Beiwerk. Das Juwel, das ganz oben auf einem Haufen Gold thronte. Eine Gefangene in einem unsichtbaren Käfig.

Einsamkeit zieht Einsamkeit an, so wie sich Schatten zu Schatten gesellen. Dunkle Gedanken, die ihresgleichen suchen.

Dieses traurige Mädchen war wie ein Magnet für das, was kommen sollte. Ein Geschenk, ein reisendes Etwas, auf der Suche nach seinem Gegenstück – und das schon seit Jahrhunderten.

Für einen Moment brannte die Schatulle wie Feuer. Ein Schmerz durchzuckte Ruprechts Arm. Das Kästchen entglitt ihm und verschwand in dem Korb zu seinen Füßen. Ein Schauer erfasste ihn, als sich die Türen wieder schlossen.

Er erinnerte sich an den Tag, an dem der junge Künstler davongelaufen war. Das war es also, was den Mann so verstört hatte. Ein leeres Kind.

Ruprechts Arm kribbelte, als würden Ameisen darüberlaufen. Nur ein Krampf, sagte er sich und griff nach dem Korb. Er war fort. Kalter Schweiß trat auf seine Stirn. Wo war er? Wo war der Korb? Jemand hatte ihn mitgenommen ... hatte ihn hineingetragen in den Festsaal. Und als der Schrei des kleinen Mädchens ihn wenig später erreichte, begriff er, welche Gefahr er hereingelassen hatte.

Es war die Maske. Glatt und schwarz und vollkommen aus Glas, lag sie auf blauem Samt, als die kleine Emilia die Schatulle geöffnet hatte. Der Korb mit den Präsenten war zu ihr gestellt worden und die Schatulle, ganz obenauf, hatte sofort ihre Aufmerksamkeit erregt. Sie war nicht aus Gold oder Silber; sie funkelte nicht im Schein der Sonne. Stattdessen war sie dunkel und geheimnisvoll. Und sie flüsterte.

Ich weiß, wonach du dich sehnst.

Das Mädchen blieb stumm.

Du musst nie wieder allein sein.

Das Mädchen seufzte.

Willst du meine Freundin sein?

Das Mädchen nickte.

Lass uns spielen.

Ein Kreischen, das nicht von dieser Welt zu sein schien, riss Nathaniel aus seinen fernen Gedanken. Fast glaubte er, die Stimme seiner Herrin zu hören.

Gehetzt blickte er sich um. Kerzenflammen spiegelten sich auf den unzähligen Glasgefäßen, die den schmalen Gang zu seiner Koje auf beiden Seiten säumten. Diese Behältnisse – mal schlank, mal hoch, mal breit, mal bauchig – waren sein *Totengarten*. In jedem von ihnen schwamm der Leib einer uralten Kreatur. Wesen der Tiefe und der Schatten – angeschwemmt, gefunden und haltbar gemacht. Sie alle waren in massive Regale eingezwängt, die auch bei schwerem Seegang dafür sorgten, dass die Präparate nicht aus ihren Halterungen rutschten.

Wieder das Kreischen. Nathaniel beobachtete seinen Garten

und entdeckte eine fette Ratte, die zwischen zwei riesenhaften Glaskolben feststeckte. Als er näherkam, sah er ihre wilden Augen, ihr wundes Maul und ihr von Fäulnis zerfressenes Fell. Er packte ein Messer und wollte ihr sogleich den Kopf abschneiden, als er zwischen den Gefäßen, ganz hinten in der finsteren Enge des Regals, eine Vielzahl von Augen aufleuchten sah. Noch mehr Nager. Sie drängten sich dicht aneinander und schienen miteinander verwachsen, ja verklebt zu sein. Ein *Rattenkönig*, durchzuckte es Nathaniel. Das Ungeziefer war durch seine Schwänze aneinandergeknotet wie ein einziger wuselnder Organismus.

Ein Schreien und Schaben hob an, als Nathaniel das blitzende Messer in seiner Hand wog. Dann, ohne weiter darüber nachzudenken, steckte er das Messer durch den Spalt zwischen den Gefäßen und vollführte eine schnelle Bewegung. Wieder erklang das Kreischen, doch diesmal flitzte die vormals eingeklemmte Ratte an ihm vorbei und suchte mit blutendem Schwanzende das Weite.

Seine Rattenkameraden in den Schatten rumorten weiter, trampelten die Schwächeren und Toten unter ihnen nieder, in absoluter Hilflosigkeit. Sie würden vermutlich nie einen Weg aus der Beengtheit der Regale herausfinden und schließlich dort verrotten.

Nathaniel betrachtete die Blutspritzer auf der Messerklinge. Vielleicht war es klüger einen Körperteil zu verlieren, als in der Dunkelheit zu verenden.

Ein Gedanke formte sich in seinem Kopf: ein Schutzmantel, ja, das brauchte er für das Schiff und seine Kreatur. Etwas Undurchdringliches, das den Blick ihrer Verfolger verschleierte. Er brauchte Wachs. Sehr viel Wachs.

9. KAPITEL

»Aufgewacht, Großwildjäger!«

»Was ist passiert?« Mit einem Satz saß Moritz aufrecht in den Kissen. Sein Kopf schwirrte und er blinzelte benommen in die Dunkelheit. Vor ihm stand Edgar, lang, dünn und scheußlich gut gelaunt.

»Wir haben keine Zeit zu verlieren. Die Sonne geht bald auf.« Edgar stapfte quer durch den finsteren Raum und öffnete eine Tür, die unter den vollgestopften Regalen kaum zu erkennen gewesen war. Es sah so aus, als würde er einfach durch die Wand gehen.

Müde blickte Moritz neben sich. Die Elster war hellwach und keckerte verhalten. Vorsichtig streichelte er ihr Köpfchen und kletterte aus den Kissen.

An der Tür verharrte Moritz einen Moment. Draußen lauerte eine aschgraue Welt und eine feuchte Brise schlug ihm entgegen. Es roch nach Wiese und Waldboden. Sie befanden sich auf einer Anhöhe vor den Toren Ravenbrücks. Zu ihrer Linken erstreckte sich der Wald mit seinen Baumriesen, zu ihrer Rechten führte eine Böschung hinunter bis in das kleine Tal, in dem die Stadt und der Hafen um diese Zeit noch ruhig vor sich hin dämmerten.

Wie viel Uhr mochte es sein? Fünf? Vier? Moritz fühlte sich, als sei er vor nicht einmal zehn Minuten eingeschlafen. Gähnend beobachtete er, wie Edgar mit einer kleinen Umhängetasche geradewegs auf einen Baumstumpf zumarschierte.

Als Moritz ihm folgte, wippten die Stufen unter seinen Füßen und summten metallisch. Etwas zischte hinter ihm. Er wandte sich um und erblickte zum ersten Mal die Behausung, in die er gebracht worden war.

Er stand vor einem Wagen aus Metall. Messingfarben und von schweren Nieten zusammengehalten, türmte sich das kolossale Vehikel vor ihm auf. Unzählige Schornsteine, ein bauchiger Kupferkessel und ein riesiges Schwungrad waren an der Rückseite angebracht, sodass es aussah, als hätte der Wagen einen gewaltigen Buckel. An der Vorderseite – dem Kopf des Gefährts – wölbte sich eine Kuppel aus buntem Glas nach außen und verriet, dass sich im Inneren ein kleiner Wintergarten befand.

Moritz besah sich den Wagen näher, doch er fand nicht, was er suchte. Etwas Entscheidendes fehlte.

»Wo sind die Pferde?«

Edgar stutzte. »Welche Pferde?«

Moritz blickte ihn an. »Na, die Pferde, die Ihren Wagen ziehen?«

»Wir brauchen keine«, sagte Edgar. »Das ist ein Dampfwagen.«

»Verstehe.« Moritz blinzelte. »Und wer zieht ihn?«

»Niemand zieht ihn. Die Maschine fährt von selbst. Das ist der Sinn der Sache.«

Moritz' Mund klappte sperrangelweit auf. »Aber wie soll das gehen, ganz ohne Pferde?«

»Es funktioniert«, versicherte Edgar. »Man braucht nur eine Menge Dampf und Druck. Und dann ...« Er schien zu überlegen. »Dann zischt und pufft und pfeift es und man bewegt sich vorwärts.«

»Sie wissen es auch nicht, oder?«

Edgar schnaubte. »Und ob ich es weiß! Ich habe diesen Wagen selbst entworfen! Ich weiß alles, was man darüber wissen muss!«

Moritz deutete auf einen kleinen kupfernen Blasebalg an der Außenhülle, in den mehrere schmale Rohre mündeten. »Und was ist das da?«

»Das ist ein, äh, Druckausgleichs-Gebläse-ähm-Verteiler!«

Moritz hob eine Augenbraue. »Sind Sie sicher?«

»Aber ja! Ich kenne zufällig den Erfinder des ersten Dampfwagens. Er hat dieses Exemplar für mich gebaut. Ein sehr netter Mann. Hat lustige Haare. Sehen ein bisschen wie Tentakel aus. Hatte einen Bilwiss im Keller. Bei diesem Problem habe ich ihm geholfen. Scheußliche Kreatur mit einem Faible für lange Ballkleider mit Rüschen und Puffärmeln.«

»Der Erfinder?«

Edgar seufzte. »Nun werd bitte nicht albern. Wenn deine Fragen damit beantwortet wären, könnten wir mit dem Unterricht beginnen, solange es noch dunkel ist.«

»Warum muss es denn dafür dunkel sein?«

»Das erfährst du gleich.«

Moritz kratzte sich am Kopf. »Haben Sie überhaupt geschlafen?«

»Das tut er nie«, antwortete eine Stimme. Helene kam hinter dem Wagen hervor, die Arme voller Reisig.

Edgar holte einen kleinen grünen Stein aus seiner Jackentasche und platzierte ihn auf dem Baumstumpf. »Schlaf ist reine Zeitverschwendung. Wie heißt es so schön: Der frühe Vogel ...« Er stockte.

»Wird gefressen?«, versuchte Moritz es.

»Ja!«, rief Edgar. »Nein, das war es nicht ... oder doch?«

»Brillant, Bruderherz.« Helene erklomm die Stufen des Wagens. Moritz sah ihr nach.

»Augen zu mir, Junge!«, sagte Edgar. »Das Erste, was du lernen musst, ist schießen. Du jagst in der Nacht – deswegen übst du nachts. Soweit klar?«

»Klar.«

»Deine Waffen sind Kinderspielzeuge. Probiere mal das hier!« Mit einem Lächeln drückte Edgar Moritz eine Radschlosspistole in die Hand. Es war ein wirklich erlesenes Exemplar, mit glattem Lauf und elegant geschwungenem Griff aus Perlmutt. Die Waffe war schwer, lag aber gut in der Hand und hatte eine kleine zylindrische Trommel anstelle der Pulverkammer.

Edgar deutete auf den Baumstumpf. »Versuch den grünen Stein zu treffen.«

»Brauche ich dafür nicht irgendwelche Anweisungen?«

»Nein, schieß einfach. Aber ...«, er beugte sich zu Moritz hinunter, »... behalte dein Ziel gut im Auge!«

Moritz runzelte die Stirn. Was sollte das bedeuten? Verwundert legte er die Pistole an und spannte den Hahn, den kleinen grünen Stein fest im Blick.

Zögernd drückte er ab …

PAMM!

Ein kleines Netz schoss aus dem Lauf, hielt direkt auf sein Ziel zu. Ein perfekter Schuss – beim ersten Versuch. Dann eine Bewegung – der Stein sprang nach oben, aus der Schusslinie.

»Was zum Teufel …?« Moritz war plötzlich hellwach. »Er hat sich bewegt! Der Stein hat sich bewegt!«

Neben ihm lachte Edgar laut auf. »Natürlich! Glaubst du, dein Ziel wird stillhalten? Man kann nur fangen, was man kennt. Studiere deinen Gegner. Lerne ihn kennen. Seine Stärken, seine Schwächen. Was macht ihn besonders? Das ist deine erste Lektion.«

»Aber wie lernt man seinen Gegner kennen?«

»Indem du aufhörst zu denken und dich in ihn hineinversetzt. Viel Glück!« Edgar klopfte Moritz aufmunternd auf die Schulter und verschwand mit federnden Schritten im Wagen.

Moritz schüttelte den Kopf. Unschlüssig starrte er auf die Pistole. Dann blickte er auf den grünen Stein, der scheinbar reglos auf dem Baumstumpf ruhte. Er kniff die Augen zusammen und legte erneut an.

PAMM!

Das Netz flog. Der Stein sprang.

Aber diesmal dehnte er sich aus und bildete einen perfekten Ring. Das Netz flog glatt durch ihn hindurch.

»Das gibt's doch nicht!«, rief Moritz und hantierte nervös mit der Waffe. Wieder und wieder schoss er auf den grünen Stein, doch dieser ließ sich immer neue Tricks einfallen. Er wurde zu einem Dreieck, vollführte eine Schleife, dann einen Bogen und legte sich schließlich flach auf den Baumstumpf, kurz: Er tat alles, um dem Netz zu entgehen. Moritz wurde immer frustrierter. Und die Aussicht darauf, all die Netze im Morgengrauen wieder einsammeln zu müssen, verbesserte seine Laune nicht im Geringsten.

Währenddessen zog dicker Dampf durch das Innere des Wagens. In einer kleinen Kochecke saß Helene auf einer schwarzen Bank und rührte mit einer löchrigen Schöpfkelle in einem Kupfertopf herum.

Auch dieser Teil des Dampfwagens war bis unter die Decke mit kleinen und großen Gegenständen zugestellt. Töpfe, Tiegel, Döschen und Kästchen türmten sich übereinander in den Schränken und auf der Arbeitsfläche neben einem alten Holzbottich, der vor schmutzigem Geschirr überquoll. Die Decke war kaum auszumachen, denn von einem kleinen Eisenofen aus wanden sich unzählige große und kleine Abgasrohre wie Spinnenbeine kreuz und quer durch den Raum, bis sie irgendwo in schattigen Winkeln verschwanden.

Jedes Teil in dieser Küche schien ein Unikat zu sein: Keine zwei Teller, Tassen oder Töpfe passten zueinander. Überhaupt musste derjenige, der diese Küche eingerichtet hatte, ihren eigentlichen Sinn missverstanden haben. Auf den ersten Blick waren alle Elemente einer Küche vorhanden, doch sie wirkten seltsam deplatziert. Als wären sie nur da, um anwesend zu sein, und nicht, weil man sie zur Zubereitung einer speziellen Mahlzeit benötigt hätte.

Der Ruhepol in all dem Durcheinander war die schwarze

Holzbank in der Mitte des Raumes, wo Helene ein paar vertrocknete Kräuter in einen blubbernden Sud fallen ließ.

Edgar befand sich im Nachbarraum und beobachtete Moritz' Schießübungen durch ein rundes Fenster. Neben ihm hockte die Elster auf einer großen Sanduhr und beäugte ihrerseits den merkwürdigen bunten Mann mit dem Kneifer.

»Und, wie stellt sich unser Großwildjäger an?«, fragte Helene.

»Er verkrampft sich, so wird das nichts«, erwiderte Edgar und fügte halblaut hinzu: »Und mir läuft die Zeit davon ...«

»Vielleicht solltest du ihm erst mal eine leichtere Aufgabe geben?«

Edgar wandte sich vom Fenster ab. »Hast du die Boogelbies schon gefüttert?«

»Nein«, sagte Helene und füllte etwas von dem Sud in einen kleinen Becher. Sie kam zu ihm herüber. »Für dich.«

Edgar nahm den Becher und setzte ihn gedankenverloren an die Lippen. Nach einem Schluck nickte er. »Du wirst langsam besser. Es schmeckt zwar immer noch nach Erbrochenem, aber der Geruch erinnert mich jetzt an ...«

»Mist!« Die Stimme kam von der Tür her.

Edgar, Helene und die Elster wandten gleichzeitig die Köpfe.

»Es ist unmöglich!« Mit finsterer Miene stand Moritz in der Tür. In einer Hand hielt er den grünen Stein und in der anderen die Pistole.

»Irrtum!«, sagte Edgar und erhob sich. »Nichts ist unmöglich. Vor wenigen Stunden hast du ein riesiges Monstrum über die Dächer verfolgt. Unmöglich? Das würde sicher jeder in Ravenbrück behaupten. Aber es ist dennoch passiert! Vergiss also, dass etwas unmöglich ist. Sei nicht überrascht, überrascht zu werden. Das ist deine zweite Lektion.«

»Was ist das für ein verdammtes Ding?«, fluchte Moritz.

»Ein Mualwurm«, antwortete Edgar und schnappte sich den kleinen Stein aus der Hand des Jungen. Er ging hinüber zu einem hohen Wasserglas. »Eine Flusskreatur, aus der Familie der Ohrwürmer. Außerhalb des Wassers sind sie harmlos und versteinern. Aber im Wasser ...«, er ließ den Stein ins Glas plumpsen, »... sind sie wahre Teufel.«

Augenblicklich dehnte sich der Stein aus und wurde zu einer gezackten Schlange, die sich im Wasser ringelte. Wütend schnappte sie nach Edgar, als dieser das Glas mit einem Deckel fest verschloss.

Moritz starrte das Ding mit offenem Mund an.

»Du kannst es später noch mal versuchen«, sagte Edgar. »Vorher stelle ich dir ein paar Monster vor.«

10. Kapitel

»Die Welt der Monster und Dämonen ist groß und vielfältig. Die meisten sind gefährlich, die wenigsten erforscht. Doch diejenigen, die erforscht sind, habe *ich* erforscht!« Edgar stand neben einer Schautafel vor dem Dampfwagen, zwischen Körben voller Pergamentrollen, Papierbündeln und vergilbten Notizzetteln.

Moritz hatte verblüfft zugesehen, wie viel Material sein Lehrmeister im ersten Morgenlicht aus dem Wagen geholt hatte. Nun saß er mit der Elster auf den Stufen des Wagens und lauschte ihm.

»Grundsätzlich lassen sich Monster und Dämonen in vier Kategorien einteilen. Erstens die *Borstigen.*« Edgar deutete mit einem Rohrstock auf die Schautafel. Hier tummelten sich Federzeichnungen von haarigen, schuppigen und borstigen Ungeheuern. »Zu dieser Kategorie gehört zum Beispiel der Aachener Bahkauff, eine Mischung aus räudigem Hund und Schaf. Diese Kreatur lauert bevorzugt Betrunkenen auf, um auf ihre Rücken zu springen und sich von ihnen umhertragen zu lassen – ein *Aufhocker*, wenn man so will. Entgegen der landläufigen Meinung, dass der Bahkauff dies tut, um seinen Opfern den Heimweg zu erschweren, habe ich herausgefunden, dass das Wesen eigentlich nur nach einem verlorenen Gefährten sucht. Es glaubt, es hätte einen besseren Überblick über die Gegend, wenn es herumgetragen wird. Und es ist allgemein bekannt, dass Betrunkene häufig Umwege gehen, wenn du verstehst was ich meine …«

Moritz verstand kein Wort. Er war zu erstaunt.

»Ebenfalls zu den Borstigen gehören die Wolpertinger, wie du dir sicher denken kannst.« Edgar deutete auf eine gehörnte Hasengestalt mit wunderschön gescheckten Rebhuhnflügeln. Es gab aber auch andere Vertreter dieser Spezies: eulenartige, die Ziegenhörner auf dem Kopf trugen, und deren Gefieder an das eines Falken erinnerte. All diesen Wesen wohnte eine bizarre Schönheit, eine Eleganz inne, die schwer zu fassen war.

»Als Nächstes wären da die *Feurigen*!« Edgar zauberte ein aufgeschlagenes Büchlein hervor und deutete auf ein Bild. Die Illustration zeigte ein schwarzes Wesen in einer Feuersäule. »Das ist ein Feuerputz. Ein Dämon, der in unterschiedlichsten Formen auftritt. Als brennender Ritter, als feuriges Knochengerippe oder als Ungetüm in einer Feuersbrunst. Und sie haben eines gemeinsam: Sie sind vollkommen harmlos.«

Moritz starrte Edgar ungläubig an.

»Feuerputze«, erklärte er, »sind sündige Seelen, die zu Lebzeiten viel Schuld auf sich geladen haben und deshalb im Fegefeuer gelandet sind. Ihr Erscheinen deutet auf eine Wiedergutmachung hin. Sie leuchten denjenigen den rechten Weg, die dabei sind, große Fehler zu begehen.«

Genauso schnell wie das Buch erschienen war, verschwand

es wieder. »Dann gibt es die sogenannten *Versteckten*«, sagte er und kramte eine Schriftrolle heraus. Er warf sie Moritz entgegen, wobei sich das Pergament entrollte.

Moritz betrachtete das gezeichnete Profil eines Mannes. Darunter hatte jemand mit klecksiger Tinte FIGUR 1 geschrieben. Als Moritz dem Verlauf der Rolle folgte, entdeckte er weitere Gesichter; es war immer derselbe Mann, dessen Züge sich veränderten. Die Nase und der Mund zogen sich grotesk in die Länge. Die Augen wanderten seitlich zu den spitzer werdenden Ohren. Gebannt verfolgte Moritz die Verwandlung auf dem Papier. Figur 7 und 8 bildeten eine schreckliche Schnittmenge aus Mann und Bestie. Zähne wuchsen über die Lippen und Fell spross aus dem ganzen Gesicht. Dann, mit Figur 13, war die Verwandlung abgeschlossen. Moritz starrte auf einen waschechten ...

»Werwolf!«, sagte Edgar.

»Unglaublich!«

»Leider nicht. Ein Werwolf oder Mannwolf ist eine furchterregende und bedauernswerte Kreatur. Wir unterscheiden hierbei zwei Ausprägungen: Erstens diejenigen, bei denen die Verwandlung angeboren ist und die sie deshalb zuweilen sogar beherrschen können. Diese Gattung ist allerdings sehr selten. Zweitens diejenigen, die von einem Werwolf gebissen wurden und somit selbst verflucht sind. Bei ihnen gleicht die Verwandlung in einen Wolf dem Ausbruch einer Krankheit, die sich jedes Mal unkontrolliert bei Vollmond vollzieht.«

Edgar tippte die Rolle mit der Fußspitze an und sie wickelte sich wieder auf. »Du kannst mir glauben, es ist kein schöner Anblick, eine derartige Verwandlung mitzuerleben.«

»Soll das heißen, Sie haben es schon einmal gesehen?«

»Öfter als mir lieb ist. Werwölfe zählen zu den Kreaturen, die hierzulande am weitesten verbreitet sind. Fast jede dritte Bestie, die mir bislang begegnet ist, entpuppte sich als Mannwolf – sogar diejenigen, die sich als weiblich herausstellten. Aber nur ein Mal habe ich einen Werwolf getroffen, der von Geburt an die Gabe zur Verwandlung gehabt hat.«

Edgar verharrte einige Sekunden. Seine Gedanken schienen zu einem fernen Augenblick in seiner Vergangenheit geflogen zu sein. Er lächelte. Aber genauso schnell wie der Moment gekommen war, war er auch schon wieder vorüber. Edgar blinzelte und sein Blick traf Moritz. »Na, worauf warten wir?«, rief er. »Es fehlt nur noch die letzte Kategorie und das sind die *Unsichtbaren*. Selbstverständlich kann ich dir in diesem Fall keine Abbildungen zeigen, aber glaub mir, sie sind da.« Er blickte sich verschwörerisch um. »Das weiß ich ganz genau.«

Moritz unterdrückte ein Lächeln.

»Wenn wir erst mal herausgefunden haben, welcher Gattung das Monster angehört, das deine Schwester entführt hat, finden wir auch heraus, wo sie ist«, sagte Edgar. »Erzähl mir alles, woran du dich erinnerst.«

Moritz blickte ihn fragend an. »Sie haben es doch auch gesehen. Ich dachte ...«

Edgars Ausdruck veränderte sich. »Was ich gesehen habe, tut nichts zu Sache. Ich muss wissen, was *du* gesehen hast.«

»Aber ...«

»Vertrau mir.«

Moritz schnaufte. Er rief sich die Jagd ins Gedächtnis zurück und sofort schlug sein Herz schneller. Bilder rauschten an ihm vorbei. »Es war sehr groß und massig. Es hatte Flügel und riesige Krallen ... mit denen es sich am Fenster festgehalten hat.«

»Hatte es vier Beine oder mehr?«

»Vier wie ein Löwe«, antwortete Moritz. Es schnürte ihm die Luft ab. »Und die Augen ...«

»Was war mit ihnen?«

»Sie brannten wie Feuer!«

»Hatte es lange, spitze Ohren und eine kurze Schnauze?«

Moritz konzentrierte sich. »Nein, das Maul war zackig und scharf und die Ohren waren kurz und gebogen, wie bei einer riesigen Katze. Die Haut war rau und kalt und hart.«

Edgar überlegte und die Sorgenfalten auf seiner Stirn wurden tiefer.

»Und da war noch etwas«, sagte Moritz.

Edgar sah auf.

»Es war so, als ob man durch einen verzerrten Spiegel schaut. Man glaubt etwas zu sehen und doch ...«

»Doch *was*?«

Moritz schüttelte den Kopf. »Doch man kann sich nicht sicher sein, ob man seinen Augen trauen kann.«

»Und wenn du deinen Augen trauen würdest«, sagte Edgar, »was hättest du gesehen?«

Moritz überlegte, ob er es aussprechen sollte, dann hob er den Arm und deutete auf eine Zeichnung an einer der Schautafeln. Es war die Abbildung eines Mischwesens mit dem Kopf eines Raubvogels, dem Körper eines Löwen und mit den Schwingen eines Adlers. Ein Greif.

»Das hast du gesehen?«, fragte Edgar. Seine Stimme klang tonlos.

Moritz wusste nicht, ob das ein gutes oder ein schlechtes Zeichen war. Aber er nickte verhalten.

Edgar schwieg eine Weile und begann auf und ab zu gehen. Dabei bewegten sich seine Finger unruhig und spinnengleich, als ob er in Gedanken Karteikarten mit zahllosen Kreaturen durchging. Dann schüttelte er den Kopf. »Ich fürchte, wir müssen alle infrage kommenden Geschöpfe einzeln durchgehen.«

»Sie denken also nicht, dass es ein Greif war?«

»In diesem Fall bevorzuge ich es, nicht zu denken.«

Moritz seufzte.

»Nur Geduld. Ich weiß, dass du gerne eine Antwort auf all deine Fragen haben möchtest, aber das Wichtigste ist jetzt, keine vorschnellen Schlussfolgerungen zu ziehen. Wir müssen einen kühlen Kopf bewahren.« Edgar sammelte Bücher und Schriftrollen ein und schob den Rest der Aufzeichnungen zu einem Haufen zusammen.

In den nächsten Stunden zeigte er Moritz unzählige Zeichnungen und Illustrationen verschiedenster Kreaturen, wobei er seine Ausführungen mit furchteinflößenden Anekdoten und Grimassen unterstrich.

Doch Moritz konnte sich nicht konzentrieren. Seine Gedanken gingen immer wieder zu der Zeichnung mit dem Greifen zurück.

Er kannte dieses Ungeheuer wie kein zweites – aus einem Märchenbuch, aus dem ihm seine Eltern vorgelesen hatten. Bevor sie gestorben waren, war dies die Kreatur gewesen, die ihn in seinen Albträumen verfolgt hatte.

In der Geschichte hatte der Greif dem König eines kleinen Reiches das Leben gerettet. Zum Dank versprach ihm der König, ihm das zu schenken, was ihm bei seiner Rückkehr ins Schloss als Erstes begegnen würde. Da der König glaubte, dies würde zweifelsohne sein treuer Jagdhund sein, machte er sich keinerlei Gedanken und versicherte der Kreatur, Wort zu halten.

Doch als der König die Tore seines Schlosses erreichte, kam alles anders. Statt seines treuen Hundes fiel ihm als Erstes seine schöne Tochter um den Hals, krank vor Sorge.

Natürlich weigerte sich der König, seine Tochter an den Greifen auszuliefern und so nahm das Schicksal seinen Lauf. Nacht für Nacht kam das Ungeheuer über das Land und holte sich das, was den Untertanen das Liebste war – ihre Kinder.

Es war die unheimlichste Geschichte, die in dem Märchenbuch zu finden war, doch Moritz liebte sie von ganzem Herzen. Der Grund dafür war einfach: Es war die einzige Geschichte, die niemals seiner Schwester vorgelesen wurde, da sie noch zu klein gewesen war. Sie gehörte nur Moritz und seinen Eltern. Auch an jenem Abend, als er und Konstanze für immer von ihnen getrennt worden waren.

»Moritz?«

Mit einem Mal hörte er wieder die Stimme seines Vaters. In seiner Vorstellung saß er am Bett seiner Eltern und blickte seinem Vater in die Augen. Er sah so dünn aus, so bleich und ausgezehrt, genau wie seine Mutter. Zwei Fremde. Das Resultat der fragwürdigen Behandlungen des steinalten Gemeindearztes.

»Moritz?«

Langsam drang Edgars Stimme zu ihm vor.

»Du bist nicht bei der Sache!«

»Was? Entschuldigen Sie.« Moritz blickte zu Boden.

»Woran hast du gedacht?«

Moritz seufzte. »An meine Eltern.«

»Was ist mit ihnen passiert?«

Es dauerte eine Weile, bis Moritz antwortete. »Die Grippe.« Ihm war, als hörte er seine Mutter husten, dann seinen Vater. Bei seinem Vater war das nichts Ungewöhnliches gewesen, vermutlich waren seine Lungen so schwarz wie die Schornsteine, die er gereinigt hatte. Doch als sich seine Mutter eines Tages vor Husten nicht mehr auf den Beinen halten konnte, wusste Moritz, dass etwas nicht stimmte.

»Ich habe den Arzt gerufen«, sagte er. »Es gibt nur den einen in der Stadt, für alle Leute.«

»Das ist sehr wenig«, sagte Edgar leise.

»Ja ... Er kam nach ein paar Tagen und hat ein Brechmittel dagelassen und gesagt, ich solle kühlende Wickel machen, gegen das Fieber.« Moritz' Hände schmerzten, als er an das eiskalte Wasser vom Brunnen zurückdachte. Später hatte er es mit dem ersten Schnee gemischt, im Glauben, dass so das Fieber schneller sinken würde. Dem war nicht so gewesen.

»Und wer hat sich um dich und deine Schwester gekümmert?«

»Ich«, sagte Moritz. »Es gab niemanden sonst. Der Pfarrer war einmal kurz da – ich glaube, der Arzt hatte ihm davon erzählt, dass meine Eltern krank geworden sind. Aber als er gesehen hat, dass wir alle im selben Raum schlafen, hat er die Tür gleich wieder zugemacht. Ich hab noch gehört, was er gesagt hat:

Die Kinder sind in Gottes Hand. Wenn es ihm gefällt, wird er sie verschonen.«

»Es musste ihm wohl gefallen haben«, murmelte Edgar.

»Zwei Wochen habe ich alles gemacht, was der Arzt gesagt hat. Wir sind nur noch mit Tüchern vor dem Mund herumgelaufen und durften im Zimmer unserer Eltern weder sprechen noch schlucken oder schlafen. Wegen der *faulen Luft*, wie er meinte.« All das hatte sich für Konstanze besonders schlimm angefühlt. Ständig verrutschte ihr Tuch und sie versuchte zu ihrer kranken Mutter ins Familienbett zu klettern. Es brach Moritz das Herz, sie schreiend und weinend in die Diele zerren zu müssen, wo sich von nun an ihre neue Schlafstätte befand.

Jeden Abend heizte er Steine im Ofen an und legte sie unter die Strohmatte ihres Lagers, damit ihre Füße warm blieben. Dieser Winter war so kalt, dass die Wände nachts vor Frost heller glitzerten als die Sterne.

»Wann haben sie dich und deine Schwester abgeholt?« Edgars Stimme schnitt tief in Moritz' Gedanken.

»Kurz vor Weihnachten«, sagte Moritz. Er sah die Szene wieder vor sich, fühlte die stickige Wärme im Raum. »Der Gemeindearzt hatte zwei Tage zuvor noch alle möglichen Sachen an meinen Eltern versucht. Er nannte es *die schwächende Methode*.«

Edgar hob eine Augenbraue.

»Er sagte, er müsse den Körper so lange schwächen, bis die Krankheit ihn verlassen würde.« Moritz blickte auf seine Finger. »Konstanze und ich mussten vor der Tür warten.«

»Das ist eine nicht ganz unumstrittene Methode«, sagte Edgar.

Moritz lächelte bitter. Denn was er gesehen hatte, als sie den Raum wieder betreten durften, hatte ihn bis ins Mark erschüttert.

11. KAPITEL

Mit der Wucht eines Paukenschlags war Moritz wieder dort, in der drückenden Wärme des Brennerschen Hauses im Winter 1810. Ein Junge von gerade mal zwölf Jahren. Er stand vor seinen Eltern, die nach der Prozedur des Arztes wie Geister aussahen. Schwächliche Schatten, keuchend und fahl.

Und was hatte Moritz getan? Er hatte versucht, sich nichts anmerken zu lassen. Es hätte Konstanze nur geängstigt. Sie alle brauchten ein Stück Normalität. War nicht bald Heiligabend?

Moritz blieb nicht viel Zeit, dann würden er und seine Schwester abgeholt werden. Der Arzt hatte es schon angekündigt, bevor er gegangen war. Als hätte er selbst nicht an seinen Behandlungserfolg geglaubt. Wie viele Tage mochten sie noch haben? Einen, vielleicht zwei?

Moritz brachte Konstanze zu Bett und wartete, bis sie schlief. Dann ging er los, um Tannenzweige zu sammeln.

»Das ist schön, mein lieber Mo«, hatte seine Mutter vom Bett aus gesagt, als er mit dem Tuch über Mund und Nase die Zweige auf dem Fensterbrett verteilte. Sie nannte ihn immer *Mo*, zärtlich und weich, wie ein Kuss.

Er blickte in ihr fahles Gesicht. Dann hatte er eine Idee. Er langte nach dem Märchenbuch und suchte die Geschichte mit dem Greifen. Trotz des Verbots des Arztes begann er leise daraus vorzulesen. Für Mama und Papa. Ein letztes Mal.

Als er geendet hatte, klopfte es an der Tür. Drei Personen warteten dort: der Gemeindearzt, der Pfarrer und ein Schrank von einer Frau. Wie sich später herausstellte, war dies Fräulein Auguste Bimmel, die Leiterin des Waisenhauses.

Moritz wusste nicht, wie ihm geschah. Sie betraten die Diele mit Tüchern vor dem Mund und achteten darauf, nichts zu berühren. Der Pfarrer sagte etwas, das er nicht verstand, denn sein Herz schlug zu laut. Es klang wie *Die Kinder mitnehmen*. Eine Hand legte sich auf Moritz' Schulter und hielt ihn fest. Doch es war zu früh, sie sollten erst in ein paar Tagen kommen. Er brauchte mehr Zeit.

Konstanze erwachte. Sie sah die Schatten, die ihren Bruder in der Diele umringten, und begann zu weinen.

Moritz trat nach einem Bein – es war ihm egal, wen er traf – er hatte nur noch einen Gedanken: Er musste zu seinen Eltern.

Jemand schrie, dann war Moritz frei. Er rannte zum Bett seiner Eltern und blickte in ihre verschwitzten Gesichter. »Ich will hierbleiben« waren seine letzten Worte, bevor sich erneut die Hand auf seine Schulter legte – fester diesmal – ein Griff aus Eisen.

»Pass gut auf deine Schwester auf.« Die Finger seines Vaters berührten Moritz' Wange, dann zog man ihn fort. Fräulein Bimmel war stärker. Sie verfrachtete beide Kinder hinaus in die verschneite Nacht und schleifte sie die Straße hinauf.

Es war das letzte Mal, dass Moritz seine Eltern lebend sah. Erst zwei Tage später erfuhr er die schreckliche Wahrheit.

Sofort nach ihrer Ankunft im Waisenhaus hatte man die Kinder in das oberste Zimmer im Westflügel des uralten Gemäuers gesperrt – damit sie sich *beruhigen* und *wieder zur Besinnung* kommen konnten, wie Fräulein Bimmel sich ausdrückte. Doch Moritz wollte sich nicht besinnen. Er wollte zu seinen Eltern. Die Ungewissheit, was nun mit ihnen passierte, kribbelte wie Ameisen unter seiner Haut.

Er schlug gegen die Tür, randalierte, trat und schrie, was überhaupt nichts brachte, sondern nur dazu führte, dass Konstanze nicht mehr aufhörte zu weinen. Am Abend schliefen beide an die Tür gelehnt ein, heiser, erschöpft und von Albträumen geplagt.

Auch am zweiten Tag blieb die Tür verschlossen. Hin und wieder öffnete sie sich kurz, damit etwas Essbares in den Raum geschoben werden konnte. Aber keine Nachricht von ihren Eltern.

Am Nachmittag hielt es Moritz nicht mehr aus.

Er hatte einen Plan und bat Konstanze, ihm dabei zu helfen. Sie sollte weiterhin Krach machen, damit niemand Verdacht schöpfte, während er aus dem Fenster klettern wollte, um über das Dach in ein anderes Zimmer zu gelangen. Er hatte Glück. Tatsächlich fand er ein geöffnetes Fenster und begann zu rennen, wie er noch niemals zuvor in seinem Leben gerannt war.

Er rannte Treppen und Gänge hinunter, ließ den Hof des Waisenhauses hinter sich und lief durch die Gassen von Ravenbrück. Erst in der Straße, wo sein Zuhause war, blieb er stehen.

Vor ihrer Haustür stand der Pfarrer, den Kopf gesenkt. Daneben ein schwarzer Karren mit einem Rappen davorgespannt.

Nein!

Die Tür öffnete sich und ein paar vermummte Männer mit Handschuhen schleppten zwei mannsgroße, verschnürte Säcke aus dem Haus. Sie warfen sie auf den Karren, der unter der Wucht des Aufpralls ächzte.

Bis heute wusste Moritz nicht genau, was in den darauffolgenden Minuten geschehen war, doch er erinnerte sich, dass er losrannte – direkt auf den Karren zu. Er versteckte sich kurz im Schatten, bevor er zur Ladefläche schlich. Hier lagen die Säcke. Aus einem von ihnen ragte eine schmächtige weiße Hand heraus, mit violetten, fast schwarzen Fingerkuppen. Die Hand seiner Mutter.

Moritz würgte vor Trauer und griff zitternd nach ihr. Die Hand war kalt und leblos. Eine Stimme drang an sein Ohr – hoch und schrill: der Pfarrer. »Alles verbrennen. Fangt mit den Leichen an.«

Eine Welle aus Schmerz übermannte Moritz. Die Tränen schossen ihm förmlich aus den Augen ... dann spürte er etwas in der Hand seiner Mutter. Eiskalt und glatt und silbrig glänzend: das Familienmedaillon.

Er konnte gar nicht so schnell denken, wie seine Finger es umklammerten und er davonrannte. Wieder die Straße hinauf. Wieder zum Waisenhaus. Wieder zu seiner Schwester zurück. Fort von der Krankheit. Fort vom Tod. Fort von dem Peitschenhieb, der durch die Winterluft knallte und den Rappen aufschreien ließ. Es klang schrecklich. Unwirklich. Der Schrei eines Untiers.

Der Greif, dachte Moritz. Jetzt hat er meine Eltern geholt.

12. KAPITEL

Moritz starrte auf das geöffnete Medaillon in seiner Hand und ihm wurde klar, dass Edgar ihn die ganze Zeit über beobachtet hatte.

»Es tut mir sehr leid«, sagte dieser und seltsamerweise fühlte es sich für Moritz tröstlich an. Ihm fiel auf, dass Edgar der Erste war, der ihm überhaupt sein Beileid ausgesprochen hatte. Niemand sonst hatte es zuvor getan.

»Wir machen eine kurze Pause«, sagte Edgar. »Hilf mir bitte, die Unterlagen zurück in den Wagen zu bringen. Fang mit den Zeichnungen an, ich komme gleich wieder.«

Moritz nickte. Die Bücher stapelte er in einem Korb, während die größeren Zeichnungen wieder aufgerollt in ihre ledernen Röhren zurückwanderten. Er kam schnell voran, bis ihm eine besonders sperrige Pergamentrolle Schwierigkeiten machte. Irgendetwas steckte im Inneren der Röhre fest und verhinderte, dass Moritz die Rolle hineinschieben konnte. Er steckte seinen Arm in die Röhre und versuchte, mit den Fingerspitzen das Ende zu berühren. Doch sein Arm war zu kurz.

Neben ihm krächzte es forsch. Er blickte ins Gras und lächelte. Sekunden später lag die Röhre auf dem Boden und die Elster zwängte sich hinein. Als sie wieder herauskam, hielt sie ein zerknülltes Stück Papier im Schnabel und ließ es in Moritz' Hand fallen. Er entfaltete das Papier. Ein unheimliches Wesen starrte ihn an.

Diese Zeichnung war anders als all die anderen. Sämtliche Bilder und Illustrationen aus Edgars Sammlung waren eher akademischer Natur. Sie zeigten, wie viele Augen und Mäuler oder wie viele Finger und Beine ein Monster hatte. In den Büchern schienen die Abbildungen fast schon romantischen Visionen entsprungen zu sein. Doch dieses Bild hier glich einem wahrhaftigen, grausamen Portrait. Und es jagte Moritz einen Schauer über den Rücken.

Das unheimliche, behaarte Wesen hatte kleine Flügel und spitze, lange Ohren. Seine Augen waren nicht mehr als schwarze Schlitze, in denen sich ein trüber Glanz spiegelte. Die scharfen schwarzen Tintenstriche wirkten wie Schnitte im Papier und hatten eine Aura von Heimtücke und Bosheit.

»Der Nachtalb«, las Moritz den Titel.

Darunter deutete ein Pfeil auf zwei weitere Worte, mit zittriger Hand geschrieben: DER MOCK.

Moritz faltete das Papier wieder zusammen und überlegte, Edgar danach zu fragen. Aber er entschied sich dagegen.

Womöglich gab es einen guten Grund, warum die Zeichnung so tief vergraben gewesen war. Und vielleicht war es besser, ihn nicht zu erfahren.

Er schob den Zettel zusammen mit der Rolle zurück in die Röhre.

Zur Mittagsstunde führte Edgar Moritz in ein kleines Arbeitszimmer. Hier wimmelte es nur so von Büchern und Schriftrollen – vor allem aber war es übervoll mit Käfigen. Sie hingen von der Decke, an den Wänden und standen auf der Arbeitsplatte eines Tisches. Die schuppigen Wesen darin reckten die Köpfe und starrten mit weit aufgerissenen Augen neugierig auf ihre Besucher.

»Erinnerst du dich?«, erkundigte sich Edgar.

»Boogelbies?«

»Richtig.« Edgar machte einen langen Schritt über mehrere Käfige hinweg. »Höchst eigentümliche Kreaturen. Sie wittern jedes Monster im Umkreis von einer Meile.«

»Monster, die andere Monster aufspüren können? Das ist unglaublich!«

»Nicht unglaublich, es ist unglaublich praktisch! Besonders wenn man sich auf der Jagd nach Monstern befindet.« Mit der flachen Hand klopfte Edgar auf die Oberseite eines der Käfige. Der Boogelbie im Inneren *bobbelte* stolz auf und ab. »Deine Aufgabe, Moritz, ist es, herauszufinden was Boogelbies gern fressen.«

»Aber was …? Wieso?«

»Viel Glück«, flötete Edgar und wollte schon verschwinden.

»Warten Sie! Ich dachte, Sie wollen mir helfen, meine Schwester zu finden?«

»Genau das tue ich.«

»Und warum soll ich dann diese kleinen Scheusale füttern?«

Edgar lächelte milde. »Weil diese kleinen Scheusale, wie du sie nennst, deine wichtigsten Verbündeten sind: Sie werden

Alarm schlagen, wenn das Monster, das deine Schwester entführt hat, in der Nähe ist. So lange werden wir uns gedulden müssen.«

»Und wie genau passiert das?«

Edgar kniete sich neben einen der Käfige und nahm das Wesen darin ins Visier. »Siehst du die feinen Äderchen an ihren Ohren?«

Moritz nickte.

»Damit nehmen sie jede Bewegung wahr, jeden festen Körper, der sich ihnen nähert. Durch Veränderungen in der Luft. Aber sie unterscheiden zwischen Freund und Feind. Dich und mich nehmen sie natürlich wahr, aber sie erkennen auch, dass ihnen durch uns keine Gefahr droht. Wenn dem so wäre, würden sie einander warnen.«

»Einander?«

»Selbstverständlich. Sie warnen sich, um ihre Art zu erhalten. Boogelbies sind von Grund auf ängstlich. Sie leben in ständiger Furcht gefressen zu werden. Aber sie haben erkannt, dass wir harmlos sind. Im besten Falle sind wir Futterlieferanten für sie – nicht mehr und nicht weniger.« Edgar erhob sich und ging zum Vorhang zurück. »Und weil ein toter Boogelbie keinen Alarm schlagen kann, wirst du dich um ihre Versorgung kümmern, verstanden?«

»Verstanden«, murmelte Moritz, als Edgar verschwand. Der letzte Satz hatte eine gewisse Schärfe. War Edgar vielleicht beleidigt, weil Moritz seine Methoden angezweifelt hatte?

Er betrachtete die Käfige. Riesige, kugelige Augenpaare starrten ihn halb erwartungsvoll, halb drohend an und verfolgten jede seiner Bewegungen. Ein leises, unheimliches Geräusch breitete sich im ganzen Raum aus: ein *Rondonnen*, als ob man mit einem Fingernagel über sehr groben Stoff kratzen würde. Diese Kreaturen lauerten. Sie warteten auf Futter. Er hoffte nur, dass nicht *er* ganz oben auf ihrer Speisekarte stand.

Die nächste Stunde verbrachte Moritz ausschließlich damit, etwas Essbares für die Boogelbies zu finden. In der Küche entdeckte er altes Brot, das in ein feuchtes Tuch eingewickelt war. Vielleicht klappte es damit? Vorsichtig steckte er eine kleine Portion durch die Gitterstäbe eines besonders mageren Boogelbies. Er hatte blaue Augen und sein Körper war über und über mit weißgrauen Schuppen bedeckt. Das Wesen beschnüffelte neugierig das Brot, *schronzte* aber nur verächtlich und drehte dem bereitgestellten Happen den Rücken zu. Moritz seufzte.

Als Nächstes probierte er es mit Karotten, Kartoffeln und vertrocknetem Sellerie. Moritz ging von Käfig zu Käfig, da alle Boogelbies getrennt voneinander gehalten wurden. An jedem Käfig machte er kurz Halt und zeigte den kleinen Monstern das mitgebrachte Gemüse. Die Reaktionen waren eindeutig: Die kleinen Biester verzogen die Gesichter und zeigten ihre Raffzähne, als ob Moritz ihnen pures Gift andrehen wollte. Doch so leicht gab er nicht auf.

Kurze Zeit später beobachtete Edgar, wie Moritz den Wagen verließ und querfeldein über die Wiese marschierte. Als er zurückkam, hatte er die Hände voller überreifer Äpfel.

Edgar schmunzelte. Das wollte er sich auf keinen Fall entgehen lassen. Heimlich positionierte er sich hinter dem Vorhang und spähte hindurch. Auf der anderen Seite hielt Moritz einen Apfel vor einen der Käfige. Die Reaktion kam unverzüglich. Eine lange Zunge schnellte aus dem Maul des Boogelbies hervor, wickelte sich um den Apfel und zerrte ihn gierig zwischen die Gitterstäbe.

Moritz lächelte triumphierend und wollte gerade die restlichen Äpfel verteilen, als er POMM! den Apfel an den Hinterkopf bekam. Ein seltsames Geräusch ertönte. Es klang fast wie ein Summen und Quietschen.

Verärgert drehte sich Moritz um und sah, wie die Boogelbies in ihren Käfigen freudig *zusselten* und auf und ab *bobbelten*. Und auch Edgar hinter dem Vorhang konnte sich ein Lachen nicht verkneifen.

Moritz' Ideen wurden immer abstruser. Edgar beobachtete, wie er den Müll durchforstete. Die Abfalltaktik. Der Junge richtete uralte Eierschalen, ranzigen Haferschleim und getrockneten Löwenzahn liebevoll in einer Holzschale an. Dann verschwand er wieder im Raum der Boogelbies.

Es dauerte nicht lange, da ertönte ein lautes Scheppern und ein noch lauterer Fluch. Und wenig später fand Edgar Moritz mit der Holzschale in den Händen auf den Stufen des Wagens. Er war über und über mit Schleim und Eierschalen bedeckt.

Edgar hatte Erbarmen und führte den Jungen zu einem kleinen Bachlauf nahe des Waldrandes, wobei ihnen ein schwacher Geruch von Löwenzahn folgte. Fürs Erste erfuhr die Futtersuche für die Boogelbies eine Unterbrechung.

13. KAPITEL

Moritz spritzte sich klares Wasser ins Gesicht und wusch die Abfälle ab, die an ihm klebten. Das kühle Nass wirkte wahre Wunder. Seine Laune besserte sich.

»Moritz, komm her! Ich möchte dir etwas zeigen.« Edgar stand zwanzig Meter entfernt auf einer umzäunten Pferdeweide und hielt etwas in die Höhe. Zuerst dachte Moritz, es sei eine Tasche, doch als er näherkam, erkannte er eine Weste aus schimmerndem grauweißem Haar. Eine ähnliche Weste, wie auch Edgar sie trug.

»Das ist La-Ka-Fell«, sagte Edgar. »La-Kas sind die wohl gewaltigsten Monster, die es gibt. Sie gehören zu den Borstigen und leben in den Anden, einer riesigen Gebirgskette in Südamerika, weit weg von hier. Sie gelten als die besten und weitesten Springer der Welt. Und warum?« Er streichelte das struppige Haar. »Ihr Fell hat die Eigenschaft, diese Wesen federleicht zu machen. So können sie mühelos von einer Bergspitze zur nächsten springen. Wer also diese Weste trägt, läuft schneller, hüpft weiter und springt höher als jedes andere Lebewesen.« Er reichte Moritz die Weste. »Probier sie aus!«

Moritz zögerte, doch Edgars Begeisterung machte Widerworte unmöglich. Vorsichtig legte er die Weste an und stellte überrascht fest, dass das struppige Fell unglaublich weich war. Im Sonnenlicht glitzerte es, als wäre es aus silbernen Fäden gewoben. Gleichzeitig stieg ihm ein seltsamer Geruch in die Nase, der entfernt an einen nassen Esel erinnerte. Aber das Verblüffendste war das Gefühl von Leichtigkeit, das die Weste bei Moritz auslöste. Es kam ihm so vor, als ob unzählige Hände ihn sanft anhoben.

Vorsichtig machte er einen kleinen Schritt. Augenblicklich schnellte er vorwärts und stolperte mehrere Meter weit, bis er im weichen Gras liegen blieb.

»Du musst vorsichtig sein«, hörte er Edgar hinter sich rufen. »Dein Gewicht hat sich mehr als halbiert, deswegen ist jede deiner Bewegungen doppelt so kraftvoll.«

Diese Information kam reichlich spät. »Verstehe«, murmelte Moritz und richtete sich auf. Behutsam breitete er die Arme aus, um im Gleichgewicht zu bleiben. Dann machte er erneut einen Schritt vorwärts. Er hob ab und schwebte fünf Meter über die Grasnarbe. Ein flaues Gefühl breitete sich in seinem Magen aus. Die Schwerelosigkeit verursachte ein unangenehmes Kribbeln. Dann kam ihm plötzlich der Boden wieder entgegen. Er stolperte und überschlug sich mit einem zweifachen Salto. Der Aufprall schleuderte ihn ein paar Meter weiter.

»Das kann ja heiter werden«, seufzte Edgar.

Wenig später fand sich Moritz stehend auf dem Rundpfahl des Weidezaunes wieder. Ihm gegenüber hockte Edgar ebenfalls auf einem Pfahl und sah ihn erwartungsvoll an.

Mittlerweile hatten sie Zuschauer bei ihrer Übungsstunde.

Zwei gescheckte Pferde hatten sich von der anderen Seite der Koppel zu den Fremden gesellt und beobachteten sie neugierig.

»Glauben Sie wirklich, dass das eine gute Idee ist?«, erkundigte sich Moritz nochmals.

»Wer nicht wagt, der nicht gewinnt«, verkündete Edgar und deutete auf einen Pfahl, der gut zehn Meter entfernt war.

»Und was, wenn ich ihn verfehle?«

»Das werden wir niemals erfahren, wenn du's nicht versuchst.«

Moritz atmete tief durch. Dann spannte er seine Muskeln an und gab sich einen Ruck. Als er absprang, löste sich ein Schrei aus seiner Kehle.

Mit einem gewaltigen Satz flog Moritz auf sein Ziel zu und erreichte den Pfahl. Er ruderte mit den Armen und versuchte den Schwung abzumildern, doch es gelang ihm nicht. Im hohen Bogen landete er auf der Weide und schlug eine Schneise ins Gras.

Als er aufsah, setzte Edgar auf dem Pfahl direkt neben ihm auf – elegant wie eine Feder. »Du musst dich entspannen, wenn du springst. Hör auf, dir ständig Sorgen zu machen. Fühle den Sprung! Wenn du spürst, dass du nicht mehr abbremsen kannst, dann spring einfach weiter – so lange, bis du nur noch ganz wenig Schwung hast. Am Ende hältst du von ganz alleine an.«

Wie zum Beweis sprang Edgar ab und hüpfte leichtfüßig von einem Pfahl zum anderen.

Moritz spuckte Gras aus. »Angeber!«

Doch es half nichts, er musste es weiter versuchen. Mit wackligen Knien erklomm er den nächsten Pfahl. Unterdessen hatte Edgar die Weide so gut wie umrundet und näherte sich nun in

Moritz' Rücken. Moritz sammelte noch seine Kräfte, als ein langer Schatten schon über ihn hinwegsauste. Edgar hatte soeben die Runde vollendet. »Worauf wartest du? Fang mich, wenn du kannst!«

»Na warte!« Moritz stieß sich ab.

Die Weide sauste an ihm vorbei, sein Magen hüpfte in die Luft und er schoss auf den nächsten Pfahl zu. Diesmal reagierten seine Füße praktisch von selbst – ein beherzter Schritt und der Schwung katapultierte ihn weiter, dem nächsten Pfahl entgegen.

Die kühle Luft rauschte ihm ins Gesicht und ein wohliger Schauer durchlief Moritz' Körper. Der Druck seiner Sprünge verschloss ihm die Ohren und ein heller Pfeifton legte sich über die Welt.

Edgars Bewegungen sahen elegant und meisterhaft aus. Davon konnte Moritz nur träumen – aber wenigstens landete er nicht wieder im Gras. Als Edgar pausierte, übersprang Moritz den Pfahl, auf dem der lange Kerl wie ein Grashüpfer hockte.

»Deswegen konnten Sie so einfach die Dächer rauf- und runterspringen!«

»Gut erkannt«, rief Edgar, als Moritz über ihn hinwegsauste. »Lust auf ein kleines Rennen?«

»Ich bin dabei!«

Immer im Wechsel sprangen sie von Pfahl zu Pfahl, wie zwei Flöhe, die sich gegenseitig jagten.

Mit drei besonders weiten Sprüngen setzte sich Moritz geschickt an die Spitze und behielt die Führung bei – allerdings nur bis zum ersten Eckpfeiler.

Geradeaus springen konnte Moritz bereits, doch eine Ecke war Neuland. Er sah den Pfeiler zwar auf sich zukommen, doch ihm war schleierhaft, wie er die Kurve kriegen sollte. Moritz landete auf dem Eckpfeiler und verlagerte sofort sein Gewicht, um einen Haken zu schlagen, aber schon warf es ihn aus der Kurve und er segelte im hohen Bogen ins Gebüsch.

Edgar konnte sich ein Lachen nicht verkneifen, als er den Schrei des Jungen hörte. »Na, doch nicht so leicht, was?«

Als allerdings keine Reaktion kam, wurde ihm mulmig zumute. Er sprang Moritz hinterher, mitten ins Gestrüpp. Hier wucherte ein Meer aus Brombeersträuchern und Disteln.

»Moritz, hast du dich verletzt?« Es klickte und sein Stab wurde zur Klinge, mit der er Zweige und Dornenranken zerschnitt. Endlich ein Geräusch – gepresst und jammervoll, wie das eines verwundeten Tieres.

»Moritz!« Ein letzter Hieb, dann hatte er den Jungen entdeckt. Moritz lag in einem kleinen Feld Farne und ... lachte.

Edgar atmete auf – er hatte das Schlimmste befürchtet.

»Das Abbiegen muss ich wohl noch üben«, grinste Moritz.

»Das glaube ich auch.« Edgar half seinem Schützling auf die Beine.

14. Kapitel

Am frühen Nachmittag verfinsterte sich der Himmel und Wind kam auf. Edgar und Moritz kehrten zu Helene zurück und sie begannen, den Wagen gegen den einsetzenden Schauer abzusichern. Moritz sah zu, wie Edgar hinter einem Vorhang ein paar massive Kurbeln bediente. Hier befand sich das mechanische Herz des Dampfwagens.

Der kleine Maschinenraum wirkte, als sei er gewachsen. Vereinzelt war zu erkennen, dass der Dampfwagen ursprünglich mal etwas anderes gewesen war. Vermutlich versteckte sich ein alter Schaustellerwagen oder sogar zwei miteinander verbundene Schnellkutschen unter all den Kupfer- und Messingplatten – nur so ließ sich die schiere Größe des Gefährts erklären. Doch wie auch immer das eigentliche Fortbewegungsmittel einmal ausgesehen haben mochte, die Maschine hatte die Oberhand gewonnen. Sie verschmolz mit den letzten Überbleibseln des Innenlebens zu einem bunten archaischen Konglomerat.

Zahnräder griffen ineinander, Kurbelwellen setzten sich in Bewegung und der Wagen ächzte wie ein Tier, dem man die Sporen gegeben hatte. Eine runde Klappe nach der anderen schloss sich und dichtete den Dampfwagen vor Wind und Wetter ab.

Helene lief mit einem Stock, an dessen Ende ein Haken befestigt war, zu den Fenstern und Luken und verriegelte sie.

»Schließ bitte die Fenster bei den Boogelbies«, sagte sie im Vorbeigehen zu Moritz. »Sie können Wasser nicht ausstehen.«

Er nickte und machte sich auf den Weg.

Die Boogelbies schlotterten in ihren Käfigen. Der Regen trommelte von außen gegen die Metallhülle und das hohle Echo ließ die Käfigstangen vibrieren. Gleichzeitig blies ein feuchter Wind zum Fenster herein und ließ die kleinen Kreaturen erschaudern.

Erst als die Fenster geschlossen waren, entspannten sich die Boogelbies und ein beruhigendes Rondonnen breitete sich aus. Moritz wurde ganz schläfrig. Er setzte sich auf einen leeren Käfig und beobachtete die Geschöpfe. Die schuppigen Körper glänzten im Licht wie die Panzer von Insekten. Ihre hauchfeinen, transparenten Ohren waren von Adern durchzogen und erinnerten an Libellenflügel.

Plötzlich hatte Moritz eine Eingebung. Er sprang auf und marschierte hinaus in den Regen. Als er wenig später zurückkehrte, war er pitschnass und hielt einen Strauß Gräser garniert mit Hagebuttenzweigen in der Hand. Vorsichtig trocknete er sie am Vorhang ab, damit das Regenwasser seinen Plan nicht zunichte machte.

Er näherte sich den Monstern und raschelte mit dem Strauß. Die Boogelbies wurden darauf aufmerksam und witterten den

Geruch von Futtergras und Rutenkraut. Alle wandten gleichzeitig die Köpfe und näherten sich wie hypnotisiert den Gitterstäben.

Moritz lächelte. Das war es also! Sie mochten Gräser, genau wie Insekten. Er nahm ein paar Halme und hielt sie einem Boogelbie entgegen.

Das Monster öffnete das Maul, bleckte die spitzen Zähne, streckte die Zunge aus und HAAATSCHIII! ... *zonzte.* Das Wesen nieste, hustete, keuchte und schlotterte gleichzeitig aus allen Poren.

Ein grüner Klumpen Rotz landete mitten in Moritz' Gesicht. Er taumelte und knallte gegen einen anderen Käfig. Die Hälfte der Gräser verteilte sich im nächsten Käfig und auch diese Kreatur begann zu zonzen. Eine weitere Ladung Rotz traf Moritz' Hinterkopf.

Wie ein Betrunkener torkelte er durch den Raum und verlor dabei immer mehr Grünzeug. Es landete überall und sorgte dafür, dass sich eine nicht aufzuhaltende Welle des Zonzens unter den Boogelbies ausbreitete.

Die eigentümlichen Geräusche lockten Helene wenig später zu dem Vorhang, hinter dem sich die Boogelbies befanden. Als sie hindurchspähte, fand sie Moritz in einem Chaos aus Gräserresten und Schnodder auf dem Fußboden sitzend vor. Er war über und über mit Glibber bedeckt.

»Was ist denn hier passiert?«

»Nichts«, brummte Moritz und stemmte sich in die Höhe.

Helenes Blick wanderte durch den Raum und endete bei ihren Füßen. Sie stand in einem Brei aus Rotz und Hagebutten.

»Mein Bruder hat dir nicht gesagt, dass Boogelbies Gräser nicht vertragen?«

Moritz' Miene verdüsterte sich.

»Offenbar nicht«, sagte Helene. »Ich hole einen Eimer.«

Sie zog vorsorglich den Vorhang zu, aber selbst in der Küche konnte man noch hören, wie Moritz fluchte. Es erinnerte sie an Edgar, der sich regelmäßig beim Bau eines neuen, schiefen Regals mit dem Hammer auf die Finger schlug.

Als die Flüche abebbten, traute sich Helene mit einem Eimer Wasser und einem Lappen bewaffnet wieder zu ihm herein. Sie stellte beides ab und überließ ihn dann dem Chaos.

Moritz robbte vorwärts. Er lag flach auf dem Boden und wischte die Graspampe auf, die bis in die hinterletzte Ecke geflogen war. Was hätte wohl seine Mutter gesagt, hätte sie ihn so gesehen? Vermutlich hätte sie ihm eine Standpauke gehalten, weil er mit seiner besten und einzigen Jacke im Dreck herumkroch. Einem Geburtstagsgeschenk! Er beschloss, sie gründlich zu waschen, sobald er das Durcheinander beseitigt hatte. Mit dem Arm langte er unter eine Werkbank und zog einen Haufen Matsch darunter hervor. Als er sich wieder erhob, flogen schwärzliche Fetzen von seinem Ärmel. Moritz stutzte.

Neben dem Schleim und den Überresten des Rutenkrauts lagen kleine schwarze Teilchen auf dem Boden, die auf den ersten Blick wie winzige Splitter aussahen.

Moritz kniete nieder. Die Teilchen ließen sich zu Staub zermahlen. Neugierig roch er an seinen geschwärzten Fingerkuppen. Ein verbrannter Geruch stieg ihm in die Nase. Asche.

Was hatte Asche hier zu suchen? In der Nähe der Käfige gab es weder eine Feuerstelle noch einen Ofen.

Ob es ...?

Langsam schritt er zu einem der Käfige hinüber, der auf einer Holzkiste stand, und ging in die Hocke. Die Kreatur darin bohrte hingebungsvoll in der Nase und beachtete Moritz nicht. Unter seinen kleinen Füßchen war der Käfigboden blitzblank und auch in den Ecken gab es keine Spuren von Staub oder Schmutz.

Moritz hob den Käfig an und stellte ihn beiseite. Dort, wo eben noch der Käfig gestanden hatte, war ein deutlicher Abdruck zu sehen. Ein weißgrauer Rand – Asche. Er erinnerte sich an Helenes Worte: *Sie können Wasser nicht ausstehen.* Und er begriff.

Als Moritz sich umdrehte, blickte er in Helenes Gesicht. Sie hatte ihn die ganze Zeit über beobachtet. Sanft nickte sie, als ob sie seine Gedanken lesen könnte, und verschwand mit ihrem seltsamen Lächeln hinter dem Vorhang.

Ein letztes Zonzen kam von dem Boogelbie zu seiner Rechten, doch Moritz achtete nicht darauf. Er hatte die Lösung für diese Aufgabe gefunden.

In eben dieser Minute, in einem entfernten Winkel des Wagens, versteckt in einer runden Ecke, dachte etwas: *Ich werde dich kriegen!*

Schon lange hatte es diesen Kerl namens Edgar beobachtet. Leise und unbemerkt aus der Ecke heraus ins Visier genommen, in die es gestellt, nein, *verbannt* worden war. Eingesperrt, betrachtet, untersucht. Pah! Doch nun war seine Zeit gekommen. Sein gläsernes Gefängnis hatte es schon vor Tagen verlassen. Unbemerkt von der Welt. Still und quälend langsam. Doch nun war es fast am Ziel. Nur noch wenige Millimeter trennten es von seinem Opfer. Diesmal würde es klappen.

Süße Rache. Sie war *sein*!

Dieser Edgar saß wieder in der bunten Kuppel. Jeden Tag saß er da, seine übergroßen Beine angewinkelt wie eine Heuschrecke, und kritzelte etwas in sein rotes Notizbuch. Draußen prasselte der Regen gegen die gewölbte Scheibe. Dies hier war ein ruhiger Ort. Abgeschieden. Perfekt für einen Mord.

Das bunte Mosaikglas tauchte das einfallende Licht in die schönsten Farben und Edgars Gehrock wirkte durch dieses Lichterspiel wie das geheimnisvolle Kostüm eines Harlekins.

Nur ein toter Narr ist ein guter Narr.

Stachelige Ranken schlängelten sich um Edgars Kopf und Rücken. Der Dummkopf saß wieder in seinem kleinen botanischen Domizil, einem Garten aus bizarren Pflanzen, die ihm bei der Arbeit über die Schulter schauten. Da fiel *es* nicht weiter auf.

Nun war es so weit. Es hob den Kopf, ganz langsam. Reckte in Zeitlupe seine Fühler, die vor Gift trieften. Sein Opfer lehnte sich zurück. Der lange Nacken kam in Reichweite. Der Schreiber hatte seinen Satz beendet. Hoffentlich ein guter. *Es ist dein letzter!*

Eine winzige Perle Toxikum löste sich.

Edgar zuckte zusammen. Ein Schauer überlief ihn, dann wurde ihm kalt, schrecklich kalt. Ein Lufthauch im Genick sorgte dafür, dass sich seine Nackenhaare aufstellten. Er sah einen

Schemen an seiner Seite. Eine Bewegung, die jeden Wimpernschlag vor Neid erblassen ließ.

POCK!

Helene stand da, ein Messer in der Hand.

Edgar klappte erschrocken sein Notizbuch zu. »Was zum Teufel?!«

Stumm deutete seine Schwester mit der Klinge auf die bunten Glasscheiben hinter ihm. Dort klebte etwas Winziges mit einem lachhaft kleinen Geweih auf dem Kopf. Es war schneckenartig, blaurot gemustert – und nun säuberlich tranchiert in zwei Hälften. Von einem seiner Fühler perlte ein klitzekleiner Tropfen Gift. Edgars Finger befühlten seinen Nacken. Nichts. Da war nichts.

»Ich wusste doch, dass dieses Ding uns noch Ärger machen würde«, hörte er Helene sagen. »Warum hast du es überhaupt behalten?«

Edgars Antwort klang wehleidig. »Weil ich mehr darüber erfahren wollte. Jetzt sieh nur, was du angerichtet hast! Das war womöglich der letzte *Scheußlich-schädliche Schnickschnack*. Und du hast ihn einfach in der Mitte gespalten.«

»Nichts zu danken.« Sie ließ das Messer in den Falten ihres Kleides verschwinden.

»Wie konnte er nur entkommen?«, entfuhr es Edgar.

Helene wies mit einem Finger in die Ecke. Dort stand das Einweckglas, in dem die Kreatur gefangen gehalten worden war. An der Seite war ein deutliches Loch zu erkennen. »Offenbar frisst sich das Gift nicht nur durch die Haut.«

Edgar starrte auf den halbierten Winzling an der Scheibe.

Dieser arme tödliche Geselle war vermutlich die letzten vier Monate Tag und Nacht unterwegs gewesen – für ganze anderthalb Meter von der Ecke mit seinem Einweckglas bis zur Glaskuppel. Nur um hier seinen letzten Atemzug zu tun.

Ein unnützer Tod, dachte Edgar. Wenn er doch nur mehr Zeit gehabt hätte.

Helenes Stimme riss ihn aus seinen Gedanken. »Du musst dir etwas ansehen.«

Ihre Blicke trafen sich und er wusste sofort, dass sie aufgeregt war. Zugegeben, es war schwer, Gefühle in Helenes Gesicht zu deuten. Wut, Freude, Schmerz oder Angst waren Zustände, die sich bei seiner Schwester nicht auf herkömmliche Art bestimmen ließen. Aber er konnte ihre Stimmungen spüren. Er spürte sie, wie nur ein Bruder es konnte.

»Was ist passiert?«

»Komm mit«, sagte Helene und zog ihn auf die Füße.

Moritz stand inmitten der Käfige. Eine lange Zunge schnellte aus einem Käfig hervor und schnappte sich den Ast, den er in den Händen hielt. Im Nu verschwand er im Maul der Kreatur und im nächsten Moment begann ihr schuppiger Körper blau zu leuchten wie eine Gasflamme.

Gierig schnappten sich auch die anderen Boogelbies das Holz mit ihren Zungen und je mehr sie fraßen, desto intensiver wurde auch das blaue Licht, das sie umgab.

Edgar grinste. Er tauschte einen Blick mit Helene, die fast so etwas wie ein Lächeln andeutete. »Ich glaube, jetzt ist er bereit für die Stöcke.«

15. KAPITEL

Der Regenschauer hatte die Stoppelfelder südlich des Waldes in eine schlammige Masse verwandelt. Prüfend sog Edgar die frische Luft ein. »Wir bekommen Schnee«, sagte er, dann marschierte er querfeldein durch den Matsch. Er trug einen großen Schlapphut und hatte den Kragen seines Gehrocks bis unters Kinn zugeknöpft.

Moritz hatte von Helene einen groben Mantel mit Kapuze bekommen, dessen Saum schon vor Schlamm triefte. Im Tausch dafür hatte er seine schmutzige Jacke hergeben müssen, die sie bis zum Abend waschen wollte. Wohl war ihm nicht dabei. Argwöhnisch hatte er beobachtet, wie sie dunkle Asche in einen Pott schüttete, um die Jacke darin einzuweichen. Doch bevor er Einspruch erheben konnte, hatte ihm Edgar schon eine Weste aus La-Ka-Fell übergestülpt und ihn nach draußen verfrachtet.

Nun standen sie im trägen Nachmittagslicht auf dem Feld und Edgar präsentierte einen handlichen Messingzylinder, der nicht einmal eine Elle lang war. »Das ist ein Stock.«

Moritz nickte lahm. Was sollte es auch anderes sein als ein … ZACK!

Im Bruchteil einer Sekunde hatte sich der Zylinder zu beiden Seiten ausgefahren und eine Länge von über zwei Metern erreicht.

»Wie haben Sie das gemacht?«

»So.« Edgar deutete auf drei Metallknöpfe an der Unterseite. »Mit dem ersten Knopf verlängert man den Stock. Der zweite lässt ihn wieder zusammenschrumpfen.« Er demonstrierte es. Der Stock schob sich in Sekundenschnelle wieder auf Taschengröße zusammen.

»Und der dritte?«, fragte Moritz.

»Probier ihn aus.«

Moritz betätigte den Knopf und eine Klinge schoss aus dem Griff hervor. Die hauchfeine Schneide durchschnitt sirrend die Luft. Er zuckte erschrocken zurück. »So was habe ich noch nie gesehen!«

»Das will ich meinen! Diese Stöcke sind meine Erfindung«, sagte Edgar stolz. »Ich zeige dir, wie man damit umgeht.« Er zog einen zweiten Stock aus der Tasche und überließ ihn Moritz. Nun folgte eine schnelle Abfolge von Anweisungen, die Edgar mit militärischer Strenge abspulte. Konzentriert verfolgte Moritz Edgars Bewegungen und ahmte sowohl dessen Haltung als auch dessen Schrittfolge nach, als es darum ging, über einen Graben zu springen.

»Verlass dich nie nur hierauf«, Edgar deutete auf seine La-Ka-Weste, »möglicherweise musst du sie während der Jagd aufgeben.« Er nahm Anlauf und verlängerte den Stock. Der bohrte sich in den matschigen Grund des Grabens und mit einem eleganten Satz landete Edgar auf der anderen Seite.

Nun war Moritz an der Reihe. Er nahm Anlauf und betätigte den Knopf – der Stock verlängerte sich ebenfalls in den Matsch. Doch als er absprang, umklammerte er den Griff so fest, dass er versehentlich den zweiten Knopf auslöste. Sofort schrumpfte der Stock wieder zusammen und Moritz landete im Graben – mit dem Gesicht voran im Morast.

Edgar wollte den Unterricht sofort abbrechen, doch Moritz hob abwehrend die Hand. Er rappelte sich auf, erklomm die schlammige Anhöhe, um es noch mal zu probieren.

Was nun folgte, war ein Feuerwerk des Scheiterns: Moritz kam nicht ein einziges Mal heil auf der anderen Seite des Grabens an. Meistens war seine Reise bereits auf halber Strecke beendet. Er rutschte ab, stolperte, landete mit der Nase im Dreck – es war ein Bild des Jammers.

Mehrere verunglückte Sprünge später unterbrach Edgar das Trauerspiel und führte Moritz zur nächsten Aufgabe.

Nun galt es nicht, die Tiefe zu überwinden, sondern die Höhe. Gemeinsam bezogen sie Stellung am Weidezaun. Wieder legte Edgar vor und übersprang die Hürde mithilfe des Stocks und der Fellweste mühelos.

Nicht so Moritz. Er verhedderte sich in seinem Mantel und segelte, von der Weste getragen, in einen nassen Heuhaufen auf der anderen Seite. Edgars Blick, während er sich vom Heu befreite, entging ihm nicht. Sein Meister war drauf und dran, den Unterricht einzustellen. Das durfte nicht passieren! Moritz ging wieder in Position – aber diesmal verzichtete er auf den Mantel. Ein Fehler, den er kein zweites Mal machen würde.

Was Moritz nicht bedacht hatte, war, dass der Mantel sein

Gewicht verändert hatte. Der nasse Stoff hatte der Kraft des La-Ka-Fells entgegengewirkt. So war es nicht verwunderlich, dass er kurze Zeit später beim Sprung ohne den schweren Mantel im hohen Bogen über den Zaun katapultiert wurde und mitten im Wald verschwand.

Es dauerte eine Weile, bis sich Moritz und Edgar im tiefen Unterholz wiederfanden. »Sagen Sie nichts«, knurrte Moritz verdrossen, als er von Tannennadeln zerstochen an Edgar vorbeistapfte.

Noch eine Stunde harter Arbeit lag vor den beiden, bis Moritz den Dreh mit dem Stock heraus hatte. Dann bewegte er sich sicher und übersprang – wenn auch noch nicht sonderlich elegant – sämtliche Hindernisse, die ihm Edgar stellte.

Nun folgte der Zweikampf.

In vielerlei Hinsicht waren Monster Edgar lieber als Menschen. Sie stellten keine Fragen – sie schufen Tatsachen. *Ich will dich fressen* – viel feinsinniger wurde es nicht. Menschen waren komplizierter. Sie hatten eigene Ideen, Gedanken und stellten *ständig* Fragen. Moritz war da keine Ausnahme.

»Wäre es nicht besser, wenn Sie mir zuerst erklären, wie man –«

»Nein.«

»Aber ich könnte jemanden verletztten, wenn ich –«

»Beim Stockfechten ist nicht mit ernsthaften Verletzungen zu rechnen. Es ist der Sport für Edelmänner.« Edgar drückte Moritz einen Ast von der Länge eines Schwertes in die Hand.

»Und warum benutzen wir dann Attrappen?«

»Weil ich zuerst sicherstellen muss, dass du kein komplett hoffnungsloser Fall bist.«

»Aber haben die Äste nicht ein anderes Gewicht als –«

»Konzentration!«, schnitt Edgar Moritz das Wort ab. »Wir gehen zum praktischen Teil des Unterrichts über. Ich greife dich an und du verteidigst dich.«

Der Junge verstummte.

»En garde!« Edgar ließ seinen Ast auf den Kopf des Partners niedersausen. Schnell hob Moritz seine provisorische Waffe und wehrte den Schlag ab.

POCK!

»Gut so. Weiter jetzt.« Edgar beschrieb einen Halbkreis und schlug von schräg unten nach oben – Moritz parierte.

Noch führte Edgar die Schläge langsam und mit halber Kraft aus. Doch das änderte er schnell. Moritz sollte sich zügig an die Abläufe gewöhnen. Schließlich ließ Edgar die Vorwarnungen weg und erhöhte sowohl Tempo als auch Druck.

Dann folgte der Angriff. Sie stellten sich nebeneinander an einen großen Weidepfahl, um ihn mit ihren Schlägen zu bearbeiten. Edgar war dies lieber, als sich von einem blutigen Anfänger einen zweiten Bauchnabel verpassen zu lassen. Er zeigte Moritz verschiedene klassische Hiebe und vergewisserte sich, dass sein Schützling nach jedem Angriff wieder in seine Deckung zurückkehrte. Als das klappte, begannen sie, die Schläge zu variieren und miteinander zu kombinieren. Nach einer Stunde war es so weit. Edgar reichte Moritz seinen Messingstock – von jetzt an übten sie ohne Attrappen.

Angriff, Parade, Wiederholung.

Moritz verfügte über eine erstaunliche Wendigkeit, was für Edgar die Regel bestätigte, dass ein geschickter Kämpfer eher klein und flink sein sollte. Immer häufiger verfehlte er den Jungen, der mittlerweile nicht nur Schläge abwehren konnte, sondern sie klug erwiderte.

Edgar beobachtete, wie Moritz immer mehr eins mit seiner Waffe wurde. Der Junge griff an, verteidigte sich und machte plötzlich einen Salto rückwärts. Er kam hoch oben auf dem Weidepfahl zum Stehen. Edgar wollte kaum seinen Augen trauen und Moritz wäre vor Überraschung fast wieder heruntergefallen.

»Nicht schlecht, Großwildjäger!«, grinste Edgar. »Ich hab doch gesagt, du musst es fühlen. Jetzt zeig mir, was in dir steckt!«

»Sie zuerst!«, rief Moritz.

Mit einem Satz sprang Edgar auf den gegenüberliegenden Pfahl und nahm eine Kampfpose ein. »Aufgepasst!«

Sie sprangen zeitgleich ab und trafen sich in der Luft. Für einen Moment gab es keine Schwerkraft. Im Flug drückten beide den dritten Knopf an der Unterseite ihrer Stöcke und lösten so die versteckten Klingen aus. Als sie auf dem Boden landeten, kämpften sie wie bei einem Schwertkampf.

Edgar versuchte, Moritz aus dem Takt zu bringen. Doch es gelang ihm nicht. Immer öfter ertappte er sich dabei, wie er dieselben Hiebe und Angriffe wiederholte – ein eindeutiges Zeichen dafür, dass er Moritz' Verteidigung nicht mehr durchbrechen konnte.

Dann gelang Edgar ein Vorstoß. Moritz taumelte. Dies nutzte Edgar aus. Er verwandelte seine Klinge in einen Stock und hieb nach Moritz' Beinen. Moritz sprang rückwärts, wobei sein Stock gegen einen Weidepfahl prallte. Mit einem unterdrückten Aufschrei ließ der Junge seine Waffe los.

Ein triumphierendes »Ha!« löste sich aus Edgars Kehle, als Moritz zu Boden fiel. Dann ging alles sehr schnell: Edgar beobachtete, wie Moritz im Fallen etwas unter seiner Weste hervorzog. Es schnellte auf Edgars Beine zu, wickelte sich um seine Füße und ließ ihn der Länge nach hinschlagen.

Edgar landete im Gras. Als er aufsah, stand Moritz lächelnd vor ihm. »Ein Kinderspielzeug, was?«

Edgar richtete sich auf und besah sich seine Füße. Drei kurze Seile, an deren Enden jeweils ein kleiner Stein befestigt war, hatten sich fest um seine Knöchel geschlungen. Die Bola.

»So eine will ich auch!«, rief Edgar und begann lauthals zu lachen. Es stimmte, Menschen hatten eigene Ideen, und vielleicht war das in Moritz' Fall gar nicht so übel.

16. KAPITEL

Die Dämmerung legte sich bereits über die Bäume, als Moritz die Pistole zum gefühlt tausendsten Mal an diesem Tage hob.

PAMM!

Das kleine Fangnetz sauste durch die Luft – direkt auf das Ziel zu – aber im letzten Augenblick sprang der grüne Stein hoch und beschrieb eine Acht.

»Schon wieder«, seufzte Moritz kopfschüttelnd. »Das verstehe ich nicht.«

»Du schießt so, wie du denkst: geradeaus«, sagte Edgar und legte ihm eine Hand auf die Schulter. »Probier mal um die Ecke zu denken.«

Moritz sah Edgar irritiert an. Um die Ecke denken? Was hatte das zu bedeuten? Er blickte hinüber zu dem Baumstumpf, auf dem der grüne Stein ruhte. Diese Aufgabe musste doch zu knacken sein. Oder war es vielleicht nur ein gemeiner Trick, der seine Geduld auf die Probe stellen sollte? »Es ist doch möglich, oder?«

Edgar sah Moritz von der Seite an. »Was meinst du?«

»Na ja, es ist doch nicht etwa …« Er wusste nicht so recht,

wie er sich ausdrücken sollte, ohne einen bestimmten Begriff zu verwenden, den er eigentlich aus seinem Wortschatz hätte streichen sollen.

»Unmöglich?«, half Edgar nach.

Moritz war erleichtert, als er bemerkte, dass ihm Edgar das nicht übel nahm.

»Nun, sagen wir mal so: Es wird für dich so lange unmöglich sein, bis du es möglich machst.«

Moritz seufzte. Wenn er noch nicht einmal einen kleinen grünen Stein bezwingen konnte, wie sollte er dann ein riesiges Ungeheuer fangen? »Ich glaube, ich kann noch hundert Mal auf diesen Stein feuern und würde ihn nicht treffen.« Er ließ die Schultern hängen. »Aber das ist bestimmt nur ein Test. Es gibt wahrscheinlich niemanden, der diesen Stein treffen kann.«

PAMM!

Ein Schuss donnerte durch die Dämmerung. Der Knall war so laut, dass Moritz glaubte, die Luft wäre in Flammen aufgegangen. Aus dem Nichts wickelte sich ein feines Netz um den Stein, der soeben seinen Platz auf dem Baumstumpf verlassen wollte. Es riss ihn mit sich und landete mehrere Meter entfernt in einem Gebüsch am Waldrand.

Sämtliche Muskeln in Moritz' Körper waren angespannt. Was war das? Wer hatte geschossen? Er sah sich um und entdeckte ... Helene.

Sie stand mit einer Radschlosspistole in der Hand auf den Stufen des Wagens und starrte zu ihm hinüber. Ihr Gesicht war ganz Unschuld.

»Abendessen«, sagte sie.

Moritz' Mund stand sperrangelweit offen, als sie leichtfüßig im Wageninneren verschwand. Hatte er das nur geträumt? Er suchte Edgars Blick.

»Hat sie gerade ...?«

Edgar würdigte diese Frage keiner Antwort.

»A-aber ... woher kann sie so gut schießen?«, rief Moritz.

»Du beliebst zu scherzen! Sie hat mir das Schießen beigebracht!«

»Unglaublich.«

»Wem sagst du das«, murmelte Edgar. »Es gibt Abendessen. Gott steh uns bei.«

Etwas plumpste in Moritz' Schüssel. Es war grau, körnig und glänzte im warmen Kerzenschein wie Galle. Er wagte einen Seitenblick auf Edgar. Dieser verzog keine Miene.

Betreten stocherte Moritz in der Schüssel auf seinen Knien herum. Vorsichtig versuchte er etwas von dieser *Mahlzeit* auf seinen Löffel zu schaufeln, doch die graue Masse zog sich immer wieder zurück, als ob sie ein Eigenleben besäße.

»Es ist genug für alle da«, sagte Helene feierlich. Sie stellte einen kleinen Tischofen vor ihnen auf die Kissen und drehte an einem Metallrad. Die Löcher an der Oberseite öffneten sich und wohlige Wärme breitete sich aus. Es duftete nach Lavendel und Rosmarin.

»Äh, ja, danke«, sagte Moritz, der es endlich geschafft hatte, etwas von der Masse auf seinen Löffel zu schieben. Sie wackelte hin und her, als ob sie sich nach einer Fluchtmöglichkeit umsehen würde. Er spähte zu Edgar hinüber, der ein gequältes

Lächeln zeigte und sich dann todesmutig einen Löffel voll in den Mund steckte.

Moritz schaute zu Helene. »Isst du nichts?«

»Ich habe keinen Hunger.« Sie starrte ihn an.

Ein Schauer lief Moritz über den Rücken. Er lächelte höflich und schob sich dann ebenfalls eine kleine Portion in den Mund.

Dieses Mädchen war ihm unheimlich. Sie bewegte sich lautlos wie ein Schatten, zeigte kaum eine menschliche Regung und kochte Essen, das mehr als ungenießbar war.

Zuerst schmeckte er gar nichts, es knirschte nur, als seine Zähne aufeinandertrafen. Hatte Helene Sand zum Würzen benutzt? Dann übernahm eine absurde Geschmacksexplosion seinen Gaumen. Die Sandkörner zerplatzten und setzten Salz, Pfeffer, Zucker, Kümmel, Kerbel und diverse fremdartige Kräuter frei, gefolgt von einem kupfernen Geschmack. Sein Mund wurde taub. Hatte er sich gerade auf die Zunge gebissen?

Moritz würgte den ganzen Klumpen auf einmal herunter. Er japste und bemerkte dann Helenes Blick.

»Und?«, fragte sie erwartungsvoll.

»Es schmeckt wie ... nichts, was ich jemals zuvor gegessen habe«, sagte Moritz und fragte sich gleichzeitig, ob das eine Beleidigung gewesen war.

Helenes Miene blieb unergründlich.

»Haben wir noch Brot?«, fragte Edgar aus der Ecke. Es klang tonlos.

»Natürlich«, sagte Helene und verschwand in der Küche.

Entsetzt starrte Moritz Edgar an und hielt ihm seine Schüssel hin. »Was ist das?«

Edgar sah ihn mit halb geöffneten Lidern an. »Das Beste, was sie jemals gekocht hat.« Plötzlich begann er zu lachen. »Ihr schmeckt es!« Er deutete auf ein Regal. Dort saß die Elster auf einer Spieldose, eine Schale vor sich. Sie schlang den grauen Schleim hinunter, als ob es sich um eine Delikatesse handelte. Moritz und Edgar sahen sich an. Beide hatten denselben Gedanken.

Als Helene mit dem Brot aus der Küche zurückkehrte, lagen Edgar und Moritz in den Kissen und kugelten sich vor Lachen. Ihre Schalen waren leer und jedes Mal, wenn sich einer von ihnen gerade beruhigte, gab der andere ein seltsam krächzendes Geräusch von sich. Dann brachen beide wieder in Gelächter aus.

Draußen breitete sich die Dunkelheit aus und verschluckte allmählich die Welt. Der Mond blieb unter einer dichten Wolkendecke verborgen. Sanft schwebte eine einzelne Schneeflocke vom Himmel herab und kündigte die erste Winternacht an.

17. Kapitel

Lautlos sprangen zwei Gestalten mit La-Ka-Fellwesten über die Dächer von Ravenbrück. Die größere der beiden trug einen hohen Käfig auf dem Rücken und bewegte sich mit einem langen Stab wie ein überdimensionaler Grashüpfer vorwärts. Ihm folgte die kleinere Gestalt, mit einem niedrigeren Käfig und einem ledernen Tragesitz, in dem eine Elster schlief.

Immer mehr Schneeflocken schwebten hernieder und begleiteten Edgar und Moritz auf der Suche nach einem Platz für die Nacht.

Die Turmuhr schlug Mitternacht. Der Schall donnerte durch die Öffnungen des Glockenstuhls und übertrug sich auf das kupferne Kirchendach.

Hier ließen sich Edgar und Moritz nieder. Es war der perfekte Platz, um die Dächer von Ravenbrück im Blick zu behalten. Die Käfige mit den Boogelbies standen auf dem Boden. Hin und wieder *schnarzte* eine der Kreaturen, reckte ihre lange Zunge durch die Gitterstäbe und fing eine vorbeifliegende Schneeflocke auf. Obwohl die kleinen Monster Regen nicht ausstehen konnten, schien Schnee eine besondere Faszination auf sie auszuüben.

Vielleicht war es die Langsamkeit, mit der die Flocken vom Himmel fielen, oder das leise Zischen, das zu hören war, wenn die Kristalle auf ihren Zungen landeten. Die Boogelbies waren wie gebannt. Sie verhielten sich so ruhig wie die ganze Stadt unter ihnen.

»Jedes Wesen, jedes Monster hat eine Schwachstelle – einen wunden Punkt«, sagte Edgar. »Wenn wir den kennen, können wir es einfangen und besiegen.«

»Aber wie finden wir ihn, wenn es sich nicht zeigt?«, fragte Moritz und legte sich eine Decke um die Schultern. Er dachte an Konstanze. Sie war schon so lange fort ... Würde er sie jemals wiedersehen? Er wollte sie nicht auch noch verlieren. »Was, wenn das Monster nie wieder auftaucht?«

»Es wird zurückkommen.« Edgar blickte Moritz an. »Wer seinen Feind umarmt, macht ihn kampfunfähig. Hast du diesen Spruch schon mal gehört?«

Moritz wandte den Kopf. »Nein. Was bedeutet er?«

Edgar sah ihn ernst an. »Er bedeutet, dass man manchmal genau das tun muss, wovor man sich am meisten fürchtet. Dass man sich an die dunkelsten Plätze dieser Welt begeben muss, um sein eigenes Licht zu finden. Danach ist man stärker, größer, ein anderer.«

»Und was ist, wenn man zu große Angst hat, um das zu tun?«

Edgars Stimme war nur noch ein Flüstern. »Dann ist vielleicht die Angst der Feind, den es zu umarmen gilt.«

Moritz zog seine Decke höher. Er spürte den Herzschlag der Elster ganz nah an seinem. »Ich habe Angst um meine Schwester.«

»Das Gefühl kenne ich«, murmelte Edgar.

Beide schwiegen. Irgendwann hielt Moritz die Stille nicht mehr aus. »Haben Sie eine Vermutung, wer meine Schwester entführt hat?«

»Möglicherweise. Aber ich muss noch mehr in Erfahrung bringen, bevor ich mir sicher sein kann.«

»Daran, dass es ein Greif sein könnte, glauben Sie nicht, oder?«, platzte es aus Moritz heraus.

»Nein, aber *du* glaubst daran«, sagte Edgar und lächelte.

»Nun ja, die Klauen, die kurzen Ohren, der lange Schweif und die riesigen Flügel«, begann Moritz. »Klingt das nicht sehr, ähm, greifenartig?«

»Ich weiß nicht. Wir dürfen uns nicht täuschen lassen. Das kann tödlich sein. Es gibt Kreaturen, die erstaunliche Fähigkeiten besitzen und sogar ihre Gestalt verhüllen können. Es wäre gefährlich, um nicht zu sagen töricht, zu glauben, man könnte sich zum jetzigen Zeitpunkt bereits sicher sein.«

Moritz brummte. Es ärgerte ihn, dass Edgar sich nicht festlegen wollte. Immer wieder kreisten die Bilder der Nacht in seinem Kopf, als Konstanze entführt worden war. Genau so hatte er sich immer den Überfall des Greifen aus dem Märchen vorgestellt. Dunkel, mächtig, mit bohrendem Blick aus Feuer.

Er spürte eine Hand auf seiner Schulter.

»Erinnere dich, was ich dir im Unterricht gesagt habe: Denk nicht nur geradeaus. Versetze dich in deinen Gegner hinein.«

Moritz zog die Beine enger an seinen Körper und blickte über die Dächer, die inzwischen so aussahen, als seien sie mit Zucker gepudert.

»Wenn ich weiß, mit welchem Monster wir es zu tun haben,

dann werden wir es gemeinsam einfangen«, sagte Edgar. »Wir finden deine Schwester.«

Moritz sah ihn hoffnungsvoll an. »Versprechen Sie es?«

»Ich verspreche es«, antwortete Edgar. »Und da wir jetzt Partner sind, kannst du von jetzt an Du zu mir sagen. Ich heiße Edgar.«

Moritz lächelte müde. »Danke.«

»Mach ein wenig die Augen zu. Ich wecke dich, wenn etwas passiert.«

Langsam sank Moritz' Kopf auf die verschränkten Arme hinunter. Sein Atem ging ruhig. Die Boogelbies saßen reglos und friedlich in ihren Käfigen.

Edgar beobachtete Moritz eine Weile. Dieser Junge, der unscheinbare kleine Kerl, war vielleicht nicht ohne Grund hier. Vielleicht war all das kein Zufall. Vielleicht war er die Lösung. Vielleicht. Seine Hand glitt in seine Jackentasche unter der Weste. Vorsichtig holte er die Phiole mit der grünen Flüssigkeit hervor. Die Letzte.

Lange ruhte sein Blick auf dem leuchtenden Grün, das in dem Fläschchen tanzte. Sollte er es einnehmen? Ob heute Nacht oder erst morgen früh, es machte keinen Unterschied.

In den letzten Wochen hatte er sich intensiv auf diesen Moment vorbereitet, nur um jetzt festzustellen, dass er keineswegs vorbereitet war. Dennoch fühlte er sich nicht im Geringsten so, wie er befürchtet hatte. Er war weder ängstlich noch verzweifelt noch wie gelähmt. Nein, er wusste einfach, dass sein Weg nach diesem Schluck endete. Für immer.

Behutsam öffnete er den Verschluss und leerte die Phiole in einem Zug, ohne weiter darüber nachzudenken. Die Wirkung spürte er wie immer sofort.

Neben ihm murmelte Moritz leise im Schlaf. Langsam sammelten sich dicke Schneeflocken in den schwarzen Haaren des Jungen.

Lautlos nahm Edgar seine eigene Decke und legte sie schützend über Moritz' Schultern und Kopf.

In dieser Nacht zeigte sich kein Monster. Kein Ungeheuer erwachte, um seinen Hunger zu stillen. Das Böse blieb versteckt in Schatten und Träumen. Und auch in Edgars Kopf.

Er erinnerte sich an Moritz' Beschreibung: greifenartig.

Das, was Edgar in jener Nacht gesehen hatte, war kein Greif gewesen. Was er gesehen hatte, war älter als die Menschheit selbst. Eine Kreatur, so grausam und heimtückisch, dass sie nur dann zuschlug, wenn die Menschen am verwundbarsten waren. Im Schlaf. Und gegen ein solches Monstrum war das, was Moritz glaubte gesehen zu haben, ein zahmer Schoßhund.

18. KAPITEL

Wachs und Federn. Nathaniel hielt die schwarzen Kerzen über die Schale und spürte, wie die Hitze an seinen vernarbten Fingerkuppen leckte. Mehr, er brauchte noch viel mehr.

Seine Herrin hatte bereits nach ihm gerufen. Es dauerte sicherlich nicht lange, dann würden ihre Wachen kommen, um ihn zu holen. Mit rauschenden Umhängen, kalten Klingen und leeren Augen.

Wieder und wieder langte er in den schweren Sack, der neben ihm stand und rupfte Federn von den Flügeln toter Möwen, die er tagsüber aus dem Brackwasser des Hafens gefischt hatte. Er schwärzte ihren Flaum mit Asche und ließ sie dann in die glänzende Schale eintauchen. Die Mixtur war fast fertig. Wenn er erst seine Kammer mit dieser schützenden Masse überzogen hatte, war er vor seinen Verfolgern in Sicherheit. Dann konnte er handeln und seiner Herrin beweisen, dass er seiner Aufgabe gewachsen, dass er ihrer *würdig* war.

Er fügte noch Magenwurzel und die Samen der Teufelsfrucht hinzu, bis sich ein Dampf verbreitete, der die Kraft hatte Gedanken zu spalten und den Nebel der Erinnerung heraufzubeschwören. Nathaniel atmete tief ein und seine Gedanken flogen davon, zu der düsteren Frage seines längst verstorbenen Vaters: *Kennst du die Stille der Einsamkeit?*

Das waren die Worte, die sein Vater an ihn gerichtet hatte, als er ihn im Alter von sechs Jahren zum ersten Mal gesehen hatte. *Sie ist lauter als ein Schrei, lauter als das Zerbrechen von tausend Spiegeln. Sie ist das, was dich von nun an begleitet.*

Und dann hatte ihm sein Vater erzählt, was sich nach dem Fund der Maske im Kastell der Familie Flavée zugetragen hatte, so wie er es auch seinem Sohn dereinst erzählen würde.

Zuerst ohrenbetäubende Stille – dann brach die Hölle los. Panische Rufe ertönten, die Säle waren erfüllt von Geschrei. Niemand, nicht einmal der Graf und die Gräfin, konnten der kleinen Emilia die Maske vom Gesicht ziehen. Stattdessen ging eine Verwandlung mit ihnen vor. Die Finger der Eltern färbten sich pechschwarz und diese Schwärze überzog sie schon bald von Kopf bis Fuß. Zu diesem Zeitpunkt hatten bereits unzählige Verwandte und Bedienstete das scheinbar tote Kind berührt und damit ihr eigenes furchtbares Schicksal besiegelt.

Als der nächste Morgen hereinbrach, war nur noch ein einziger Mann am Leben, Hauptmann Ruprecht. Sonst niemand. Alle Familienmitglieder, Angehörigen und Bediensteten, die entweder die Maske berührt oder eine Person angefasst hatten, die mit ihr in Kontakt gekommen war, hatten sich in formlose, fiebrige Schatten verwandelt. Dicht gedrängt lauerten sie in den Nischen und hinter den Vorhängen des Kastells, verborgen vor dem Sonnenlicht. Trauben geisterhafter Schemen zischten in den dunklen Ecken wie siedendes Öl. Ein Summen, gleich einem Bienenschwarm, begleitete Ruprecht auf seinem Weg durch den leeren Festsaal.

Die kleine Emilia Flavée saß noch immer umringt von ihren Geschenken an ihrem Platz. Nur die schwarze Maske aus Glas passte nicht ins Bild. Wie ein runder Klecks Pech klebte sie mitten auf ihrem Gesicht.

Ruprecht sank auf die Knie und starrte auf die leere Schatulle.

Als er den Kopf wieder hob, stand sie vor ihm. Klein und reglos und puppengleich – Emilia Flavée. Die spiegelnde Maske auf dem runden Gesicht. Sie war von den Toten wiederauferstanden. Ihr Kleid war nun nachtblau, fast schwarz, wie das Glas. Ihre Augen starrten golden, wie Münzen in der Nacht, aus den tiefen Höhlen der runden Maske.

Ruprecht konnte ihren Anblick kaum ertragen. »Verzeiht mir, Durchlaucht! Sie sind alle tot! Und es ist meine Schuld! Allein meine Schuld ...«

Das unheimliche Kind ließ seine Augen langsam durch den Saal schweifen und schien eine Welt jenseits der Schatten zu betrachten. Dann traf ihr Blick den Mann zu ihren Füßen. Ein ferner Lufthauch zog durch den Raum. Eine einzelne Stimme, die zart und sonderbar wie das verhallende Echo eines Echos klang, mühte sich aus den Ecken der Halle und wisperte die Worte, die ihn und all seine Nachfahren auf immer prägen würden.

»*Ich ... möchte ... eine Freundin.*«

Die Stimme klang so dünn und ausgezehrt, als ob sie eine ganze verfluchte Welt verschlingen wollte. Was auch immer in dieser Maske geschlummert hatte, es hatte sich des kleinen, einsamen Mädchens bemächtigt, das einmal Emilia Flavée gewesen war.

An jenem Tage wurde ein namenloses Grauen geboren. Und Ruprecht war der Erste, der ihm bis zu seinem Tode dienen würde. Er ahnte zu diesem Zeitpunkt noch nicht, dass er älter werden würde, als so manch anderer Sterblicher vor und nach ihm.

Im Laufe seines langen Lebens tat er alles, um dem kaltherzigen Wesen in der Maske jeden Wunsch von den Augen abzulesen, in der irrigen Hoffnung, dadurch seine Schuld tilgen zu können.

Und es verlangte ständig nach kleinen Mädchen. Spielgefährtinnen, die etwa in Emilias Alter sein mussten. Ruprecht tat, wie ihm geheißen, ohne Fragen zu stellen oder Mitleid zu empfinden. Er war Teil des Fluchs.

Nach ihrer Auferstehung war die kleine Komtesse anfänglich äußerst geschwächt. Aber nachdem sie ihr erstes Opfer bekommen und mit ihm die schwarze Maske geteilt hatte, wurde sie zusehends kräftiger. Ihre Stimme, zuvor nicht mehr als ein flüsterndes Echo, veränderte sich. Sie klang nun volltönend und klar und das schwarze Glas begann leise zu singen.

Auch die schemenhaften Wesen, die sie umgaben und in den Tiefen anderer Schatten lauerten, wurden deutlicher und gewannen an Form. Und so, wie sie mit jedem neuen Mädchen mehr Kontur ausbildeten, vermehrten sich die mädchenhaften Stimmen, mit denen die Komtesse ihre grausamen Befehle gab.

Dreizehn Jahre hauste Ruprechts Herrin im Burgkastell der

Familie Flavée und wartete auf neue Opfer. Dreizehn Jahre, in denen Ruprecht Nacht für Nacht mit einer Kutsche die umliegenden Dörfer aufsuchte, um sie ihr zu beschaffen. Dreizehn Jahre, in denen sich Angst und Schrecken in der Region verbreiteten, die von einem Dieb heimgesucht wurde, der ihre kleinen Mädchen stahl. Und während all der Jahre alterte die Komtesse nicht um einen Tag.

Irgendwann jedoch ahnten die Menschen, wer im Schutz der Dunkelheit durch die Straßen zog, und eines Nachts rottete sich ein wütender Mob zusammen, der sich mit Fackeln, Knüppeln und primitiven Waffen auf den Weg hinauf zur verlassenen Feste der Flavées machte. Vom Burgfried aus sah Ruprecht ihre Feuer den Hügel hinaufziehen und tat, was ihm seine Pflicht gebot. Er spannte die Kutsche an, raffte so viele Taler zusammen, wie er tragen konnte, und floh mit seiner kleinen Herrin, als der Pöbel durch das Hoftor brach. Die unheimlichen Schattenwesen folgten ihnen auf dem Fuße.

Aus der Ferne sah er mit an, wie das ehemals ehrwürdige Kastell der Familie Flavée auf dem Hügel in einem Flammenmeer versank.

Fast eine Woche irrten sie herum und machten nur Halt, um der Komtesse das zu besorgen, was sie so dringend benötigte. Dann fand Ruprecht ein Schiff, schlank und elegant. Es sollte ihnen für ewige Zeiten ein neues Zuhause sein. In einem Hafen erstand er es, mit dem Geld, das seit dem Tod der Flavées unangetastet in zahllosen Truhen und Schatullen geruht hatte. Er selbst hatte sich nie daran bedient – es stand ihm nicht zu.

Von nun an reisten sie die Küste entlang, verbrachten nie

mehr als ein paar Wochen in einem neuen Hafen und segelten stets weiter, wenn ihre Anwesenheit begann, zu viel Aufmerksamkeit auf sich zu ziehen.

So vergingen Jahre und Jahrzehnte, die an Ruprecht nicht spurlos vorübergingen. Während die Komtesse wie eingefroren in Zeit und Raum ewig dieselbe blieb, nagte das Alter an seinen Gliedern und an seinem Geist. Er begann, sich um die Zukunft Sorgen zu machen, die Zukunft seiner Herrin. Er würde nicht ewig da sein, um sich um ihre Belange kümmern zu können. Aber seine Lebensschuld war noch lange nicht beglichen. Er brauchte einen Nachkommen.

Oft hatte er darüber nachgedacht, sich einfach ein fremdes Kind aus einer Wiege zu stehlen, um es an Sohnes statt aufzuziehen. Doch er spürte, dass dies sein Problem nicht lösen würde. Irgendwann, an seinem Sterbebett, würde der Moment der Wahrheit kommen und er hätte seine Geschichte offenbaren müssen. Jemand, der nicht wahrlich sein eigen Fleisch und Blut war, würde seine Schuld niemals auf sich nehmen.

Deshalb suchte er sich heimlich eine Frau im nächsten Hafen und bezahlte sie dafür, dass sie ihm einen Sohn schenkte und ihn großzog. Als das Kind sechs Jahre alt war, tat Ruprecht das, was jeder Mann aus seiner Familie in Zukunft nur einmal in seinem Leben tun würde: Er kehrte ein zweites Mal zu dem Hafen zurück, in dem sein Sohn lebte, und nahm ihn mit, um seine Ausbildung zu beginnen.

Er hatte Glück. Obwohl der Junge betrübt war, seine Mutter verlassen zu müssen, fand er sich schnell in seinem neuen Leben zurecht.

Mit sechzehn Jahren führte Ruprecht den Jungen, der seinen Namen mit Betreten des Schiffes ablegen musste, in das Amt des Hauptmannes ein und überwachte von nun an die Pflichten seines Sohnes.

Als Ruprecht im Alter von 117 Jahren und 17 Tagen verstarb, hinterließ er ein perfekt organisiertes Schiff, das ausschließlich auf die Wünsche und Bedürfnisse der Komtesse ausgerichtet war. Und als er seinen letzten Atemzug tat, wusste er, dass sein Sohn es ihm gleichtun würde, genauso wie dessen Sohn. Für immer.

Nathaniels Gedanken tauchten aus den Schatten der Vergangenheit auf. Seine Hände zitterten. Er hatte zu lange in den giftigen Schwaden gestanden, hatte die Trübsinnigkeit in sein Herz gelassen.

Die Mischung war bereit, er musste zur Tat schreiten. Er griff ein letztes Mal in den Sack und zog eine gammelige Möwe hervor. Das war sein Pinsel. Er tauchte das Tier tief in den heißen Sud aus Wachs und begann Wände, Boden und Decke seiner Kammer damit zu bestreichen. Er musste sich beeilen, die Mixtur härtete schnell.

19. KAPITEL

Nach der gemeinsamen Nachtwache konnte Edgar es kaum erwarten, wieder zu Helene in den Wagen zurückzukehren, um ihr bei den Vorbereitungen für das Frühstück zu helfen. Zuerst dachte Moritz, Edgar wolle sichergehen, dass die Kochkünste seiner Schwester nicht zum nächsten Giftanschlag führten. Doch er lag falsch.

Durch Edgars Mithilfe geriet das Frühstück sogar noch mehr aus den Fugen als das Abendessen. Serviert wurde schimmliges Steinbrot, versalzene Konfitüre und faules Obst.

Moritz hielt Abstand von diesen lebensverkürzenden Köstlichkeiten und begnügte sich mit ein paar Nüssen und Kernen, die er in einer kleinen Schale unter dem Küchenschrank gefunden hatte.

Nicht so Edgar. Er langte kräftig zu und schlang das Essen hinunter, als ob es kein Morgen gäbe. Damit nicht genug nahm er sich noch von allem einen Nachschlag und spülte ihn mit einem merkwürdigen, dampfenden Trank herunter, den Helene *Coffé* statt Kaffee nannte. Moritz wusste, was Kaffee war. Einmal hatte seine Mutter eine Dose davon mit nach Hause gebracht,

Schmuggelware, selbstverständlich. Wo sie das braune Pulver herhatte, wollte sie nicht verraten, aber es hatte köstlich geduftet, als es mit heißem Wasser aufgegossen worden war. Das, was Helene servierte, hatte nichts damit zu tun. Moritz tippte eher auf eine Mischung aus getrockneten Runkelrüben und Sägemehl.

»Damit hast du dich wirklich selbst übertroffen, Schwesterchen!«, sagte Edgar und küsste schmatzend seine Fingerspitzen.

Falls Helene überhaupt fähig war, eine Emotion zu zeigen, dann wurde Moritz jetzt Zeuge davon. Sie schien über alle Maßen glücklich und zufrieden zu sein. Ihre Augen strahlten wie Edelsteine in hellem Violett und sie wirkte regelrecht beschwingt, als sie später gemeinschaftlich die Reste des Frühstücks in die Küche zurückbrachten.

Später allerdings begann Edgar verdächtig schwerfällig durch den Wagen zu schlurfen; vermutlich machte sich in ihm bereits eine handfeste Vergiftung breit.

Moritz wollte ihm unbedingt helfen. Doch all seine Bemühungen trafen auf Ablehnung. Edgar ließ sich weder beim Sortieren der Bücher noch beim Transportieren einer Werkzeugkiste helfen – stets scheuchte er Moritz fort.

Als er Edgar fragte, was mit ihm los sei, bekam er keine Antwort. Sobald Helene in den Raum spazierte, war Edgar plötzlich wie ausgewechselt. Er lehnte lässig an einem Regal und scherzte mit ihr im lockeren Plauderton. Kaum war sie weg, schien er wieder in sich zusammenzufallen. Moritz begriff allmählich und entschied sich, mitzuspielen.

Als Edgars Gesicht schließlich eine bedenkliche Grünfärbung

angenommen hatte, kramte er hastig drei Spieluhren hervor und zog sie nacheinander auf. Die Melodien dudelten durcheinander und Edgar eilte in den Wintergarten. Moritz ahnte, was dort gleich passieren würde. Vermutlich war es besser, das Bevorstehende mit Musik zu übertünchen.

Moritz beschloss sich abzulenken. Er schnappte sich ein paar Schreibutensilien und das Glas mit dem Mualwurm. Er studierte die Bewegungen des Wurmes und versuchte Ordnung ins Chaos seiner Gedanken zu bringen. Irgendwann musste sich doch ein Muster zeigen, das sich auf seine Schießübungen übertragen ließ.

Immer wieder schwamm der Wurm auf und ab oder auch im Kreis; mal vollführte er eine Schleife, dann wieder einen Bogen. Seine Bewegungen folgten keinem Muster. Moritz' rudimentäre Kritzeleien der Bewegungen wurden immer wüster und er fluchte leise.

Die Elster hatte den gefährlich aussehenden Wurm im Wasserglas zu ihrem neuen Spielkameraden erkoren. Unermüdlich hüpfte sie vor dem Glas auf und ab, was den Mualwurm offensichtlich ärgerte. Er schnappte hektisch nach dem Vogel. Doch er prallte nur mit geöffnetem Maul gegen das Glas, was die Elster wiederum neugieriger und den Wurm noch wütender machte. Moritz schob die Elster beiseite und versuchte, sie mit Körnern abzulenken. Doch es nützte nichts. Fasziniert von ihrem neuen Freund mit den rasiermesserscharfen Zähnen kam sie immer wieder herbei und inspizierte das lustig zuckende Etwas im Glas.

Moritz entschloss sich, seine Studien ins Freie zu verlegen, wo er hoffentlich mehr Ruhe finden würde, als er plötzlich Schritte hörte. Edgar kam die gewundenen Metallstufen des Wintergartens herunter.

Eine kleine Ewigkeit stand er stumm und reglos hinter Moritz und beobachtete ihn. Moritz war das sichtlich unangenehm. Aus Verlegenheit schrieb er ein paar erklärende Worte neben seine hanebüchenen Bewegungsskizzen und verschrieb sich prompt. »Verdammt!«

»Du tust es schon wieder«, sagte Edgar. »Du denkst zu geradeaus. Hör auf zu grübeln.« Er nahm Moritz gegenüber Platz. Sein Gesicht war bleich, vermutlich hatte er sich mehrfach übergeben, doch sein Lächeln wirkte jetzt ehrlicher als vorhin. Er schnappte sich das Wasserglas mit dem Wurm und stellte es beiseite, was von der Elster mit einem empörten Keckern quittiert wurde.

Edgar grinste Moritz über den Tisch hinweg an, während dieser versuchte, den Zettel mit den Notizen zu verstecken. Er wollte nicht, dass Edgar sein Geschmiere sah. Seine Mutter hatte ihm zwar Schreiben und Lesen beigebracht, aber das bedeutete keineswegs, dass seine Schrift eine besonders gute gewesen wäre. Eine richtige Schule, mit Lehrer, Schreibpult und Wachsplatte, hatte er nie von innen gesehen, und im Waisenhaus hatte man auf eine leserliche Handschrift keinen Wert gelegt. Dort ging man davon aus, dass die Kinder sowieso keine Chancen auf eine Arbeit als Kaufmann, Wirt oder gar Arzt hatten. Man war schon zufrieden, wenn aus ihnen Tagelöhner wurden, die sich ihren Lebensunterhalt mehr schlecht als recht selbst verdienen konnten. Noch zufriedener war man, wenn die

Kinder genauso schnell wieder verschwanden, wie sie gekommen waren.

»Machen wir mit unserem Unterricht weiter. Ich hab dir was mitgebracht«, sagte Edgar und zauberte einen Lederbeutel hervor. Darin befand sich ein sehr feines gelbes Pulver. »Das ist Mimosenhornsalz. Die Mimose ist eine der heimtückischsten Kreaturen, die man sich vorstellen kann. Sie gehört zur Kategorie der Versteckten, denn sie lebt unterirdisch. Mimosen erinnern an überdimensionale Wurzeln und wachsen bis zu einer Meile in die Breite. Ihr Körper besteht zu einem Großteil aus langen Fangarmen, die mit Dornen und Stacheln gespickt sind. Das arglose Opfer wird gepackt und so lange gewürgt, bis es das Bewusstsein verliert. Die Stacheln wirken wie Widerhaken, damit die Beute nicht entkommen kann. Anschließend wird das Opfer unter die Erde gezogen und verspeist. So mancher Bauer hatte bereits das zweifelhafte Vergnügen plötzlich einer solchen Kreatur gegenüberzustehen, obwohl er eigentlich nur seinen Acker von Unkraut befreien wollte.« Edgar nahm etwas von dem Pulver zwischen Daumen und Zeigefinger und ließ es wieder in den Beutel zurückrieseln. »Der einzige Weg eine Mimose zu besiegen, besteht darin, ihr das Horn abzuschlagen, das ihr mitten auf der Stirn sitzt. Wenn man das schafft, bleibt nichts mehr von diesem Monster übrig außer dem hier ...« Er fischte eine knorpelige Wurzel aus einem Regal und warf sie vor Moritz auf den Tisch. Sie erinnerte entfernt an eine vertrocknete Rübe auf knubbeligen Beinen und man konnte eine Vielzahl von kleinen Fangarmen erkennen, die allerdings jetzt nicht mehr waren als verschrumpelte Triebe.

Eine kleine gelbe Stelle befand sich dort, wo Edgars Beschreibung nach die Stirn des Ungeheuers gewesen sein musste. Es sah so aus, als ob jemand dort einen Dorn abgebrochen hätte.

»Das abgeschlagene Horn der Mimose wird gemahlen und bietet für eine gewisse Zeit Schutz vor Monstern. Denn sie müssen davon … Na?« Edgar sah Moritz gespannt an. Als dieser nicht reagierte, half er nach. »Sie müssen davon niesen!«, sagte er und freute sich diebisch.

»Niesen?«, fragte Moritz. »Das ist alles?« Er klang ehrlich enttäuscht, denn nach einer derart dramatischen Ankündigung hatte er doch mehr erwartet. Neugierig steckte er die Nase in den Beutel.

»Glaub mir, Großwildjäger, wenn du einem Monster gegenüberstehst, entscheidet manchmal ein simpler Nieser über Sieg oder Niederla–«

»Haaatschiii!«

Eine Staubwolke explodierte; Edgars erstauntes Gesicht färbte sich im Bruchteil einer Sekunde dottergelb und erstarrte in dieser Pose. Nur sein rechtes Auge zuckte noch.

Moritz schniefte. »Entschuldige, Edgar!«

»Dass dieses Pulver auch bei Jungen wirkt, ist mir neu. Oder bist du in Wirklichkeit ein Monster?« Helene stand mit einem Weidenkorb in der Tür und hatte sich einen Winterumhang übergeworfen. »Ich hole Wurzeln fürs Abendessen.«

Bloß nicht! Moritz hatte keinen Bedarf an einem weiteren Essensdesaster; früher oder später würde er eben verhungern. Dann hatte er eine Idee und sprang auf. »Das kann ich doch machen. Ich wollte sowieso raus, um mit dem Mualwurm zu üben.«

Helene stellte den Korb ab.

»Darf ich, Edgar?«, fragte Moritz.

»Von mir aus«, erwiderte der und versuchte sich die gelbe Farbe aus dem Gesicht zu wischen. Ohne Erfolg.

»Danke!«, rief Moritz. Die Elster hüpfte auf seine Hand und von dort auf seine Schulter. Er fischte den Mualwurm mit einer Zange aus dem Glas und die Kreatur schrumpelte rasch zu einem grünen Stein zusammen, den Moritz in seiner Jacke verstaute. Mit dem Korb und seinem selbstgebauten Bogen unter dem Arm lief er hinaus.

Normalerweise war es nicht Moritz' Art, zu lügen. Er hatte dann immer ein schlechtes Gewissen – manchmal sogar tagelang. Aber angesichts der katastrophalen Versorgungslage blieb ihm keine andere Wahl, als selbst aktiv zu werden.

Nachdem seine Eltern gleichzeitig erkrankt waren, hatte er kochen lernen müssen, was ihm nun zugute kommen würde. Sein Plan war einfach: Fisch.

Er folgte der Senke am Rand des Waldes und stieß nach einer Stunde auf den Oberlauf eines Flusses, den er durch die Jagdausflüge mit seinem Vater kannte. Das Wasser war hier nur knietief und auf dem Grund lagen viele kleine und große Kieselsteine. Die perfekte Stelle, um Lachse zu fangen.

Er zog Jacke, Schuhe und Strümpfe aus und griff sich seinen Bogen, bevor er ins eiskalte Wasser stieg. Die Elster verfolgte jede seiner Bewegungen vom Flussufer aus, wo sie wie ein General in einem seiner Schuhe stand und ihn nicht aus den Augen ließ.

Es verging keine Viertelstunde, da tauchte ein großer Lachs auf. Moritz spannte den Bogen. Der Lachs schwamm auf der Stelle. Moritz stand ganz still.

PFITSCH!

Der Pfeil zischte durch die Luft und bohrte sich durch den Leib des Fisches in den Kies. Sofort begann ein Zappeln und Winden. Der Lachs schlug mit dem ganzen Körper um sich. Moritz schluckte, er hatte nicht bedacht, dass der Fisch nicht sofort tot sein würde.

Jetzt musste er sich beeilen. Er zog den Pfeil mit dem Fisch aus dem Boden und sprang ans Ufer. Dort legte er den Lachs auf einen Stein und hieb ihm mit einem Stock auf den Kopf. Das Geräusch klang dumpf, hohl und nass. Der Fisch rührte sich nicht mehr.

Moritz atmete schwer. Reglos starrte er auf den toten Leib und ihm war seltsam zumute.

Es krächzte neben ihm.

Die Elster sah Moritz forschend an. Sie legte den Kopf schräg und blinzelte. War das ein Vorwurf? Oder hatte sie gar Angst?

Er bemerkte, dass Konstanzes Haarband, das den verletzten Flügel stützte, verrutscht war. Unsicher reckte er die Hand nach dem Vogel. Die Elster schrak nicht zurück.

Vorsichtig löste Moritz die Schleife und befestigte den Verband wieder in seiner ursprünglichen Position. Zufrieden krächzte die Elster und hüpfte zu ihrem Aussichtspunkt in Moritz' Schuh zurück.

Ein weiterer Lachs schwamm flussaufwärts. Moritz atmete tief durch und stieg wieder ins Wasser. Lautlos spannte er den

Bogen, während die Elster hinter ihm nach einem Regenwurm schielte.

Es war das alte Lied – fressen und gefressen werden. Und der Hunger war der Kapellmeister, der den Taktstock schwang.

*****

Das ETWAS regt sich. Es verzehrt sich nach neuem Leben. Hungert nach dem, das ihm selbst Gestalt verleiht.

Wieder öffnet sich der grausame Mund und spricht. Und das letzte Bisschen, das Konstanze ist, wird zu Augen, Ohren und Stimme. So wie alle anderen, die mit ihr in der Düsternis verharren …

»Warum dauert das so lange, Hauptmann?«

Umgeben von Finsternis stand die Komtesse auf ihrem erleuchteten Podest und blickte hinab auf Hauptmann Nathaniel, der vor ihr kniete. Ihre Augen waren nicht mehr als goldene Schlitze, die hinter dem schwarzen Glas funkelten.

»Es tut mir leid, Euer Durchlaucht«, begann Nathaniel. »Ich musste Vorkehrungen für Eure Sicherheit treffen und –«

»Schweigt!« Ihre Stimmen knallten wie Peitschenhiebe auf ihn herab.

Als die Echos in der Messe langsam verklangen, löste sich die Komtesse aus ihrer Starre. Langsam, *sehr* langsam schritt sie die Stufen des Podestes hinunter.

»Es ist Eure heilige Pflicht und Schuld, mir ein Mädchen zu bringen – jede Nacht!«

»Ich bin mir dessen bewusst, Durchlaucht.« Nathaniel senkte den Blick und verschloss seine Gedanken. Er vermied es, seiner Herrin direkt in die Augen zu sehen. Die Angst vor dem, was er dort erblicken könnte, ließ ihn auf den Boden starren. »Ich verspreche Euch, heute Nacht erfolgreich zu sein.«

Die Komtesse hielt inne. Sie war auf der letzten Stufe stehen geblieben. Er spürte, dass ihre Blicke seinen Schädel durchbohrten.

Dann geschah es. Eine kleine, behandschuhte Hand, nicht größer als die einer Puppe, berührte sein Gesicht. Nathaniel erschauderte. Sie ergriff sein knöchernes Kinn und richtete sein Haupt auf. Zögernd glitten seine bernsteinfarbenen Augen hinauf zu ihrem gläsernen Gesicht. Katzenaugen schimmerten in der Düsternis.

»Lasst mich nie wieder warten, Hauptmann.«

»Jawohl, Euer Durchlaucht.« Nathaniels Augen starrten in die Schwärze der Maske. Er erwartete, ein Spiegelbild zu sehen. *Sein* Spiegelbild. Aber da war nichts. Nichts außer hundert Schatten inmitten von Schatten. Fremde Gesichter wanden sich in der Finsternis. Unzählige Mädchen wirbelten durch die Unendlichkeit. Namenlos. Körperlos.

Der grausame Mund hat sich wieder geschlossen. Und Konstanzes Stimme wird nicht länger benötigt. Nicht jetzt.

20. KAPITEL

Der Abend kam viel zu schnell und mit ihm der nächste Schnee. Dicke Flocken fielen im letzten Licht des Tages und der Schneefall wurde immer dichter. Binnen weniger Minuten steckte Moritz mitten in einem Schneegestöber, als er sich auf den Rückweg zum Dampfwagen machte.

Fünf große Lachse lagen in seinem Korb und die Elster keckerte zufrieden, denn auch sie hatte am Ufer zwischen den Steinen den einen oder anderen Leckerbissen gefunden. Die Mühe hatte sich gelohnt.

»Ich hätte doch besser Wurzeln kochen sollen.«

Helene stand neben Moritz in der Küche und ihr Tonfall troff vor Skepsis. Die Sache war heikel – Moritz war ungefragt in ihr Refugium eingedrungen und schwang nun den Kochlöffel.

»Pfeffer und Salz werden reichen.« Er nahm ein flaches Messer zur Hand. Auf dem Herdfeuer stand ein Dreibein mit einer kleinen Eisenpfanne. Zwei dicke Lachse brutzelten darin und verbreiteten einen wunderbaren, vielversprechenden Duft. Die drei übrigen Fische lagen ausgenommen und bratfertig auf einem Teller bereit. In einem kleinen Tiegel hatte Moritz etwas Schmalz gefunden und es zum Braten benutzt. Die flauschige obere Schicht hatte er sicherheitshalber abgekratzt und entsorgt. Fett hielt sich zwar lange, aber scheinbar war das Schmalz auch sehr lange nicht mehr gebraucht worden.

Geschickt wendete er die Lachse und strahlte Helene an, die mit einem versteinerten Ausdruck ankündigte, dass sie noch eine Schale zum Säubern der Finger suchen müsse.

»Das war der beste Fisch, den ich jemals gegessen habe«, sagte Edgar und sank zufrieden in die Kissen. Auf seinem Teller befanden sich drei fein säuberlich abgenagte Fischskelette.

Moritz lächelte und zwinkerte Helene zu. Sie schlug im Schein der Kerzen die Augen nieder und erhob sich, um in der Küche zu verschwinden. Besorgt sah Moritz ihr nach. Als Edgar die Augen schloss, um sich auszuruhen, stand er auf und ging ihr nach.

Helene saß reglos auf der Holzbank und starrte auf ihren leeren Teller.

Moritz wusste nicht, was er sagen sollte und wünschte sich im selben Atemzug, dass Helene ihn nicht bemerkt hätte. Sein Mund öffnete sich für eine Entschuldigung, doch Helene kam ihm zuvor.

»Das war eine gute Idee.«

Moritz war unsicher, ob er sie richtig verstanden hatte. »Was meinst du?«

»Ich meine den Fisch.«

»Ach, das war doch nichts Besonderes.«

»Ich hätte das nicht hinbekommen.«

»Doch, hättest du«, log Moritz.

Helene sah ihn an. »Nein, und das weißt du, oder?«

Moritz seufzte. War das eine echte Frage? Oder eine von denen, die man stellt, obwohl man die Antwort schon kennt?

Helenes Gesicht, so wie ihr ganzes Wesen, war ihm ein Rätsel. Eine Sphinx, geheimnisvoll und mystisch. Sie sah so aus, als ob sie seufzen würde, doch sie tat es nicht. »Ich schmecke nichts.«

Moritz setzte sich neben sie. »Warum nicht?«

»Ich bin anders«, antwortete sie leise.

»Wie meinst du das?«

»Ich wurde gebissen, von einer Kreatur.« Sie hielt inne. »Von einem Nachtalb.«

Moritz stockte der Atem, doch er unterbrach sie nicht.

»Viele kennen diese Kreatur, aber die wenigsten haben sie je gesehen«, sagte Helene. »Wenn ein Mensch Albträume hat, sitzt ein Nachtalb auf seiner Brust. Sie gehören zu den Geschöpfen, die aus der Schattenwelt kommen.«

»Schattenwelt?« Moritz erschauderte. Es war ihr Tonfall, der ihn mit Furcht erfüllte.

»Die Schattenwelt ist der Ort, der vor den menschlichen Augen verborgen bleibt. Eine Zwischenwelt, in der düsterste Wesen leben und darauf warten, in unsere Welt überzutreten. Dafür benutzen sie Schlupflöcher wie Schatten, Spiegelbilder und auch Träume. All das sind Portale, die den Übergang ermöglichen.«

Moritz schluckte. Unbemerkt hatte sich seine Hand auf die Suche nach dem Medaillon gemacht. Er fand es unter seinem Hemd und hielt es fest, wie ein Amulett zum Schutz vor bösen Geistern.

»Vor sehr, sehr langer Zeit war ich zusammen mit Edgar in Prag. In einer Herberge wollten wir ein ganzes Nest voller Nachtalbe ausheben, damit die Gäste wieder ruhig schlafen konnten. Aber es ging alles schief.« Ihre Finger glitten sanft über den samtigen Stoff ihres roten Kleides. »Edgar wollte es mir ausreden, doch er wusste genau wie ich, dass wir Nachtalbe nur mit einem Köder fangen konnten. Deshalb legte ich mich nachts in eines der Betten.« Sie fand auf dem blutroten Stoff ein Staubkorn inmitten von Staubkörnern und entfernte es. »Es dauerte nur wenige Augenblicke, dann war ich eingeschlafen und der Nachtalb kam zu mir. Er setzte sich auf meine Brust. Einer der Boogelbies schlug sofort Alarm und Edgar stürmte ins Zimmer.« Helene sah Moritz an. Ein dunkler Schatten lag auf ihrem Gesicht. Ihre Augen saugten das Kerzenlicht in der Küche auf und blieben doch glanzlos. »Es passiert nicht oft, dass ein Mensch einen Nachtalb zu Gesicht bekommt, doch mein Bruder und ich, wir haben ihn gesehen. Er biss mich und ich wurde schwer krank ...« Helenes Ausdruck veränderte sich; zum ersten Mal lag nichts Vages in ihrem Blick, nichts Zweideutiges oder Geheimnisvolles. Ihr Blick verriet Furcht und Trauer.

Vor Moritz tauchte unwillkürlich die Zeichnung des Nachtalbs auf, die er tags zuvor entdeckt hatte. Nicht Edgar hatte diese Zeichnung angefertigt, sondern Helene.

»Edgar war verzweifelt. Er hat alles versucht, um mich wieder gesund zu machen. Aber nichts hat geholfen.«

»Aber jetzt geht es dir wieder besser, nicht?« Moritz lächelte.

Helene schwieg. Moritz spürte, dass es noch mehr zu erzählen gab, doch das Mädchen blieb stumm.

»Nichts schmecken zu können ist gar nicht so schlimm«, tröstete er sie. »Wenn du willst, kann ich dir in Zukunft beim Kochen helfen.«

»Das würde Edgar sehr freuen.«

»Oh, ja!«, sagte Moritz und grinste. Helene lächelte ebenfalls – fast.

Moritz blickte über den Wust an Töpfen, Tiegeln und Geschirr, der sich um sie herum stapelte. Es sah aus, als würden manche dieser Utensilien hier schon über Jahrzehnte unbenutzt herumstehen. Vielleicht sogar Jahrhunderte.

Konstanze wäre sicher in der Lage, ein ähnlich großes Chaos anzurichten, wenn man ihr den Küchendienst überlassen würde. Sie würde eher neues Geschirr besorgen, anstatt das alte zu säubern. Und sein Vater und seine Mutter hätten sicherlich die Köpfe darüber geschüttelt.

Konstanze.

»Du denkst an deine Schwester«, sagte Helene so klar, als könne sie seine Gedanken lesen.

»Ja.«

»Erzähl mir von ihr.«

Moritz seufzte. Seltsamerweise spürte er sie ganz deutlich. Konstanze war immer in seiner Nähe, immer in seinem Herzen. Auch jetzt. Er konnte sehen, wie sie mit ihrem kleinen Nachtgewand wie ein Weihnachtsengel über das Geschirr tanzte. Sie war klein wie eine Maus und kletterte schwerelos und glitzernd über Teller, Tassen und Krüge.

»Sie ist einfach ... Konstanze, meine Schwester«, begann Moritz. »Sie macht viel Unsinn, hat das ansteckendste Lachen, das man sich vorstellen kann. Sie hat ein großes Herz.« Er streichelte die Elster, die zu ihm gehüpft war. Augenblicklich erinnerte er sich wieder an den Streit und das Medaillon. »Ich hätte nicht so schnell aus der Haut fahren sollen. Ich hätte der Erwachsene sein sollen. Ich habe die Verantwortung.«

»Aber du bist nicht erwachsen.«

»Ich muss es aber sein. Unsere Eltern sind tot. Wir haben nur noch uns – sonst gibt es niemanden mehr. Deshalb war es meine Aufgabe, auf Konstanze aufzupassen. Ich habe es meinen Eltern versprochen. Ich wünschte, wir hätten diesen dummen Streit nicht gehabt.«

»Welchen Streit?«

»Ach, wir hatten uns gestritten, vor dem Zubettgehen, am Abend, bevor sie entführt wurde. Es ging wieder mal um das Medaillon.« Jetzt, da er es an seiner Brust spürte, hätte er es ohne zu zögern hergegeben, wenn er dafür seine Schwester zurückbekommen hätte. »Konstanze wollte es zum Einschlafen haben. Wir haben uns jede Nacht abgewechselt, weißt du. Aber ich wollte es ihr nicht geben.« Moritz überlegte. »Wenn ich es ihr gegeben hätte, wäre das alles vielleicht nicht passiert.«

»Es war nicht deine Schuld, dass deine Schwester entführt wurde.«

»Aber ich habe meinen Eltern versprochen, immer auf Konstanze aufzupassen ... ich habe versagt.«

Die glitzernde Konstanze kletterte auf einen hohen Topf und benutzte den Griff einer kupfernen Schöpfkelle als Rutschbahn. Ihr Lachen verlor sich, als sie unten in der Schöpfkugel in einem goldenen Regen zerplatzte.

»Was, wenn ich meine Schwester nie wiedersehe? Wenn ich nie wieder ihr Lachen höre? Sie nie mehr umarmen kann? Ihr nie wieder sagen kann, wie lieb ich sie habe?«

»Das weiß sie, da bin ich mir sicher.«

Moritz unterdrückte die Tränen. »Immerzu muss ich an die letzten Worte denken, die ich zu ihr gesagt habe. Ich wollte, dass sie verschwindet. Das werde ich mir nie verzeihen.«

Es wurde still. Moritz hatte das Medaillon abgenommen und starrte es wütend an. Die Elster sah mit ihren Knopfaugen zu ihm auf.

Vorsichtig erhob sich Helene. »Warte hier, ich möchte dir etwas zeigen.« Sie verschwand hinter dem Vorhang und als sie wieder zurückkam, war sie nicht allein. In jeder Hand hielt sie einen Käfig mit jeweils einem Boogelbie darin. Behutsam setzte sie die Käfige ab und öffnete sie.

»Was tust du?«, fragte Moritz, als Helene ihm eines der glupschäugigen Monster auf den Schoß setzte.

Mit einer Mischung aus Misstrauen und Abscheu starrte er auf die Kreatur, die sich mit ihren Krallen in seiner Kleidung festhakte. Mit großen Reptilienaugen glotzte es zu ihm hinauf und sein heißer, schwefliger Atem zwickte Moritz in die Nase. Unwillkürlich musste er an einen Teufel im Taschenformat denken, der sich wie ein Säugling an seine Brust schmiegte, um ihm die Seele auszusaugen. Auch die Elster war wenig begeistert. Mit einem Aufschrei war sie von der Bank gesprungen und hatte sich hinter einem Kartoffelsack in Sicherheit gebracht.

Helene löschte die Kerzen und setzte sich mit ihrem Boogelbie neben Moritz. Dunkelheit umfing sie. Bis auf das wenige Licht, das unter dem Vorhang hervorschimmerte, herrschte völlige Finsternis. Es dauerte einen Moment, bis sich Moritz' Augen an die Schwärze gewöhnt hatten, doch allmählich erkannte er graue Konturen. Helene rückte näher und reckte ihm ihren Boogelbie entgegen.

Moritz' Boogelbie wandte den Kopf. Langsam ließ die unheimliche Umklammerung des Monsters nach. Dann geschah es: Warmes, weiches Feuer flammte direkt vor Moritz auf und tauchte sein Gesicht in goldenes Licht. Die Boogelbies kuschelten sich aneinander und ihre Schuppen begann zu leuchten. Ein leises, melodiöses Summen hob an.

»Sie singen«, flüsterte Moritz.

»Ja, wenn sie einander näherkommen.«

Helenes Gesicht strahlte honiggelb wie seines. Ihre vornehme Blässe war verschwunden und ihre violetten Augen schimmerten sanft wie flüssiges Gold. Wieder zeigte sie ihr halbes Lächeln, das anmutig und rätselhaft zugleich war. Zaghaft lächelte Moritz zurück.

Seine Hände fühlten sich samtig und weich an, als ob sie von einem kleinen Kaminfeuer gewärmt würden. Sie lagen auf den Flanken des Boogelbies, der sich wie ein edler, bauchiger Teekessel anfühlte. Die geschwungenen Schuppen waren glatt und geschmeidig wie feinstes Porzellan. Unwillkürlich kraulte er das summende Monster am Bauch. Das Singen wurde ausgelassener und freudiger als zuvor. Der muntere Kerl genoss es sichtlich und Moritz grinste.

Als er aufblickte, war Helene näher an ihn herangerückt. Ihre Augen schimmerten und ihr Blick hatte etwas Magisches.

»Es ist wunderschön«, murmelte er.

Immer enger kuschelten sich die Boogelbies aneinander. Ihr Gesang wurde immer lauter.

Gleichzeitig kamen sich auch Moritz und Helene näher. Ihre Nasenspitzen berührten sich fast.

Moritz schloss die Augen. Helene betrachtete ihn, dann tat sie es ihm gleich und schloss ebenfalls die Augen. Je näher sie sich kamen, desto stärker wurden die Boogelbies aneinandergedrückt; ihr Gesang wurde lauter und höher.

Ihre Lippen berührten sich fast. Ein hoher Ton schwoll an und ...

SWOOOSCH!

Eine Welle aus Licht ging von den Boogelbies aus und hüllte die Küche ein; Glas splitterte und ein großer Ruck erfasste den ganzen Wagen. Alles wurde kräftig durchgeschüttelt und sämtlicher Schnee rutschte vom Dach.

In der Küche, wo die Welle ihren Anfang genommen hatte, starrten sich Moritz und Helene im Halbdunkel an und die Boogelbies schwankten, so als hätten sie einen Becher Wein zu viel getrunken. Ihre Schuppen leuchteten nicht mehr, der Gesang war verstummt.

»Was war das?«, fragte Moritz.

»Ich weiß nicht. Das ist noch niemals vorher passiert.«

Eine Hand zog den Vorhang beiseite.

»Werden wir angegriffen?« Edgar starrte mit großen Augen in die düstere Kochecke. Ein ganzes Waffenarsenal hing über seiner Brust und an den Seiten und in seiner Hand hielt er eine Kreuzung aus Muskete und Armbrust. Auf seiner Stirn prangte ein purpurnes Stirnband, als wolle er im Alleingang gegen das Napoleonische Heer zu Felde ziehen.

Moritz und Helene tauschten einen Blick und begannen Ordnung zu schaffen. Nicht so Edgar. Er war fasziniert von den neuesten Entwicklungen hinsichtlich der Boogelbies. Dass sie zu singen begannen, war ihm nicht neu – deswegen wurden die Kreaturen getrennt voneinander gehalten –, doch dass sie einen gleißenden Blitz heraufbeschwören konnten, war eine kleine Sensation! Wie ein Kind am Weihnachtsabend durchmaß er das Chaos und fragte Moritz und Helene Löcher in den Bauch. Er versuchte jede Kleinigkeit in Erfahrung zu bringen, die zu der Energiewelle geführt hatte. Moritz' Ohren wurden rot, als Helene schilderte, wie sie sich mit den Boogelbies gegenübergesessen hatten. Glücklicherweise ließ sie mit Blick auf Moritz das eine oder andere Detail aus.

Moritz befürchtete, dass Edgar dennoch etwas bemerken würde, aber er war viel zu beschäftigt mit seinen Analysen, als dass er gespürt hätte, was um ihn herum vor sich ging.

Als die Scherben aufgesammelt waren, beendete Edgar seine Schlussfolgerungen. Seiner Meinung nach musste die Reaktion der Boogelbies durch eine Mischung aus Druck und Wärme hervorgerufen worden sein. Aber selbstverständlich konnte er diese Theorie nicht ohne hinreichenden Selbstversuch stehen lassen.

Er marschierte in den Raum der kleinen Monster und zog den Vorhang hinter sich zu. Moritz wurde kreidebleich, denn sofort schoss ihm durch den Kopf, dass Edgar nun doch herausfinden könnte, dass Helene ihm nicht die ganze Geschichte erzählt hatte.

Er rannte zum Vorhang, zog ihn beiseite und wurde von gleißendem Licht geblendet.

SWOOOSCH!!

Das zweite Mal an diesem Abend.

Diesmal erwischte die Welle jedes Einmachglas im Wohnbereich. Die glitschigen Exponate landeten auf den reich bestickten Kissen. Nicht einmal das Wasserglas des Mualwurms wurde von der Schockwelle verschont. Es zerbarst in tausend Scherben. Glücklicherweise befand sich die Kreatur, zu einem Stein geschrumpft, in Moritz' Tasche, sonst hätte der Wurm vielleicht doch noch die Möglichkeit bekommen, die Elster näher kennenzulernen, als ihm lieb gewesen wäre.

Dann war alles still – und verwüstet.

Neben unzähligen Scherben, nassen Kissen und umgekippten Antiquitäten machte sich ein penetranter Geruch von eingelegten Heringen breit. Vermutlich die Flüssigkeit zum Konservieren.

Edgar stöhnte. Er saß auf dem Fußboden, auf dem Schoß zwei benommene Boogelbies. Seine verfilzten orangeroten Locken standen ihm wie nach einer Explosion vom Kopf ab. Dabei grinste er wie ein Betrunkener.

»Ich hatte recht!«, rief er. »Druck und Wärme!«

»Das kannst du selber aufräumen, Bruderherz«, sagte Helene und verschwand mit finsterer Miene.

Moritz hingegen atmete auf. Die Tatsache, dass sich Helene und er nähergekommen waren, hatte nichts mit dem Energieausbruch der Boogelbies zu tun. Wer weiß, wie Edgar reagiert hätte, hätte man ihm die ganze Geschichte erzählt. Er wollte ihre Freundschaft nicht riskieren.

Wenig später hüllte Dunkelheit den Hügel ein. Kein Lüftchen regte sich, sodass die weißen Flocken fast senkrecht zu Boden fielen. Langsam sammelten sie sich erneut auf dem Baumstumpf, den Moritz vor wenigen Augenblicken erst vom Schnee befreit hatte. Der blank polierte Stein lag wieder auf seinem Platz. Moritz hielt die Pistole erhoben. Seine Hand war ruhig.

Immer wieder gingen ihm Edgars Worte durch den Kopf: *Probier um die Ecke zu denken.* Da all seine Gedanken bisher in eine Sackgasse geführt hatten, versuchte er seinen Kopf zu leeren, die Stille der Welt zu spüren. Plötzlich tauchte das Bild eines Boogelbies in seinen Gedanken auf. Wie er Holz fraß, dabei zu leuchten und zu singen begann.

Feuer. Wärme. Druck. Muster.

Der versteinerte Mualwurm war ebenfalls voller Muster. Sprung, Kreis, Dreieck, Schleife, Wiederholung – er tat immer das Gleiche. Genau wie Moritz. Zwei Gegner, die sich aufeinander verlassen konnten. Was, wenn Moritz seine Taktik änderte? Was, wenn ihn etwas ablenkte …

Eine einzelne Schneeflocke landete auf dem Stein und Moritz wandte den Blick ab.

PAMM!

Das Netz schoss auf den Baumstumpf zu, wickelte sich um den Stein und riss ihn fort. Er landet einen Meter entfernt auf der Wiese in einer Wehe frischen Schnees.

Jemand klatschte in die Hände. »Ich bin beeindruckt«, sagte Edgar. »Wirklich! Ich habe fast zwei Jahre gebraucht, bis ich begriffen habe, dass Mualwürmer einen nicht bemerken, wenn man den Kopf abwendet. Sie wiegen sich dann in Sicherheit, weil sie die Augen des Gegners nicht mehr sehen. Wenn man so will, sind sie okular gebunden.« Er grinste.

Moritz strahlte übers ganze Gesicht.

»Und, was hast du daraus gelernt?«

Moritz ließ sich mit seiner Antwort Zeit. »Dass es so etwas wie ein Muster gibt.«

»Richtig«, sagte Edgar. »Erinnere dich, die Schwachstelle des Gegners zu erkennen, ist der Schlüssel. Und Wiederholungen sind eine der größten Schwachstellen überhaupt. Sowohl für den Gejagten als auch für den Jäger.«

Moritz nickte langsam. »Man muss unberechenbar sein.«

»Die Kreaturen, mit denen du es zu tun hast, sind es auf jeden Fall. Kein Wesen gleicht dem anderen. Alle sind verschieden. Es gibt nichts, was es nicht gibt. Das zu verstehen, ist wohl die wichtigste Lektion von allen. Und heute hast du den ersten Schritt in diese Richtung gemacht.«

Moritz lächelte.

»Ich bin stolz auf dich, mein Junge«, sagte Edgar und klopfte ihm auf die Schulter, als die Tür des Dampfwagens aufflog.

»Moritz, Edgar, kommt schnell!« Helenes Tonfall klang unheilvoll.

Moritz, Edgar und Helene drängten sich vor den Käfigen mit den Boogelbies. Die Kreaturen hüpften auf und ab und verständigten sich panisch. Einige von ihnen *rigoulten* und sackten ohnmächtig zusammen. Helene und Edgar tauschten einen Blick.

»Es ist in der Nähe«, sagte Edgar und sah Moritz an. »Die Jagd beginnt!«

21. KAPITEL

Schnee stob zur Seite, als Moritz und Edgar über die weißen Dächer der Stadt flitzten und ein bitterkalter Wind blies ihnen entgegen. Sie sprangen, getragen von ihren La-Ka-Westen, durch die Nacht und orientierten sich an den Lauten der Boogelbies, die sie in ihren Käfigen auf dem Rücken trugen.

Edgar landete auf einem windgeschützten Dach und sah sich um. Moritz stoppte hinter ihm. Besorgt griff er sich an die Brust, wo die Elster in ihrem Tragesitz steckte. Sie keckerte hellwach. Offenbar übertrug sich die Stimmung der Boogelbies auch auf sie.

Unschlüssig marschierte Edgar den First auf und ab. Er wartete auf eine Reaktion seines Boogelbies. Die Kreatur richtete die Ohren auf und drehte sie mal hierhin und mal dorthin. Moritz beobachtete das gleiche Verhalten bei seinem Exemplar. Plötzlich verharrten sie. Die kleinen Monster schwenkten gleichzeitig ihre Ohren wie ein Kompass und rigoulten so laut, dass ihre Schuppen rasselten.

Edgar und Moritz riefen gleichzeitig: »Norden!«

Sie übersprangen den Giebel, schlitterten den Grat des Daches hinunter und stießen sich ab, um auf dem gegenüberliegenden Haus zu landen. Unter ihren Füßen spritzte der Schnee zu allen Seiten. Die Geräusche der Boogelbies wurden immer lauter. Eine Landschaft aus Schornsteinen, Schrägen und Steildächern flog unter ihnen hinweg, immer wieder unterbrochen von den Schluchten der verwinkelten Straßen und Gassen.

Aus dem Augenwinkel sah Moritz eine Bewegung in einem Durchgang. Menschen rannten und schrien, doch was sie riefen, konnte er nicht verstehen, denn sein Boogelbie rigoulte aus vollem Halse.

»Da unten!«, rief Moritz und bremste. Schnee flog auf. Noch ehe Edgar etwas tun konnte, stieß sich Moritz mit dem Stock ab und tauchte hinunter in den schmalen Durchgang.

Edgar sah nur noch die Schuhsohlen des Jungen, als dieser kopfüber in die Tiefe sauste. »Tollkühn«, stieß Edgar hervor. Er vollführte eine Kehrtwende und rannte dann senkrecht an einer Hauswand hinunter, um Moritz zu folgen.

Ein Dutzend Menschen kam ihm entgegen, während er wie ein Habicht voranschnellte. Sie sprangen zur Seite, die Gesichter verzerrt vor Angst. Schon war Edgar um die nächste Hausecke verschwunden.

Moritz befand sich direkt vor ihm. Er schlug Haken zwischen drei, vier verirrten Seelen, die versuchten zu flüchten.

Die Häuserwände waren schmal und hoch – sie schränkten Edgars Sichtfeld ein. »Verdammt, so wird das nichts«, fluchte er und verlängerte seinen Teleskopstock. Mit einem metallischen ZONG! vollführte er einen Stabhochsprung zum nächsten Dach hinauf. Von oben hatte er den besseren Überblick. Unter ihm hetzte Moritz wie ein Besessener durch die schmalen Straßen.

Der Schnee auf dem Pflaster war wie von einem gewaltigen Pflug zerwühlt worden. Als er um die nächste Ecke bog, sah Moritz einen riesigen Schemen, der durch die Gasse preschte, verhüllt von einer Schneewolke. Das Ding – was immer es war – galoppierte wie ein Stier den schmalen Weg hinunter, rammte dabei Karren, Kisten und Fässer. Unaufhaltsam bahnte es sich seinen Weg durch die Stadt und riss alles mit sich, was ihm in die Quere kam.

Moritz rannte ihm nach, heftete sich an seine Fersen und zückte eine Waffe. Es war die größere Version der Radschlosspistole, die er bereits von seinen Schießübungen kannte. Wie das Vorgängermodell war auch diese mit einer Seiltrommel und einem Fangnetz über dem Lauf ausgestattet, allerdings verfügte dieses Exemplar über einen Griff aus Holz anstatt Perlmutt. Er versuchte zu zielen, doch die Waffe hüpfte in seinen Händen auf und ab wie ein zappelnder Fisch.

»Wie wäre es, wenn wir zusammenarbeiten?«, rief eine wohlbekannte Stimme.

Moritz blickte nach oben. Mehrere Etagen über ihm segelte Edgar über Giebel und Firste. Sie waren in etwa gleichauf, wobei Edgar die Lage besser überschauen konnte. Vielleicht ging Moritz die Sache wirklich falsch an. War er zu impulsiv?

»Ja! Ich komm rauf!« Moritz sprang einen umgekippten Ochsenkarren hinauf, den die tobende Schneewolke aus dem Weg geschleudert hatte. Er versenkte den Stock in einem zerschmetterten Wagenrad und katapultierte sich in die Luft. Das La-Ka-Fell erledigte den Rest. Er landete auf einer Dachschräge, stieß sich am First ab und folgte Edgar. Sie teilten sich auf: Edgar lief auf der rechten Häuserzeile, während Moritz links blieb. Zwischen ihnen in der Gasse raste das Ungetüm geradewegs in Richtung Marktplatz.

»Wir können es nicht einfangen, wenn es rennt, wohin es will«, brüllte Edgar. Sie mussten unter allen Umständen verhindern, dass das Untier offenes Terrain erreichte. »Wir treiben es zum Kanal im Westen! Halte deine Pistole bereit und bleib links!«

»Verstanden!« Moritz sah, wie Edgar eine große Waffe zog. Diesmal würden weder Pfeile noch Bolzen oder Netze fliegen. Jetzt flogen Kugeln. Moritz umfasste seine Netzpistole fester und behielt Edgar im Blick. Was hatte er vor?

»Los!«, brüllte Edgar und eröffnete das Feuer. Die Schüsse bellten durch die Nacht und schlugen direkt hinter der wirbelnden Schneewolke in eine Hauswand. Zuerst dachte Moritz, Edgar hätte sein Ziel verfehlt, doch dann erkannte er seinen Irrtum. Erzürnt über den Schuss bog das Ungetüm in eine Gasse ab, die eine ausgetretene Steintreppe hinabführte. Die Häuser standen hier noch enger zusammen und ein nervenzerfetzendes Geräusch ertönte, als das Monstrum mit seinen breiten Flanken an den Wänden entlangschabte. Es hinterließ eine Kerbe zu beiden Seiten, wobei es Türrahmen und Fensterläden mit sich riss. Glas splitterte und regnete auf das Pflaster. Zahllose Köpfe erschienen in den zerstörten Fenstern und wirkten wie schlaftrunkene Portraits.

Als sich die Gasse zum Marktplatz hin verbreiterte, erhaschte Edgar einen Blick auf das Monstrum. Zuerst schien seine Sicht verschleiert, verzerrt, doch dann setzte sich ein Bild zusammen: Ein Rücken tauchte aus der Schneewolke auf, wie ein Wal, der aus der Tiefe des Ozeans an die Wasseroberfläche tritt. Edgar sah spitze Flügel, die eng am Körper anlagen und nachtschwarzes Fell, das seltsam glanzlos wirkte. Keine Schuppen, keine Stacheln, keine Federn. Edgar schossen sämtliche Monster gleichzeitig durch den Kopf, in der Hoffnung, dass er mit seiner Vermutung falsch lag.

Das Ungetüm tauchte wieder ab; die nächstgrößere Straße kam in Sicht. Edgar lud nach und feuerte zwei Schüsse in die Hausecke voraus, noch bevor die tobende Schneewalze sie erreichte. Das Ding strauchelte, bog ab und blieb dort, wo Edgar es haben wollte – weg vom Marktplatz.

Moritz hastete auf der anderen Seite hinterher. Er übersprang mehrere Häuserschluchten und beobachtete Edgars Manöver. Die Netzpistole in seinen Händen machte sich bemerkbar. Seine Arme schmerzten und seine Finger wurden taub.

Die rasende Walze verschwand kurz unter einem Torbogen, der die Straße überspannte. Moritz machte einen Stabsprung den Bogen hinauf. Oben angekommen, stieß er sich ab und flog dem nächsten First entgegen. Vor ihm tauchte der Schleusenturm von Ravenbrück auf und damit auch der stillgelegte Kanal, der die Stadt in zwei Hälften teilte. Im Dunkellicht auf der linken Seite erhob sich der Schemen des Waisenhauses mit seinen unzähligen Schornsteinen.

Unter ihnen traten plötzlich zwei Betrunkene auf die Straße

und torkelten grölend über das Pflaster. Das rasende Schneegestöber, das in ihrem Windschatten auf sie zudonnerte, bemerkten sie nicht.

Edgar reagierte und ergriff seine Netzpistole. »Stell dir vor, es wären Mualwürmer!«, rief er. »Nimm du den rechten!«

Moritz begriff zwar nicht, was Edgar meinte, doch er richtete seine Waffe auf den rechten Trunkenbold.

Edgar drückte als Erster ab. Das kleine Netz schoss zielgenau auf den linken Mann zu und wickelte sich um dessen Kopf. Durch die Wucht vollführte der Mann eine Pirouette und taumelte fort von seinem Saufkumpan.

Das riesige Wesen stürmte heran.

Moritz durfte nicht länger zögern. Sein Netz erwischte das Haupt des rechten Mannes und sorgte dafür, dass dieser das von Edgar eingeleitete Ballett in entgegengesetzter Richtung weiterführte. Die beiden Männer tanzten wie in Zeitlupe voneinander fort und landeten dann auf der jeweils gegenüberliegenden Straßenseite in einer frischen Schneewehe.

Das verhüllte Ungetüm rauschte an ihnen vorbei und verfehlte sie um Haaresbreite. Moritz wollte gerade aufatmen, als das Monster seine Flügel ausbreitete. Es musste eine Spannweite von mindestens acht bis zehn Metern haben. Ein kolossaler Brocken. Offenbar hatte es den Kanal entdeckt und witterte nun eine Möglichkeit zu entkommen.

»Es will wegfliegen!«, schrie Moritz.

»Oh nein, das wirst du nicht«, brüllte Edgar. Er flog so schnell über die Dächer, dass nicht einmal mehr der Schnee an seinen Sohlen haften blieb.

Obwohl die Straße unten viel breiter war als die Gasse zuvor, schabten die wuchtigen Flügel des Ungetüms über die Häuserwände und hinterließen tiefe Furchen. Immer wieder zuckten die Schwingen zurück, um es kurz darauf von Neuem zu versuchen. Doch um sich vollends zu entfalten, fehlte ihnen auf beiden Seiten ein guter Meter. Das würde sich aber gleich ändern, spätestens wenn der alte, gewundene Kanal erreicht war.

In weniger als 500 Metern Entfernung schlängelte sich die Kaimauer zu beiden Seiten des stillgelegten Flusses wie eine steinerne Schlange durch die Stadt. Zahllose baufällige Brücken spannten sich über die ehemalige Wasserstraße und verbanden die beiden Seiten miteinander. Die größte Brücke gehörte zu dem massiven Schleusenturm mit Uferdamm, der auch schon bessere Tage gesehen hatte. Der Turm, der früher einmal den Fluss umgelenkt hatte, ragte drohend und nutzlos in den Nachthimmel. Unter ihm, auf der linken Seite, strebte das trockene Flussbett in Richtung Norden, während auf seiner rechten Seite ein fast vergessener Zugang schlummerte: Am Ende des Uferdamms, direkt am Fuße des Turms, befand sich ein gemauerter Rundbogen, der geradewegs zu den Katakomben unterhalb der Stadt führte. Hier lauerte ein Labyrinth unterirdischer Tunnel und Höhlen. Die Relikte eines verlassenen Bergwerkes.

Schnee und Pflastersteine spritzten unter den Pranken des Ungetüms weg, als es auf die drei Meter hohe Mauer des Kanals zudonnerte.

Moritz' Blicke zuckten immer wieder zwischen Edgar und der tosenden Schneewalze hin und her. Warum tat Edgar nichts?

Entweder würde dieses Ungetüm die Mauer rammen und dabei durchschlagen oder sie mit einem Satz überspringen. Entsetzt sah er, wie der Schatten in der Wolke an Geschwindigkeit zulegte. Doch plötzlich ließ Edgar sich zurückfallen. Er nestelte an den Gurten herum, die seinen Boogelbie-Käfig hielten, und schnappte sich eine Art Harpune, die an seiner Hüfte baumelte. Schnell streifte er den Käfig ab und hakte ihn über die Spitze eines Pfeils. Mit ausgestrecktem Arm zielte er auf die nächstbeste Hauswand.

ZONG!

Der Käfig schoss durch die Luft und der Pfeil bohrte sich über dem Aushängeschild eines Tabakladens in die Wand. Nach mehreren Überschlägen kam der Käfig schwankend zum Stillstand. Der Boogelbie darin war grün angelaufen und rollte mit den Augen wie ein Kreisel.

Aber Edgar war noch nicht fertig, immer mehr Teile seiner Ausrüstung landeten auf den Dächern, bis er nur noch seinen Messingstock und die Weste bei sich trug. Was hatte er vor?

Moritz blickte zur tobenden Schneewolke. Steine flogen und etwas tauchte aus der Wolke auf. Das Untier sprang.

Moritz' Herz pochte bis zum Hals.

Jetzt breitete es seine Flügel aus.

Edgars Teleskopstock sauste durch die Luft. Er stieß sich ab und schoss wie ein Pfeil durch die Nacht. Augenblicklich befand er sich über dem springenden Schatten und über der Kaimauer.

Moritz hatte das Gefühl, alles in Zeitlupe zu sehen.

Die La-Ka-Weste schimmerte silbrig, als Edgar sie von seinen Schultern streifte. In einem weiten Bogen segelte sie durch die

Nacht davon, leicht wie eine Feder. Dann hatte die Schwerkraft Edgar wieder. Der Schwung war unglaublich. Wie ein Stein fiel er auf das Wesen hinab und landete auf dessen Rücken. Der Aufprall drückte es nach unten. Es stieß gegen die Mauer und überschlug sich. Mauersteine flogen nach allen Seiten.

»Nein!« Moritz strauchelte, als Edgar mitsamt dem Ungetüm hinter der Mauer verschwand.

Die Welt um Edgar herum schlug einen Purzelbaum. In einem Wirrwarr aus Schnee, Staub und Steinen versuchte er, sich an dem Ding festzuhalten, das sich unter ihm wie eine Lawine um sich selbst drehte. Im Bruchteil einer Sekunde sah er den Schleusenturm und den mit Eisentoren verriegelten Eingang der Katakomben auf sich zurasen. Er suchte nach Halt, irgendetwas, worin er seine Finger vergraben konnte. Und da war etwas – eine schwere Kette, kalt wie Eis, und im selben Moment, als er seine Finger darum schloss, schienen seine Handflächen in Flammen zu stehen.

Bevor sich Edgar darüber wundern konnte, traf ihn der Schlag des Aufpralls. Er bekam keine Luft mehr. Die Kette riss. Gitterstangen schepperten und alles explodierte in einer Wolke aus schwarzem Schnee.

*****

In einer sternenlosen Nacht an einem dunklen Ort schrie eine verlassene Seele. »Nein! Nein!! Neiiiiinn!!!«

Nathaniels Augen waren weit geöffnet, doch er war blind.

Heftig zitternd blickte er auf das Amulett, das sein Leuchten verloren hatte. Die Verbindung war unterbrochen. Das Wesen, mit dem er auf der Jagd die Sinne teilte, hatte sich ihm entzogen.

Sein Schrei gellte durch die Finsternis der Halle, er kroch in jeden Winkel des schwarzen Schiffes.

Er war so gut wie tot.

22. Kapitel

»Edgar, wo bist du? Edgar?!« Moritz hastete auf den breiten Zugang am Fuß des Turmes zu. Allmählich legten sich der aufgewirbelte Schnee und der Staub und gaben den Blick frei auf schwarze Stufen, die hinabführten in die Katakomben der Stadt. Seine Rufe verklangen mit einem unheimlichen Echo im Nichts.

Die schmiedeeiserne Pforte, die den Eingang des Torbogens vor ungebetenen Eindringlingen schützen sollte, baumelte zerschmettert zu beiden Seiten, auf den Stufen eine breite Spur der Zerstörung: Stein war zersplittert, Treppenkanten wie weiches Holz gespalten; eine tiefe Schneise wies Moritz den Weg in die Unterwelt.

Mit pochendem Herzen stolperte er die abgebrochenen Stufen hinunter und betrat eine niedrige Halle. Um ihn herum nichts als Schwärze. Ein modriger Geruch schlug ihm entgegen und etwas, das sich anfühlte wie tausend Jahre alter Schleim, haftete an der Unterseite seiner Schuhe. Das wenige Nachtlicht, das vom Tunnelbogen die Stufen hinabfiel, wurde jäh von den Schatten verschluckt.

Die Stille um ihn war ohrenbetäubend. Nicht einmal der

Boogelbie auf seinem Rücken gab einen Laut von sich, was eigentlich ein gutes Zeichen war. Aber Moritz bemerkte es überhaupt nicht.

»Edgar? Edgar, bist du hier?«

Nur sein eigenes, verzerrtes Echo antwortete ihm aus der Dunkelheit. Vorsichtig setzte er den Käfig auf der letzten Stufe ab und kramte in den Taschen. Nichts, mit dem er Licht machen konnte.

Der Boogelbie schnarzte abwartend hinter den Gitterstäben. Seine Glupschaugen waren seltsam geweitet. Reglos starrte er in die Schwärze jenseits der Stufen. War es möglich, dass diese Wesen in der Dunkelheit sehen konnten? Moritz hatte den Gedanken noch nicht beendet, da wandte das Monster seinen Kopf zu ihm. Seine Augen reflektierten das wenige Licht der Umgebung und spiegelten es wider wie Katzenaugen.

Moritz' Blick fiel auf die Netzpistole, die an seinem Gürtel hing. Ihr hölzerner Griff schimmerte schwach. Mit zwei gezielten Schlägen auf die letzte Stufe brach er den Holzgriff entzwei und reichte ihn dem Boogelbie. Sofort schnellte die Zunge der Kreatur vor und angelte sich den Leckerbissen. Während das Monster genüsslich das Holz in seinem Maul zu Asche verbrannte, begann sein schuppiger Körper hellblau zu leuchten.

Moritz griff nach dem Käfig und hielt ihn wie eine Laterne vor sich. Kalte, nasse Steinwände, schwarz wie Kohle, warfen das blaue Licht zurück. Überall am Mauerstein glitzerten Wassertropfen wie trübe Sterne. Besser als nichts, dachte Moritz und begann seine Suche.

Wie der Rest der Katakomben bestand auch das Deckengewölbe aus massiven Steinquadern, die über die Jahrhunderte von Fackelruß und Feuchtigkeit geschwärzt worden waren. Wo sich die Schatten noch schwärzer und dichter an den fernen Wänden abzeichneten, zweigten Gänge und Tunnel von der Haupthalle ab. Moritz verlangsamte seine Schritte, als ihm faulige Schwaden entgegenschlugen. Er wusste, dass in dem verschlungenen Tunnelnetz die Gebeine der ärmsten Ravenbrücker lagen, ein Überbleibsel aus jener Zeit, als sich nur die wohlhabenderen Bürger einen Platz auf dem Friedhof leisten konnten. Alle anderen waren hier gelandet, in einem feuchten Totenreich, das unendlich viel Platz bot für die letzte Ruhestätte der Ärmsten der Armen.

Das blaue Leuchten erhellte den Boden zu Moritz' Füßen. Eine frische, breite Rinne war in den Stein geschlagen, gesäumt von Schneematsch und Geröll. Da vorne in einer Pfütze funkelte etwas. Violettes Glas. Edgars Kneifer, zerborsten unter einem Steinbrocken.

Moritz schluckte.

Ein Stöhnen drang aus der Finsternis.

»Edgar?« Zitternd hob er die Boogelbie-Laterne.

»Au! Mein Kreuz!« Aus dem Dunkel löste sich eine Gestalt aus Schlamm, Staub und Spinnweben.

»Du lebst!«, rief Moritz und umarmte ihn heftig.

»Vorsicht, mein Junge!«, stöhnte Edgar und rang nach Atem.

Moritz lockerte seinen Griff. »Ich dachte, du wärst tot.«

»Die paar Kratzer, kaum der Rede wert«, sagte er, aber Moritz merkte, dass er log. »Unser Freund da hinten hatte weniger Glück.« Er deutete in die Schatten.

Im blauen Licht der Boogelbie-Laterne schälte sich etwas aus der Dunkelheit heraus. Zuerst erkannte Moritz nur verschlungene, starre Formen, die wie gemeißelt in einer schmutzigen Wehe aus Geröll und Schnee an einer Mauer lehnten. Dann entdeckte er mächtige, nach oben gerichtete Raubtierpranken, stämmige Hinterbeine und einen gezackten Schweif. Ein gebogener Rücken reckte sich, im Kampf erstarrt, nach oben und die Schwingen, die zwischen den Schulterblättern saßen, standen verdreht vom Körper ab. Der kräftige Hals der Kreatur wand sich zur Decke und die kurzen Ohren lagen eng am flachen Adlerkopf an. Aus dem weit aufgerissenen, schartigen Schnabel lugte eine spitze Zunge heraus. Aus den großen, erstarrten Augen sprach das Erstaunen, einen ebenbürtigen Gegner gefunden zu haben.

Moritz kannte dieses Ungetüm wie kein zweites. Es war das Wesen aus seinen Albträumen, allerdings zu Stein erstarrt. »Ein Greif«, flüsterte Moritz. »Ein Greif aus Stein!«

»Was?«

»Es ist *doch* ein Greif, unglaublich!«

»Wovon redest du, Junge? Das ist kein Greif!« Edgars Stimme hatte sich verändert.

»Natürlich, ist es einer! Sieh doch!«

Verwirrt starrte Edgar das steinerne Wesen an, das an der Mauer aus der Schneewehe ragte. Was er vor Augen hatte, unterschied sich deutlich von dem, was Moritz zu sehen glaubte. Er musste mehrfach blinzeln, bis sich das Bild vor ihm in der Finsternis zusammensetzte. Die unheimliche, hämische Kreatur aus Stein jagte ihm einen Schauer über den Rücken. Ihr feister

Buckel passte nicht zur Anatomie eines Greifen. Ebenso wenig die Ohren, die lang und spitz wie Messerklingen waren, und nicht kurz und geschwungen am Kopf anlagen. Auch die fast menschlichen nackten Arme mit den dürren Spinnenfingern stimmten nicht überein. Von den steinernen Fledermausflügeln mit einer Spannweite von mindestens drei Metern ganz zu schweigen.

Doch am schlimmsten empfand Edgar das Gesicht: Es hatte nichts von einem Adler, sondern glich vielmehr einer Totenmaske. Ein schrecklich breites Maul mit Zähnen so spitz wie Nadeln zierte seinen Kopf. Leere, schräge Augenschlitze starrten ins Nichts.

Edgar stockte der Atem. Noch nie hatte er ein so großes Exemplar gesehen und schon gar nicht aus Stein. Es kam ihm unwirklich vor. »Das, was du da siehst, Moritz«, begann er, »ist ein Nachtalb.« Er hielt inne. »Ich habe dir noch nichts von dieser Kreatur erzählt, weil –«

»Nein«, unterbrach ihn Moritz. Seine Stimme klang überraschend klar. »Ich sehe es deutlich! Es ist ein Greif! Wie hast du ihn besiegt?«

»Ich habe ihn nicht –« Edgar stutzte. Seine Augen ruhten immer noch auf dem Antlitz des steinernen Monstrums. Im Schein der Boogelbie-Laterne krochen die Schatten über die scharfen Züge und hauchten der verzerrten, schreienden Fratze des Nachtalbs Leben ein.

Edgars Blick glitt hinab auf seine Hand. Die ganze Zeit über hatte er etwas umklammert gehalten, was er dem Monster beim Kampf entrissen hatte. Es war eine massive Eisenkette mit einem Amulett als Anhänger; ein dunkelroter Karfunkel prangte in der Mitte, so groß wie seine Faust.

»Ich habe der Kreatur das hier entrissen«, murmelte Edgar. »Daraufhin ist sie erstarrt.« Er wog die Kette in der Hand. »Hier stimmt etwas nicht ...«

»Ja, du siehst Sachen, die nicht da sind«, sagte Moritz heftig und stellte den immer schwächer leuchtenden Boogelbie-Käfig ab. Rasch verfütterte er ein weiteres Stück des Pistolengriffs an die kleine Bestie, woraufhin die blaue Flamme von Neuem aufleuchtete.

»Ich glaube, hier geht etwas Seltsames vor«, sagte Edgar. »Wir brauchen Helene.«

»Warum?«

»Das wirst du schon sehen.« Edgar verstaute das Amulett in der Innentasche seines ruinierten Samtrocks. »Reich mir deine Weste.«

Moritz schnaufte. Warum konnte Edgar ihm nicht einfach sagen, was los war? Und was hatte das alles mit Helene zu tun? Widerwillig streifte er das La-Ka-Fell ab und gab es Edgar. Schnell hatte dieser es angezogen und lief zu den Stufen. Moritz folgte ihm.

»Hast du noch Holz für deinen Boogelbie?«, erkundigte sich Edgar. Moritz nickte stumm und zeigte die Splitter in seiner Hand.

»Gut, du wartest hier. Ich komme gleich zurück.« Damit rannte Edgar die zerstörte Treppe hinauf und verschwand im Schneetreiben am Ende des Tunnels.

Frischer Schnee wehte hinein. Die Elster an seiner Brust zappelte rastlos. Moritz streichelte sie, als könne er sie beruhigen. Doch sie spürte seinen Herzschlag so deutlich wie er den ihren. Dieser Ort jagte ihnen beiden Angst ein. Ein kaltes, feuchtes Beinhaus, in dem ein kleines Monster in seinem Käfig vor sich hin loderte wie ein geisterhaftes Gaslicht.

Und in der Finsternis lauerte ein steinernes Ungetüm darauf, wieder zum Leben erweckt zu werden.

23. Kapitel

Zwei Wachen erschienen wie aus dem Nichts. Mit eisernem Griff packten sie Nathaniel und zwangen ihn vor dem Podest auf die Knie. »Es ist nicht meine Schuld«, rief er. »Die Verbindung – sie wurde unterbrochen! Ich sagte Euch, dass wir hier nicht mehr sicher sind. Wir wurden von Anfang an verfolgt. Es waren zwei und –«

»Schweigt!«

Ein schrilles, vielstimmiges Echo breitete sich in der Messe aus. Langsam stieg die Komtesse die Stufen des Podests herunter. »Ich war mehr als nachsichtig, doch meine Geduld hat nun ein Ende.« Eine Pause folgte, in der der Widerhall der Stimmen die Grenzen der Halle auslotete. »Wachen!«

Ein Dutzend vermummter Soldaten löste sich aus den Schatten und glitt wie Geister auf Nathaniel zu. Klingen blitzten in der Düsternis.

»Bitte, Durchlaucht«, flehte Nathaniel, als ihm sein Schlapphut vom Kopf gerissen wurde. Zerzaustes langes Haar fiel ihm ins Gesicht. Eine Schattenhand griff nach seinem Schopf und zwang sein Haupt grob in den Nacken. Seine Stimme war nicht mehr als ein Röcheln, als sich kalter Stahl an seine Kehle legte. »Ich werde alles tun, um Euch ein Mädchen zu bringen! Alles! Ich werde das Wesen zurückholen. Ich schwöre es! Habt Erbarmen!«

Die plötzliche Stille in der Messe schien nie enden zu wollen. Die Stille der Einsamkeit. Das Geräusch, das überall im Schiff auf ihn lauerte. Auch in seinen Träumen. Es schmerzte Nathaniel. Fortwährend. Seit dem Tag, als ihn sein Vater auf das Schiff gebracht hatte, vor 31 Jahren ...

Bereits in den ersten Tagen auf dem Schiff hatte der damals sechsjährige Nathaniel es gespürt. Es war nicht nur, dass die Enge an Bord ihn schier wahnsinnig machte; viel mehr setzte ihm die Leere zu, die er verspürte, wann immer er die endlos langen Korridore auf dem Weg zu seiner Herrin durchmaß.

Hier war kein Mensch. Kein Lebewesen, mit dem er sprechen konnte. Keine Seele. Niemand nahm ihn wahr oder schenkte ihm ein Wort. Alles, was er sah, waren Wände und Holz und Dunkelheit und Schatten. Schatten, die ihn beobachteten, ihn belauerten.

Nathaniel ahnte, nein, er wusste, dass er das schwächste Glied einer langen Kette von treuen und willensstarken Dienern war. Seine Gedanken und Gefühle verrieten ihn. Und sie, die Komtesse, ließ ihn spüren, dass auch sie es wusste, in jeder Sekunde, jeden Tag und jede Nacht.

Als sein Vater, ein Mann, durchdrungen von Pflichtgefühl und Branntwein, viel zu früh gestorben war, hatte Nathaniel die Angst gepackt. Er war noch nicht bereit gewesen. Mit gerade mal fünfzehn Jahren war seine Ausbildung noch nicht beendet. Und doch musste er tun, wofür er an diesen Ort gebracht worden war.

Die Schattenwesen, die aus der Dunkelheit auftauchten, jagten ihm kalte Schauer über den Rücken. Solange sein Vater lebte, hatten sie sich ihm nie weiter als bis auf fünf Fuß genähert. Nach dessen Tod hatte sich das schlagartig geändert.

Nathaniel wusste nicht, wie sie die Messer und Schwerter unter ihren schwarzen Umhängen hervorziehen konnten, wenn sie angeblich nur Schatten waren. Sie mussten in den letzten Jahrhunderten enorm an Macht und Autorität gewonnen haben, um blitzendes, blankes Metall aus dem Nichts entstehen lassen zu können.

Aber auch ihre Bewegungen hatten sich verändert. Die Schatten fristeten nicht länger bloß ein stilles Dasein in der Düsternis, sie stießen hervor und glitten über den Boden, mit ihren wallenden Umhängen, die sich wie Rauch kräuselten. Immerzu schienen sie ihn zu beobachten. Sie überwachten ihn, in ihrem Namen. Im Auftrag der Komtesse.

Wie oft hatte er mit dem Gedanken gespielt zu fliehen, all das hinter sich zu lassen. Doch da waren die Spuren seiner Vorfahren. Überall. Ruprechts Gardeuniform, die nach ihm auch dessen Sohn getragen hatte. Die Handschuhe seines Ururgroßvaters aus pechschwarzem Leder. Und natürlich der Schlapphut seines Großvaters, den Nathaniel sehr lieb gewonnen hatte.

Nathaniel fühlte sich an den Rattenkönig erinnert. Er war untrennbar mit seinen Vorfahren verbunden und niemand konnte ihn retten. Kein Messer war scharf genug. Ruprechts Schuld floss auf ewig durch seine Adern.

Nein, er musste bleiben und seine Pflicht tun. Auch wenn ihn die Blicke seiner Herrin wie kaltes Eisen durchbohrten. Nathaniel erschauderte, als er an ihre schwarze Maske dachte. Tief und dunkel, ein grausamer Schlund ohne Boden. Er vermied es, sie anzusehen – zog sich zurück in seine Kammer, wann immer sich ihm die Möglichkeit dazu bot.

Er musste regelrecht nach Unsicherheit und Angst stinken. Doch er wollte sich beweisen. Wollte zeigen, dass er seine Pflicht erfüllen konnte. Dass er sie erfüllen würde – für seine Familie –, selbst wenn dies bedeutete, dass er die Gesetze der Natur überwinden musste.

Wie keiner seiner Ahnen zuvor hatte Nathaniel vor Jahren damit begonnen, sich mit den dunklen Künsten zu beschäftigen. Mit Kräften, die denen der Komtesse ähnlicher waren, als er sich selbst je eingestanden hätte. Um verbotene Texte entziffern zu können, lernte er in den Häfen fremde Sprachen. Er fand heraus, wie man Amulette verhexte, um mit ihnen Menschen zu kontrollieren. Eine Zeit lang beschäftigte er sich sogar mit dem *Opus Magnum*, dem großen Werk der Alchemie, nur um sein Wissen zu erweitern.

Irgendwann war er auf einen Zauber gestoßen, der ihm ungeahnte Möglichkeiten bot. Eine geheimnisumwitterte Macht rückte in greifbare Nähe. Die Macht, tote Materie zum Leben zu erwecken und sie seinem Willen zu unterwerfen.

Das Ritual war äußerst kompliziert und forderte einen hohen Preis. Niemand erschuf Leben aus dem Nichts oder erweckte es aus tiefen Schatten, ohne einen Tribut dafür zu zahlen. Wenn man Leben zeugte, teilte man sein Selbst. Es war eine Verbindung wie zwischen Mutter und Kind. Schöpfer und Kreatur ketteten ihre Seelen durch ein Band auf ewig aneinander.

Doch sein Plan war zu perfekt, seine Idee zu genial. Anstatt selbst Nacht für Nacht hinaus in die Finsternis zu ziehen, um diesem kleinen, nimmersatten Teufel ein neues Opfer zu bringen, entsandte er ein schauriges Wesen, das er aus seinem Schattendasein befreit hatte.

Nathaniel hatte es zufällig gefunden, in den Ruinen eines heidnischen Waldfriedhofes. Versteckt und vergessen unter Moos und Efeu – grotesk, hässlich, missgestaltet. Ein abstoßendes Ding, mit Hammer und Meißel von Menschenhand geschaffen, das im Schmerz seiner elenden Existenz und seiner Einsamkeit nach einem Meister lechzte.

In jener Nacht und zu jener Stunde war Nathaniel seiner inneren Stimme gefolgt. Er hatte das *Erwache*-Zeichen, uralt und magisch, in das tote Wesen geritzt und es somit zum Leben erweckt. Er nannte es den *Unfertigen*, ein Name, den er aufgrund seines rudimentären Äußeren wählte. Doch das abstoßende Ding aus vergangener Zeit verfügte über erstaunliche Fähigkeiten, die er sich mithilfe seines Meisteramuletts zu Diensten machte.

Er knüpfte sein Leben und sein Schicksal an eine Kreatur, die sich nur regte, wenn er es ihr mit dem Kleinod befahl.

Aber die beiden verband mehr. Etwas, das über die Kraft eines Amuletts hinausging. Der Unfertige durchdrang ihn, fühlte seinen Schmerz und teilte seine Sinne. Er wurde zum Meister dieses Ungeheuers, was auch bedeutete, dass, wenn das Wesen dereinst sterben würde, auch ein Stück von ihm dahinginge und seinen Körper langsam vergiften würde. Das war der Preis, den er bereit war, für seine Vorfahren zu zahlen.

Und für einen kurzen Moment zeigte sich in den Augen der Komtesse so etwas wie Anerkennung, als sie von seinem Plan erfuhr.

Doch es währte nicht lang. Sie empfand keine Achtung – nicht vor dem schwächsten Glied der Kette. Falls sie überhaupt etwas empfand, dann waren es nur Gier und Hunger.

Doch er war sich gewiss, dass auch sie ein Verlangen hegte, das nicht gestillt wurde. Seit fast 300 Jahren nicht. Sie suchte nach etwas – etwas, das ihr Kraft und Leben einhauchte. Ewiges Leben, nicht bloßes Überleben von Tag zu Tag. Sie suchte nach dem, was in all jenen Büchern Erwähnung fand, die Nathaniel so sorgsam studiert hatte.

In manchen Kulturen nannte man es *das Schwarze Licht*, in anderen wiederum *Mantari Asham* oder schlicht *die Göttin des Todes*. Ein Mädchen, das die ewige Flamme des Lebens in sich trug. Die Fackel der Unsterblichkeit. Und Nathaniel wusste, dass sie zufrieden sein würde, wenn er ihr diese todlose Fackel bringen könnte. Erst dann wäre ihre Reise beendet. Sie würde nie wieder hungern und er nie mehr einen Fluch schultern müssen, den ein Mann namens Ruprecht Jahrhunderte, bevor er geboren worden war, auf sich – und alle nachfolgenden Söhne – geladen hatte.

»Glaubt Ihr, Ihr könnt mich betrügen? Ihr seid erbärmlich. Ich weiß, Ihr würdet lieber fliehen, als Eure Pflicht zu erfüllen!«

Nathaniels Sinne kehrten ins Hier und Jetzt zurück. »Nein,

das würde ich niemals tun!« Seine Stimme klang rau und heiser, wie die eines verwundeten Tieres. »Mein Leben gehört Euch. Ich schwöre, ich werde die Kreatur zurückholen! Bei meiner Ehre!«

Die Komtesse lachte, sodass sich mehrere hundert Stimmen in grausamem Geheul überlappten. »Ihr wisst, was geschieht, wenn Euer Monster stirbt?«

Fäulnis, Vergiftung, Tod. Er nickte.

»Dann geht. Sucht Eure Bestie und bringt sie zurück. Meine Wachen werden Euch begleiten.«

Die Hand, die sein Haar gepackt hielt, löste sich. Die Klinge verschwand von seinem Hals. Bis auf fünf Soldaten zogen sich die Wachen wieder in die Schatten zurück.

Keuchend erhob sich Nathaniel und wandte sich zum Gehen. Die Wachen folgten ihm.

»Wenn er versucht, zu fliehen ...«

Die Wachen hielten inne und sahen zur Komtesse.

»... Tötet ihn!«

24. Kapitel

Wie eine Feder landete Edgar im Schnee vor dem Torbogen. Wirbelnde Flocken hüllten ihn ein, als Helene von seinem Rücken herunterstieg. Sie trug einen Winterumhang mit Kapuze und hielt etwas Reisig und eine zweite Fellweste für Moritz in den Armen. Mit unergründlicher Miene musterte sie das zerstörte Eisentor, das den Eingang der Katakomben säumte. Ohne ein Wort zu verlieren, nahm Edgar ihre Hand und führte sie in die Dunkelheit.

Moritz saß immer noch inmitten des nachtschwarzen Gewölbes, vor sich den Boogelbie, der leise vor sich hin lummerte. Das klägliche letzte Licht des kleinen Wesens war erloschen, wie ein sterbendes Glühwürmchen.

Immer wieder streichelte er die Elster an seiner Brust, halb, um sich ihrer Anwesenheit zu versichern, halb, um sich selbst von der erdrückenden Finsternis abzulenken.

Schritte näherten sich.

»Moritz sieht einen Greifen und ich sehe einen ... einen Nachtalb«, hörte er Edgar sagen.

»Was?« Die Schritte stoppten. »Du bringst mich hierher, um mir einen Nachtalb zu zeigen?«

»Es ist keiner! Ich bin mir sicher! Deswegen brauche ich dich. Du musst uns sagen, was es wirklich ist.«

Eine Pause entstand.

»Ich hoffe für dich, dass du recht hast!«, sagte Helene schließlich frostig.

Wieder knirschten Schritte auf den Stufen und Augenblicke später erschienen Edgar und Helene am Fuß der Treppe.

»Wir haben fast kein Licht mehr«, sagte Moritz, als die beiden zu ihm traten.

»Dachte ich mir.« Helene reichte ihm das Reisig und die Weste. »Es war eine brillante Idee, den Boogelbie als Laterne zu benutzen. Vermutlich hatte mein Bruder das noch nicht mal erwähnt. Er erwähnt so manches nicht, in jüngster Zeit.«

Nachdem Moritz das La-Ka-Fell übergestreift hatte, fütterte er den Boogelbie.

Überrascht stellte er fest, dass die vormals hellblaue Flamme, die das Geschöpf umzüngelt hatte, nun einen Stich ins Weiße bekam. Das Monster strahlte förmlich. Bei diesem Holz musste es sich um einen ganz besonderen Leckerbissen handeln. Er hob den Käfig hoch und begleitete Edgar und Helene durch die Dunkelheit.

Helene streifte ihre Kapuze ab und starrte auf das dunkle Wesen, das vor ihr in den Schatten verborgen lag. Zuerst suchte sie nach den Augen, doch sie entzogen sich ihr auf ungewöhnliche Weise, bis sie ihren Irrtum erkannte. Ein Schauer erfasste sie. Das Monster hatte keine Augen – zumindest nicht solche, die man auf den ersten Blick erkennen konnte. »Oh, mein Gott«, flüsterte sie, »er ist wunderschön!«

Moritz stutzte. Wunderschön? Das hätte er am wenigsten erwartet. Helenes Bewegungen, ja sogar ihre Stimme hatten sich verändert. Sie schwankte leicht, als ob eine Welle der Emotionen über sie hinwegspülen würde, und ihr Tonfall bekam einen fremdartigen Klang. Sie wirkte wie in Trance. Ohne Scheu ging sie auf das Wesen zu. Moritz stockte der Atem, als sie plötzlich eine Hand erhob, um seine Flanke zu berühren.

Edgar zuckte zusammen, als er sah, wie die Finger seiner Schwester über die Haut des Nachtalbes glitten. Für den Bruchteil einer Sekunde übermannte ihn der Impuls, sie von der Bestie fortzureißen. Er fürchtete schon, die Kreatur würde zum Leben erwachen und sich auf sie stürzen. So wie damals ... Doch nichts dergleichen geschah. Das Monstrum aus Stein blieb kalt und leblos.

»Edgar?«, hörte er Moritz' Stimme. »Was macht Helene da?«

Edgars Mund war staubtrocken, als er antwortete: »Helene hat eine besondere Gabe. Sie kann die Wahrheit in allem und jedem sehen. Sie muss demjenigen nur tief in die Augen schauen.«

Moritz fröstelte und machte einen Schritt nach vorn. Es widerstrebte ihm zwar, dem Greif zu nahe zu kommen, doch er konnte nicht anders, er musste einfach sehen, was Helene tat.

Sanft glitt ihre bleiche Hand über den rauen Stein. Tiefe Risse und Furchen zogen sich über den Körper. Kleine Stellen waren abgeplatzt. Helene erforschte sämtliche Ritzen, als würden sie wie Narben jede ihre eigene Geschichte erzählen.

»Er ist uralt und traurig. Er hat so viel Schmerz gesehen und Angst, unendlich viel Angst«, sagte sie und wandte sich um.

Moritz erschrak.

Helenes Augen hatten ihre Farbe gewechselt. Im kalten Licht der Boogelbie-Laterne schimmerten sie nicht mehr violett, sondern leuchteten wie flüssiges Gold. Er erinnerte sich an ihr Beisammensein in der Küche. Auch da hatten ihre Augen warm wie die Sonne gestrahlt.

»Aber er ist nicht vollständig«, sagte Helene leise. »Etwas stimmt nicht mit seinem Kopf. Jemand hat ihm neue Augen gegeben. Fremde Augen, um durch sie zu sehen.«

Edgar, der seine Schwester aufmerksam beobachtet hatte, zog das Amulett aus der Tasche seines verschmutzten Gehrocks. »Hat es etwas hiermit zu tun? Ich habe es ihm im Kampf vom Hals gerissen.«

Helene behielt eine Hand auf dem steinernen Ungetüm und berührte mit der anderen das Amulett. »Ja«, sagte sie. »Das ist das Band. Jemand sieht durch das Amulett und kontrolliert das Wesen.«

»Was ist es?«, fragte Edgar im Flüsterton.

»Wollt ihr es sehen?«, raunte Helene.

Moritz konnte Edgars Aufregung spüren, als er sagte: »Ja, zeig es uns!«

»Nehmt meine Hände«, sagte Helene.

Edgar nahm sie ohne Zögern. Moritz hingegen blickte nur starr auf die bleichen Finger, die sie ihm entgegenstreckte. Er wünschte sich, dass nicht so viele Augenpaare gleichzeitig auf ihn gerichtet wären. Aber sogar der Boogelbie glotzte ihn erwartungsvoll an, als ob er auf eine Entscheidung wartete. Moritz seufzte, presste die Lippen aufeinander und ergriff Helenes Hand.

Es war, als ob sich die Welt ausdehnte und wieder zusammenzog. Unglaublich viele Details, die Moritz in der Umgebung vorher nicht aufgefallen waren, gewannen an Form und traten unerwartet in den Vordergrund. Als hätte man ihm eine Brille aufgesetzt, die jede noch so unbedeutende Winzigkeit scharf stellte.

Langsam glitt sein Blick über den nassen, glatten Steinboden und hinauf zu dem steinernen Monster, dessen Umrisse von einer goldenen Korona umspült wurden.

Moritz blinzelte verblüfft. Das Wesen, das sich ihm zeigte, war weder ein Greif noch ein Nachtalb, sondern etwas, das er noch niemals vorher gesehen hatte. Er wunderte sich, dass es in Edgars Unterricht nicht vorgekommen war, und fragte sich gleichzeitig, ob es sich überhaupt um ein echtes Lebewesen handelte.

Zuerst musste Moritz an einen großen, plumpen Felsbrocken mit Flügeln denken: Grob, kantig und verwittert reckte er sich im Kampf nach oben. Doch das bizarre Ding war bei näherer Betrachtung komplexer und widersprüchlicher, als alles, was er bislang gesehen hatte. Es war riesenhaft und bucklig, mit einem langen, klobigen Hals, an dessen Ende – nichts war. Es hatte keinen Kopf!

Als wäre er mit einem gewaltigen Hammer oder einer Axt abgeschlagen worden. Dort, wo sich ein Kopf hätte befinden müssen, blitzte nur eine scharfe, bröckelige Kante aus massivem Stein.

Just als Moritz sich dessen bewusst wurde, durchzuckte ihn ein Bild aus fernen Tagen. Eine fremde Erinnerung.

Er sah einen Mann zu Pferde, einen Krieger, der auf den seltsamen steinernen Koloss zeigte, der reglos in einem verfallenen Steinkreis stand. Der Mann brüllte einen Befehl in einer fremden Sprache und augenblicklich rannten mehrere Männer in Rüstungen herbei und schlugen dem unförmigen Etwas aus Felsgestein den Kopf mit Schwertern und Schilden ab.

WUMM!

Der von Wind und Wetter verwaschene Steinkopf fiel auf die moosige Erde.

Genauso schnell, wie die fremden Bilder gekommen waren, verschwanden sie auch wieder, und vor Moritz tauchte das bucklige Felswesen auf, erhellt von einer leuchtenden Aura. Er sah jede Pore, jeden Sprung im Stein, und jeder Zentimeter atmete lebendige Vergangenheit. Und da erkannte er plötzlich, dass die tiefen Risse und Rillen in dem grotesken Körper, dass all die Kanten und Spalten, Erhebungen und Vertiefungen, die so unschön und scheinbar wahllos den Steinklotz bedeckten, kein Zufall waren.

Wieder drangen fremde Bilder in Moritz' Kopf ein.

Mehrere Menschen standen in einem Steinkreis, zu einer Zeit, in der der Steinkloß noch einen klobigen, wölfischen Kopf besessen hatte. Nacheinander griffen sie zu Hammer und Meißel und begannen ihr grauenvolles Werk. Sie schlugen Gesichter in den Stein – schlicht und unbeholfen – drückten ihren Schmerz und ihre Ängste aus. Sie überantworteten sie, einer nach dem anderen, dem Stein, auf dass er sie festhielte und sie nicht mehr in ihr Leben zurückfließen ließe.

Moritz atmete flach, als sich die Bilder wieder zurückzogen. Er hatte jeden Hammerschlag gespürt, beinahe so, als ob er ihn selbst ausgeführt hätte. Dieses seltsame Ritual lag Jahrhunderte zurück. Kaum eine Stelle war von den tagelangen Meißelarbeiten der Menschen verschont geblieben. Das Wesen war über und über mit Gesichtern bedeckt. Zerrbilder von Wolfsköpfen, Teufelsmasken und Geistern flochten sich ineinander und überzogen den rauen Stein bis hoch in die zerklüfteten Flügel, die mit den eleganten, majestätischen Adlerschwingen eines Greifen nichts gemein hatten. Es waren gewaltige, narbige Schollen, die in die Finsternis hineinragten. Die Beine des Ungetüms waren weder stark noch wohlproportioniert, geschweige denn symmetrisch. Sechs kurze Stumpen, von unterschiedlicher Breite und Höhe, zeigten sich an der Unterseite des Felskörpers und ahmten eine simple Anatomie nach, mit denen sich dieser Berg fortbewegen konnte. Krallen, Tatzen und Hände waren in abgebrochenen Höckern nachgebildet, doch sie waren nicht mehr als verkrüppelte Auswüchse. Angesichts dieser geschundenen Kreatur aus Fels und Furcht, fiel es Moritz schwer, einen klaren Gedanken zu fassen.

»Was ist das?«, fragte er.

Als Helene antwortete, hatte ihre Stimme einen ehrfürchtigen Klang: »Der mit den vielen Gesichtern.«

»Ein Angstgötze!«, sagte Edgar. »Dass ich nicht gleich drauf gekommen bin!«

Helene ließ ihre Hände wieder los.

Die goldene Korona um den bizarren Steinklotz erlosch unverzüglich, doch sein Erscheinungsbild veränderte sich nicht.

»Ich sehe ihn immer noch«, rief Moritz verwirrt.

»Wenn man einmal die Wahrheit gesehen hat, erlischt das Schreckensbild«, erklärte Edgar.

»Schreckensbild?!«

Helene wandte sich an Moritz; ihre blass violetten Iriden waren zurückgekehrt. »Angstgötzen oder auch Vielgesichter sind steinerne Abgötter aus grauer Vorzeit. Sie gehören zu den wenigen Geschöpfen, die nicht natürlichen Ursprungs sind. Sie werden von Menschen erschaffen, um deren Ängste zu bannen.«

Edgar räusperte sich. »Wenn man es genau nimmt, bestehen sie ausschließlich aus Angst. Der Angst vor dem Teufel, vor Verstorbenen oder bösen Geistern, eben allem, vor dem man sich fürchten kann. Aber auch weltliche Ängste wurden hier verarbeitet, wie vor Bären, Wölfen und dergleichen.«

»Man suchte sich damals einen Felsen außerhalb der Dörfer und meißelte die Angst in den Stein«, sagte Helene. »So hoffte man, Unheil jeglicher Art von den Menschen fernzuhalten. Doch die Angst selbst ist ein mächtiger Fluch.«

»Die Menschen ahnten noch nicht, dass die Angstgötzen nachts zum Leben erwachten, um diejenigen heimzusuchen, die ihnen die schrecklichen Gesichter aufgebürdet hatten. Dabei traten sie in Gestalt des Wesens auf, das der Betrachter am meisten fürchtete. Was natürlich zu neuer Angst und zu neuen Gesichtern im Felsen führte. Angst, die sich selbst erschafft. Ein Teufelskreis, der nie endet, bis man sich seinen Ängsten stellt.«

Mit bitterem Lächeln deutete Edgar auf die unzähligen Fratzen, die im Felsen verschwammen.

Moritz' Blick fiel auf einen der missgestalteten Flügel und dort erkannte er den schiefen, unfertigen Kopf eines Adlers mit spitzen Ohren: ein Greif.

Irgendwie fühlte er sich ertappt, von seiner eigenen Angst an der Nase herumgeführt. Er war felsenfest davon überzeugt gewesen, dass es sich bei dem Monster um einen Greif gehandelt hatte.

»Mein Vater hat mir mal ein Märchen vorgelesen, darin kam ein Greif vor, der ein Dorf in Angst und Schrecken versetzte. Der Greif war das schrecklichste Ungeheuer, das ich mir vorstellen konnte.«

Edgar sah Moritz an. »Genauso funktioniert der Zauber.«

»Aber wie kann dieser Koloss überhaupt fliegen?«, fragte Moritz.

»Eine ausgezeichnete Frage.« Edgar lächelte. »Ein Brocken von dieser Größe muss sicher eine enorme Geschwindigkeit erreichen, um überhaupt abzuheben. Und für diese absonderlichen Flügel braucht es ungemein viel Platz. Es sei denn, es stürzt sich aus großer Höhe in die Tiefe. Dann benutzt es seine Flügel höchstwahrscheinlich eher zum Gleiten und Steuern, wie ein Flughörnchen.«

»Es ist aus Stein«, wandte Moritz ein.

»Wer sagt, dass es Stein bleibt, wenn es erwacht?«, sagte Edgar und sah hinab auf das Amulett in seiner Hand.

Helene räusperte sich. »Aber ich habe noch nie gehört, dass Angstgötzen kleine Mädchen entführen.«

»Das tun sie nicht willentlich. Der Besitzer dieses Amuletts benutzt dieses Geschöpf dazu. Er hat es hiermit zum Leben erweckt und lenkt es.« Edgar schwang das Amulett wie ein Pendel in seiner Rechten.

Moritz taxierte zuerst die Steinkreatur in der Düsternis, dann Edgar. »Heißt das, wenn man ihm das Amulett wieder umlegt, wird der Götze erwachen und zu seinem Herren zurückkehren?«

»Höchstwahrscheinlich ja«, erwiderte Edgar, den Blick immer noch auf den dunklen Karfunkel gerichtet.

»Aber dann ist das die Lösung!«, rief Moritz. »Wir erwecken ihn und lassen uns zu seinem Meister führen. Dort werde ich Konstanze wiederfinden!«

Edgar sah nicht auf. Sein Ausdruck hatte sich verändert. Mit einem Mal sah er verwirrt und gehetzt aus. Seine rechte Hand begann zu zittern. »Das ist nicht gut«, murmelte er.

»Was meinst du?«, fragte Moritz. »Das ist unsere Chance. Wir haben das Monster gestellt. Wir wissen, was es ist und können uns von ihm in sein Versteck bringen lassen. Das ist doch perfekt!«

Edgar blickte auf und starrte Moritz an, als wäre er soeben aus einem Traum erwacht. »Moritz, bitte ... Ich brauche mehr Zeit.«

»Wozu? Wir haben doch gerade das Monster besiegt und du hast gesagt –«

»Ich weiß, was ich gesagt habe, aber ich ...«, Edgar umklammerte seine zitternde Hand, »... ich kann dir jetzt nicht helfen.«

Die Worte trafen Moritz wie ein Schlag. Warum tat Edgar das? »Ist es meine Schuld? Habe ich etwas falsch gemacht?«

»Nein.«

»Aber dann verstehe ich das nicht. Du hast mir versprochen, dass du mir helfen wirst. Wir sind doch Freunde.«

Edgar ballte die Hände zu Fäusten – sie zitterten beide. Moritz musste unweigerlich an einen brodelnden Kessel denken, der jeden Augenblick explodieren würde. Edgars ganzer Körper begann zu beben und Schweiß trat auf seine Stirn. Dann schüttelte er den Kopf. Heftig, immer heftiger. »Es tut mir leid, ich kann nicht.«

»Edgar, was hast du?« Helene war vorgetreten. Edgar wich ihr aus, doch sie ließ sich nicht abschütteln. »Lass mich deine Augen sehen.«

»Helene, bitte nicht jetzt!«, zischte Edgar und wandte sich ab. Er schritt auf die Treppe zu, taumelte eher, als dass er ging. Etwas klirrte. Das Amulett fiel zu Boden und blieb im Schein der Boogelbie-Laterne liegen.

Ein Gedanke schoss Moritz durch den Kopf: Edgar musste krank sein, es gab keine andere Erklärung. Er stützte sich an der Wand ab. Der Junge sprang zu ihm. »Warte, ich helfe dir.«

»Lass mich!«, schnaubte Edgar und stieß ihn unsanft von sich. Langsam, Schritt für Schritt, kämpfte er sich die zerstörten Stufen hinauf.

»Bitte geh nicht.« Helenes Stimme war nur noch ein Flüstern, ihr Gesicht wurde vom Schein der Boogelbie-Laterne unheimlich erhellt. Doch es war bereits zu spät.

Als Edgar auf der obersten Stufe angelangt war, hüllte ihn ein kleiner Schneewirbel ein. Er hob mithilfe seiner La-Ka-Weste ab und war verschwunden.

25. Kapitel

Die ersten Sonnenstrahlen berührten die weißen Dächer Ravenbrücks, als Edgar die Spitze des Kirchturms erreichte. Kraftlos rutschte er die schneebedeckte Kupferschräge hinunter, bis ihn der schmiedeeiserne Zierrand der Dachplatte stoppte. Endlich hatten seine Hände aufgehört zu zittern. Vermutlich nur eine Verschnaufpause vor dem letzten großen Kampf, der ihm bevorstand.

In den Straßen herrschte das reinste Chaos. Ein großer Teil von Ravenbrück sah aus, als wäre eine wild gewordene Stierherde hindurchgebraust. Eine Schneise aus geborstenen Fensterläden, Karren, ramponierten Häuserwänden und gesplittertem Glas zog sich vom Südosten der Stadt durch die engen Gassen und endete an der durchbrochenen Kaimauer im Westen.

Auf seiner Suche nach einem Ort, wo er Ruhe und Frieden finden konnte, hatte Edgar kaum nach unten geblickt. Seine Schmerzen machten ihn blind. Ihm war heiß und kalt zugleich und seine Glieder schmerzten, als ob tonnenschwere Gewichte daran ziehen würden. Er torkelte und wankte, willenlos und wie von Sinnen. Dann, auf halbem Weg zum Kirchturm, hatte er den kümmerlichen Hilferuf des verwaisten Boogelbies gehört, den er in der Nacht zuvor an dem Tabakladen zurückgelassen hatte.

Nun lehnte der Käfig mit dem kleinen Monster neben Edgar auf dem Dach. Das Wesen wupperte zufrieden vor sich hin, während sein Besitzer mit einem seltsamen Ausdruck dem Sonnenaufgang entgegensah. Ein Seufzer entrang sich Edgars Kehle. Jeder Atemzug schmerzte wie tausend Nadelstiche.

Moritz' Worte kamen ihm in den Sinn: *Ist es meine Schuld? Habe ich etwas falsch gemacht?*

Nein.

Aber dann verstehe ich das nicht. Du hast mir versprochen, dass du mir helfen wirst. Wir sind doch Freunde.

Edgar ahnte, wie enttäuscht Moritz nun war. Er hielt ihn sicherlich für feige. Ein Mann, der ein Versprechen gibt, nur um es zu brechen, sobald es ernst wird. Schöner Freund.

Ein Frösteln überkam ihn und verwandelte sich in markerschütterndes Zittern. Schlimmer als je zuvor. Es begann in seinen Händen, pflanzte sich rasch fort, kroch beide Arme hinauf, zu seinen Schultern, bis schließlich sein ganzer Körper bebte. Und er hatte keinen Trank mehr übrig.

Ein Schmerz, ein Stich ins Herz, nahm ihm den Atem. Japsend, keuchend trat ihm der Schweiß auf die Stirn. Minutenlang saß er da, während die Kälte sich seines Körpers bemächtigte.

Dann, als der Schmerz wieder nachließ, wiegte er sich vor und zurück, während ein hoher, bohrender Ton seine Ohren verschloss. Die Welt um ihn herum verblasste. Einen quälenden Herzschlag lang hörte er nichts weiter außer dem Rauschen seines Blutes, das in seinem Schädel pochte.

Benommen starrte er auf seine langen, feingliedrigen Hände. Sie waren violett und an den Knöcheln fast weiß; kleine braune Flecken, wie dunkle Sommersprossen, zeigten sich nun überall. Die Haut wirkte mit einem Mal seltsam pergamentartig und spannte sich hauchfein über die Knochen.

Nun war es also so weit. Seine Zeit war abgelaufen. Die Hoffnung, dass sich jemand um seine kleine Schwester kümmern würde – einfach für sie da war – rückte in unerreichbare Ferne. Für einen kurzen, zerbrechlichen Moment hatte er geglaubt, dass Moritz dieser Jemand sein könnte. Doch dieser Gedanke fühlte sich nach dem Streit mit dem Jungen meilenweit entfernt an. Die Zeit war gegen ihn.

Kraftlos sank Edgar in sich zusammen und vergrub sein Gesicht in den Händen. Er würde sterben. Es hatte bereits begonnen.

26. KAPITEL

Wieder und wieder schlang der Junge das uralte Tau um den buckligen Körper des Götzen, während das erste Licht des Tages die untersten Stufen der Katakomben berührte. Helene verfolgte seine Bewegungen im Schein der Boogelbie-Laterne.

Moritz wirkte angespannt, seine Hände arbeiteten entschlossen. »Stundenlang habe ich auf diesen blöden Stein geschossen! Die Boogelbies haben mich angespuckt und ausgelacht. Mit der Nase hab ich im Dreck gelegen und ich hab mich nie beschwert. Und wenn es drauf ankommt, lässt er mich einfach im Stich!«

»Edgar war nicht er selbst«, sagte Helene sanft. »Irgendetwas stimmt nicht mit ihm.«

Moritz seufzte tief. »Dann geh und kümmere dich um ihn. Ich kann nicht mehr warten. Ich muss Konstanze finden.«

»Überstürze nichts. Lass uns noch mal mit Edgar sprechen. Du weißt nicht, wo dich der Götze hinbringt und was dich dort erwartet.«

Moritz sah sie unverwandt an. »Du sorgst dich um deinen Bruder, ich mich um meine Schwester. Ich halte dich nicht auf, also tu du das Gleiche!«

»Du bist wütend. Du glaubst, wir würden dich allein lassen. Aber dem ist nicht so, glaub mir.«

Moritz fixierte die kleinen goldenen Tupfen in ihren violetten Augen. Sie hatte recht. Sie las in ihm wie in einem Buch. Eine Frage, die ihm schon seit geraumer Zeit im Kopf herumspukte, sprang auf seine Lippen. »Hast du auch in mich hineingesehen?«

Helene antwortete nicht. Sie war wieder die Sphinx.

»Sag's mir! Als wir mit den Boogelbies zusammensaßen, in der Küche – hast du da in mich hineingesehen?«

Ein kurzes Schweigen. »Ja.«

Moritz blickte sie lange an. Ihr Gesicht verriet keinen Gedanken, keine Regung, kein Geheimnis.

»Was hast du gesehen?«

Wieder ein Zögern.

»Einen kleinen Jungen«, sagte Helene, »der viel zu früh seine Eltern verloren hat. Der sich wünscht älter zu sein, obwohl er eigentlich noch selbst Eltern bräuchte. Der alles tun würde, um seine Schwester zurückzubekommen.« Eine kurze Pause. »Einen Jungen, der mich an Edgar erinnert.«

Moritz wandte sich ab. Es war die Wahrheit, das wusste er. »Ich muss zu Konstanze.« Mit einem Ruck zog er die Seile fest.

Helene sah zu, wie er seine Arbeit noch ein letztes Mal überprüfte, um dann vorsichtig auf den vernarbten Rücken des Angstgötzen zu klettern.

Mit mulmigem Gefühl suchte er sich einen Platz zwischen den unterschiedlich hohen Schulterblättern auf dem Buckel und besah sich die felsigen Fratzengesichter rundum. Widerwillig ließ er sich auf dem Relief einer albtraumhaften Bestie mit

Reißzähnen nieder und schlang sich die Seilenden um den Leib, bevor er sie verknotete.

Anschließend befreite er die Elster aus ihrem Tragesitz. Ihr federweicher Körper fühlte sich ungemein wohlig und warm und flaumig an. Ein Gefühl, das überhaupt nicht an diesen klammen Ort passte.

»Ich kann dich diesmal nicht mitnehmen. Es ist zu gefährlich.« Er blickte in die schwarzen Knopfaugen, die in der Dunkelheit wie Perlen funkelten. Die Elster keckerte und reckte ihren Hals, um sich an seine Handballen zu schmiegen.

»Gib gut auf sie acht.« Moritz übergab Helene die Elster.

»Gib gut auf *dich* acht«, sagte Helene und nahm unvermittelt seine Hand.

Ihr Griff ließ Moritz erschaudern. »Du bist ganz kalt.«

Helenes Blick glitt ins Leere. »Mir ist kalt.«

Moritz schenkte ihr ein Lächeln. »Ich komme wieder, sobald ich meine Schwester gefunden habe.«

»Viel Glück.« Helene wich ein paar Schritte zurück und ergriff die Boogelbie-Laterne, während sich Moritz oben auf dem Götzen auf das vorbereitete, was nun passieren würde.

Er erinnerte sich, wie das Ungeheuer durch die Straßen und Gassen gerast war und alles mit sich gerissen hatte, was im Weg stand.

Einmal erweckt, gab es so gut wie keine Möglichkeit, diese Furie zu stoppen. Oder würde sie sich vielleicht in ein Wesen aus Fleisch und Blut verwandeln? Würde sie dann spüren, dass jemand auf ihrem Rücken saß und ihn abwerfen? Was, wenn die unzähligen Fratzen ebenfalls zum Leben erwachten und ihn entdeckten? Urplötzlich schossen ihm unzählige Fragen durch den Kopf. All die Dinge, die er nicht bedacht hatte – all das, was er überhaupt nicht hatte bedenken können. Sein Atem ging schneller. Er gierte nach frischer Luft und klaren Gedanken und seine Lungen pressten den modrigen Gestank geradezu in seinen Körper. Mit einer Hand tastete er nach seiner Ausrüstung; er spürte die Weste aus La-Ka-Fell, den Messingstock und die Pistole. Und natürlich das zersprungene Amulett. Die massiven Glieder der Kette in seinen Fingern.

Herr im Himmel, bitte lass es klappen!

Moritz atmete tief durch, lehnte sich nach vorn zwischen die weit geöffneten Steinflügel des Götzen und schlang die Kette um den verstümmelten Hals. Er betrachtete die aufgebrochenen Kettenglieder, packte dann beide Enden und steckte den Teil der Kette, der wie ein Haken hervorstand, in eine der intakten Ösen. Der Kreis war geschlossen. Ein Ruck ging durch den Stein.

Zuerst dachte Moritz, er hätte sich die Bewegung nur eingebildet, doch dann ertönte ein Geräusch, wie er es noch niemals vorher gehört hatte: Stein knirschte auf Stein, schabte über den Boden, regte sich. Kleine Risse sprangen haarfein überall am Körper auf, winzige Steine platzten ab, uralter Staub rieselte wie feinster Nieselregen durch die Dunkelheit.

Sofort flammte etwas an der Spitze des Halses auf. Ein Zeichen. Geritzt in Stein. Verschwindend klein und trotzdem klar. Es waren zwei Punkte, wie Augen, und dazwischen eine lange senkrechte Linie, die am unteren Ende zwei halbmondförmige Runenbögen beschrieb: *Erwache!*

Und der steinerne Götze gehorchte.

Das uralte Symbol pulsierte, erfüllt von glutrotem Licht, und im nächsten Moment wuchs das trübe Echo eines schattenhaften Kopfes aus dem abgebrochenen Hals. Es war kein echter Kopf, nur die eigentümlich missverstandene Idee davon, doch sie reichte aus, um Moritz einen Schauer über den Rücken zu jagen. Er sah, dass der schemenhafte Kopf tatsächlich wölfische Züge hatte, so wie in seiner kurzen Vision – nur dass er jetzt von unheimlichem Leben erfüllt war.

Der Stein veränderte sich, wurde weich und blieb doch rau und kalt. Er bäumte sich auf – Flügel schlugen und prallten wuchtig gegen die nahen Wände und die Decke. Ein Grollen donnerte durch die Katakomben und es klang, als ob Mahlsteine in einer Trümmerlawine eine Felswand hinunterstürzten.

Unwillkürlich duckte sich Helene in die Schatten, während der leuchtende Boogelbie in Gegenwart des Götzen die Fassung verlor. Das kleine Monster chracherte und rigoulte um sein Leben, als die Katakomben von dem ohrenbetäubenden Donner erschüttert wurden. Die Wände vibrierten, als ob sie dem Ruf des lebendigen Felsens antworten würden.

Schnell verbarg Helene den Boogelbie unter ihrem Umhang, als der Götze begann, sich wild und orientierungslos im Kreise zu drehen. Er suchte nach einem Ausgang aus der Dunkelheit und entdeckte schließlich den breiten Torbogen, der zur Treppe hinaufführte. Mit einem Satz preschte er vorwärts und polterte mit Moritz auf dem Rücken die Treppe hinauf.

Helene stürmte mit der Elster und dem Boogelbie-Käfig in der Hand hinterher. Oben angekommen zerrte der eisige Wind an ihrem Umhang, als sie mehrere Meter entfernt etwas Großes durch den Schnee pflügen sah. Ein rasender Buckel in einer Schneewolke und Moritz obenauf. Schnee flog von den Stummelbeinen des Kolosses, der unaufhaltsam den kurzen Schleusendamm entlangbrauste, geradewegs auf die durchbrochene Kaimauer zu.

Immer schneller wurde der Götze, bis Helene ihn durch die dichten Schneeflocken kaum noch erkennen konnte. Dann sah sie den Schemen der Kreatur die Trümmersteine der Mauer emporspringen. Das Monster füllte die Lücke in der Mauer fast ganz aus, machte dann einen Satz bis ganz nach oben zur Mauerkrone und entfaltete dort seine ungleichen Flügel. Mit unerwarteter Eleganz hob es vom Boden ab. Der Koloss glitt hinauf in den Himmel, taumelte kurz, bevor er einen Bogen vollführte und unvermittelt wieder in Richtung Helene zurücksegelte. Sie erkannte noch, wie Moritz seine Hand zum Gruß erhob, bevor der gigantische Götze am Schleusenturm vorbeisauste und ihn davontrug, einem ungewissen Schicksal entgegen.

Einen Moment verharrte Helene noch im Windschatten des Turmes und betrachtete die Elster in ihrer Hand. Der Vogel plusterte sein Gefieder auf und keckerte unbehaglich. Waren ihre Finger wirklich so kalt?

Nach und nach schob sie alle störenden Geräusche beiseite und vertiefte sich ganz in die Knopfaugen des Tieres. Sie fand Unruhe und Intelligenz ... und ein bisschen Hunger. Ihr war plötzlich nach einem saftigen Käfer oder einer fetten Spinne zumute. Was für eine köstliche Idee. Helene ließ sich kurz treiben wie in einem warmen Bad.

Das Gefühl war echt, auch wenn es nicht ihr eigenes war.

So war es auch mit Moritz in der Küche gewesen und ihrem *halben* Kuss. Sie hatte sein Innerstes gespürt und sich fallen lassen. Es war ihre Art tief zu empfinden.

Ein Krächzen unterbrach ihre Gedanken. Das Geräusch der Elster erinnerte sie an die Welt um sie herum ... und an Edgar. Helene tauchte aus der fremden Seele auf und der Hunger verflog allmählich. Der Vogel hatte recht, sie musste zu ihrem Bruder.

*****

Der kleine Trupp glich einem Marsch der Todgeweihten. Allen voran schritt Nathaniel mit gesenktem Kopf; ihm folgten die fünf schattenhaften Wachen durch die verwinkelten Korridore des Schiffes. Die hohe Seitenluke an der Bordwand öffnete sich rasselnd und Licht flutete ihnen entgegen.

Flankiert von seinen Bewachern verließ Nathaniel das Schiff und hatte gerade die Hälfte des Steges zurückgelegt, als er die Veränderung spürte. »Wartet!«, rief er. »Die Verbindung ist wieder hergestellt. Der Unfertige, er kehrt zurück!«

27. KAPITEL

Moritz schwebte hoch über der Stadt. Hier war die Luft eisig und klar. Schneeflocken trieben ihm entgegen.

Seine Angst, von dem Götzen abgeworfen zu werden, hatte sich bereits nach wenigen Augenblicken gelegt. Er schien seinen blinden Passagier nicht zu bemerken und jagte mit kräftigen Flügelschlägen immer höher und höher über Häuser und Straßenschluchten.

Sein Körper war nicht mehr aus Stein, so viel war Moritz klar. Die Haut oder was immer es war, was er unter seinen Fingern spürte, dehnte und streckte sich wie die eines Dickhäuters. Steinstaub rieselte aus den Falten in die Tiefe. Krampfhaft hielt sich Moritz an den Tauen fest.

Im Tosen des Windes vernahm er Stimmen. Sie drangen aus der Tiefe zu ihm hinauf und schienen ihn zu verteufeln. Moritz riskierte einen Blick und entdeckte Menschen überall in den Straßen. Sie standen in den Trümmern des nächtlichen Angriffs und deuteten mit Fingern auf ihn. Sie brüllten und bekreuzigten sich. Kinder, Frauen, Männer fielen in Ohnmacht. Sicherlich hielten sie den schwarzen Schatten über ihren Köpfen für ein böses Omen oder einen dunklen Engel. Für das jüngste Gericht. Moritz fühlte sich selbst wie ein Reiter der Apokalypse. Nur dass ihn kein Pferd durch die Lüfte trug, sondern ein fleischgewordener Klumpen Fels.

In der Ferne sah er einen schmalen goldenen Streifen am Horizont, versteckt hinter schneebedeckten Dächern und Schornsteinen. Das Meer.

Die ganze Zeit hatte sich Moritz gefragt, wohin der Götze ihn bringen würde. Erstaunlich zielgerichtet, als ob er von einem unsichtbaren Band gezogen würde, steuerte der Koloss geradewegs den Hafen an.

Während die Häuser unter ihnen vorbeirasten, drangen die Schreie von Möwen an sein Ohr und es dauerte nicht lange, dann öffnete sich unter ihm das breite Areal der Hafenanlage. Moritz sah eine Vielzahl von Koggen und Kuttern, die fest vertäut im Hafenbecken vor Anker lagen. Kaufmänner und ihre Träger tummelten sich auf dem Handelsplatz und dem Fischmarkt, um ihre Güter unter den wachsamen Blicken der Franzosen anzumelden. Doch heute kamen sie nicht dazu. Ein großer, fliegender Schatten schlug sie in seinen Bann und ließ sie ihr Tagwerk vergessen.

Der Götze glitt hinaus aufs offene Meer und beschrieb dann einen weiten Bogen zurück in Richtung Hafendamm. Die raue Seeluft trieb einen Schwarm Möwen zu Moritz hinauf. Sie begleiteten seinen Flug eine Zeit lang, bis der Götze zum Sinkflug ansetzte. Je näher sie dem Wasser kamen, desto durchdringender wurde der Geruch aus Tang, Fisch und Salzwasser, der den östlichen Teil des alten Hafens beherrschte.

Ein dunkler Fleck längsseits des Damms erweckte Moritz' Aufmerksamkeit. Ein schwarzes Schiff mit düsteren Rahsegeln kam in Sicht. Unheimlich und verlassen lag es vor Anker und spiegelte keine Reflexion und keinen Lichtstrahl wider. Die schwarze Bordwand wirkte stumpf, fast samtweich, und die Seitengalerie am Rumpf mündete in einen offenen Balkon am Schiffsheck oberhalb der Wasserlinie, der sich wie ein breites, zahnloses Maul gen Himmel reckte.

Trotz seines auffälligen Äußeren schien das Schiff von niemandem bemerkt zu werden. Seltsam leblos trieb es wie Totholz auf dem Wasser und verschlang dabei das Licht, als hätte jemand ein Loch in die Welt geschlagen.

In weiten Spiralen glitt der Götze nach unten auf das Schiff zu, wie ein Geier, der sein Aas umkreiste. Moritz spähte hinab und sah den Balkon auf sich zukommen. Weite, hohe Flügeltüren aus schwarzviolettem Glas wurden geöffnet. Sie hatten das Ziel ihrer Reise erreicht.

In einer einzigen knirschenden Bewegung legte der Götze im Sturzflug seine Flügel an, stieß hinab in die schwarze Öffnung und verschwand im Nichts.

Der Koloss landete krachend in der Düsternis. Moritz presste sich eng an den Buckel des Götzen und traute sich nicht, die Augen zu öffnen. Die raue Haut des Wesens schnitt in seine Wangen und seine Lungen füllten sich mit salzigem Staub. Um ihn herum erhob sich ein unheimliches Rascheln, wie von uraltem Laub, das von einem Lufthauch über den Boden getrieben wurde. Dann polterten Schritte und ein Mann rief mit schriller Stimme: »Der Unfertige, er ist zurückgekehrt!«

Langsam und vorsichtig traute sich Moritz ein Auge zu öffnen. Nur ein kleines Stück. Verschwommene Schemen bewegten sich. Sie tanzten an ihm vorbei, undeutlich und flüsternd. Als Moritz begriff, dass Tränen in seinen Augen standen, blinzelte er und sein Blick klärte sich auf.

Da waren lange Umhänge, die leise über den Boden glitten. Sie knisterten wie vertrocknete Blätter. Doch er vernahm keine Schritte, als ob ihre Träger über den Boden schweben würden. Auch wenn die schwerelosen Umhänge über keine Beine zu verfügen schienen, hatten sie doch Arme und ein vermummtes Haupt.

Noch hatten sie Moritz nicht entdeckt.

»Taro, al Taro!«

Die laute Männerstimme drang in Moritz' Bewusstsein, diesmal in einer fremden Sprache. Zaghaft reckte der Junge den Kopf und suchte den Raum ab. Er entdeckte einen Schlapphut und ein ausgezehrtes Gesicht. Schnell zog er den Kopf wieder ein. Hatte der Mann ihn gesehen?

»Hananshi, al Taro! Unfertiger, ich preise dich!«

Moritz versuchte, nicht zu husten, obgleich der Steinstaub, der den gesamten Körper des Götzen bedeckte, dies fast unmöglich machte. Erneut hob er vorsichtig den Kopf.

Der Mann mit dem Schlapphut war auf die Knie gefallen. Ein dunkler, langer Mantel breitete sich wie eine Lache schwarzen Blutes um seine hagere Gestalt aus. Braunschwarzes Haar lugte in fettigen Strähnen unter seinem Hut hervor. Wie in Trance verdrehte er seine Augen, die wie Bernsteine funkelten.

Er murmelte Beschwörungen in einer unverständlichen Sprache, während seine Hände ein Amulett an seiner Brust umkreisten. »Taro, Hananshi! Taro, Unfertiger!«

Moritz atmete immer schneller. Da waren ungefähr ein Dutzend dieser vermummten Gestalten mit den Umhängen ... und nur ein Mann. Er tastete nach seinem Teleskopstock, berührte die kleinen Knöpfe, zählte sie ab und sein Daumen verharrte auf dem dritten – der Klinge. Sollte er losstürmen? Seine La-Ka-Weste würde ihn ebenso schwerelos machen wie die seltsamen Wesen mit den Umhängen.

»Die Götter seien gepriesen!«

Moritz schloss die Augen. Er musste es tun.

Plötzlich bewegte sich der Götze und senkte seine Flügel. Staub rieselte von seinem Körper und funkelte im Gegenlicht des weit geöffneten Balkons wie Sterne. Das Geschöpf verneigte sich vor seinem Meister und enthüllte seinen blinden Passagier.

Moritz reagierte, noch bevor der Mann mit den Bernsteinaugen losbrüllen konnte. Er ließ seinen Stock klicken und das Schwert zuckte aus dem Griff hervor. Mit einem Hieb durchtrennte er das Tau, das ihn an den Götzen band. Funken sprühten, als die Klinge die Haut des Götzen traf. Moritz sprang vom Buckel des Ungetüms und stürzte sich in einen Wirbel aus fauchenden Schatten.

»Attaru! Ein Eindringling! Ergreift ihn!«

Die Rufe verklangen im Peitschen der Umhänge. Ehe er sich versah, war Moritz umgeben von unzähligen Wachen. Schwerter erschienen aus dem Nichts und wollten auf ihn einschlagen.

Mit einem Salto katapultierte er sich nach oben, während die Klingen unter ihm zusammenkrachten. Von allen Seiten stürmten die schattenhaften Krieger auf ihn zu und attackierten ihn, als er wieder auf dem Boden aufkam.

Schwerter schwirrten durch die Luft. Moritz duckte sich, wich aus und schlug seinerseits zu. Metall prallte auf Metall und er tauchte unter den Umhängen weg.

Weitere Wachen versperrten ihm den Weg. Moritz verwandelte seine Klinge in einen Stock und verlängerte ihn; getragen von seiner Weste flog er über ihre Köpfe hinweg und landete vor dem Mann mit den Bernsteinaugen.

Ihre Blicke trafen sich. Moritz konnte den Ausdruck im Gesicht des Mannes sehen. Da war Erstaunen, Überraschung und ja, auch Furcht. Dieser ausgewachsene Mann hatte Angst.

Sofort griff Moritz an.

Die Hand des Mannes glitt hinauf zu seinem Amulett. Moritz sah das rote Licht im schwarzen Stein auflodern und erstarrte. Der Götze bäumte sich donnernd auf, spannte die Flügel und sprang nach vorn. Die Wachen, die eben noch angreifen wollten, wichen zur Seite.

Eine Pranke traf Moritz mit voller Wucht, schien seinen Brustkasten zu zerschmettern. Er flog quer durch den Raum und prallte gegen einen Stützpfeiler. Sein Stock verschwand in den Schatten.

Moritz keuchte vor Schmerz und wollte sich gerade aufrappeln, als eine deformierte Tatze auf seiner Brust landete und ein Entkommen unmöglich machte. Das raue Fleisch des Götzen presste erbarmungslos das letzte bisschen Luft aus Moritz' Lunge.

Schritte näherten sich.

Der Mann mit den Bernsteinaugen erschien neben dem Ungeheuer. Mit Tränen in den Augen starrte Moritz zu ihm hinauf und erkannte nur noch das rote Leuchten um dessen Hals. Sein verschwommener Blick wanderte hinüber zu dem Schemen, der das Echo des Götzenschädels bildete: Das gleiche rote Leuchten pulsierte auch dort und in dem eingeritzten Zeichen.

Und Moritz begriff. »Ihr seid der Meister des Götzen!«

Abermals zeigte sich im Gesicht des Mannes Verblüffung. Zögernd bückte er sich und hob den blanken Messingzylinder auf, den Moritz verloren hatte. Er bediente zwei, drei Mal die Knöpfe, die sich am Griff befanden. Prompt verlängerte sich der Stock, schrumpfte wieder und wurde zum Schwert.

Der Mann, der das Ungeheuer beherrschte, stierte Moritz an, als hätte er noch niemals zuvor einen anderen Menschen gesehen. Dann wandte er sich den schattenhaften Wachen zu. »Schafft ihn zu ihr!«

28. KAPITEL

Ein Tritt in die Kniekehle und Moritz krachte stöhnend aufs Parkett. Seine Arme waren auf dem Rücken gefesselt und sein Blick fiel auf den schmalen, senkrechten Strahl weißen Lichts, der von der Decke auf das Podest fiel. Eine puppenhafte Gestalt stand dort und eine Stimme, die Viele war, hallte durch die Messe.

»Sieh, was der Wind zu uns hereingetragen hat …«

Die Stimmen ließen Moritz erschaudern. Sie drangen in seinen Körper ein und wickelten sich um sein Herz. Ein Chor aus unzähligen Mädchenstimmen.

»Er gehört zu denjenigen, die uns gestern Nacht verfolgt haben, Durchlaucht«, hörte Moritz den Mann mit den Bernsteinaugen sagen. »Es ist, wie ich gesagt habe: Wir sind hier nicht mehr sicher.« Der Mann trat ins Licht und ihm folgte der Götze, der sich mit mahlendem Knirschen vorwärts schob. Die zwei Wachen, die Moritz eben noch flankiert hatten, huschten beiseite.

Die kleine Gestalt im Licht tauchte in die drückenden Schatten jenseits des Lichtstrahls ein und schritt langsam die Stufen hinab. »Ihr sagtet auch, es gäbe zwei von ihnen. Wo ist also der andere?«

»Sprich, Junge!«, befahl der Mann.

Moritz schwieg. Sein Blick ruhte noch immer auf der düsteren, zierlichen Erscheinung, die gemächlich einen Fuß vor den anderen setzte.

»Rede!« Ein heftiger Schlag traf Moritz in die Rippen.

»Es gibt niemanden«, stöhnte er. »Ich bin allein.«

Ein vielstimmiges Kinderlachen erklang. »Und das sollen wir dir glauben? Ein Junge, ein Kind, ein ... *Nichts*. Als ob du es alleine schaffen könntest, hierher zu gelangen. Das ist unmöglich." Die Komtesse blieb auf der letzten Stufe stehen und beugte sich zu Moritz hinunter.

Zum ersten Mal konnte er sie genau betrachten: Es war ein Mädchen. Ihr nachtblaues, fast schwarzes Kleid wogte üppig und glockengleich bis kurz über ihre Schuhe; ein dunkler Spitzenschleier lag über ihren Schultern und umrahmte ihr Gesicht, das in rabenschwarzem Glas ertrank. Sie trug eine Maske, glatt und glitzernd wie Öl.

Raubtieraugen. Moritz schluckte. Sie funkelten aus den dunklen Löchern der Maske wie goldene Münzen. Für einen kurzen Moment fühlte er sich an Helenes seltsam verwandelten Blick erinnert, der strahlte wie flüssiges Gold, doch dann erkannte er seinen Irrtum. Wo Helenes Augen Sommerwärme ausstrahlten und den Betrachter anzogen, waren diese Augen hier kalt und unbarmherzig.

»Wie ist dein Name, Junge?«, flüsterten die Stimmen des Mädchens.

Moritz antwortete nicht.

Wieder ertönte das gezierte, vielstimmige Kichern. »So stur? Nun, dann werden wir dich zum Sprechen bringen.«

Bewegung kam in die Finsternis des Glases, die nun wie der endlose Nachthimmel mit unzähligen Sternen gespickt war. Doch die leuchtenden Punkte waren keine Sterne. Aus der Tiefe traten sie an die Oberfläche und bildeten Gesichter. Kleine, geisterhafte Gesichter, die leeren Augen und den Mund zum stummen Schrei geöffnet.

Moritz erstarrte.

»Habt Ihr eine Idee, wie wir unserem Gast ein paar Antworten entlocken können, Hauptmann?«, fragten die Gesichter im Glas.

»Gewiss, Durchlaucht.«

Es war der Mann mit den bernsteinfarbenen Augen, der mit *Hauptmann* angesprochen worden war. Gerade ließ er eine Hand in seine Manteltasche gleiten. Als sie wieder zum Vorschein kam, baumelte dort ein Amulett. Es sah wie ein Duplikat dessen aus, das er um den Hals trug, auch wenn es kleiner und weniger fein gearbeitet war. Sanft wog er es in der Hand, während er langsam auf Moritz zukam.

Ein Schritt, dann noch ein Schritt, dann noch einer. Und mit jedem Schritt wurden die fremdartigen Worte, die der Mann leise über seine Lippen brachte, ein kleines bisschen lauter. Unheilvoll und feindselig, wie die verbotenen Verse eines uralten Textes.

Mit einem Mal wurden Moritz' Lider schwer. Er blinzelte dagegen an, doch irgendetwas hüllte seinen Geist ein und machte ihn müde ... so unendlich müde. Schlafen, er wollte sich einfach nur niederlegen und die Augen schließen, gleich hier. Das kalte Parkett störte ihn nicht, er wollte schlafen und träumen.

Moritz fand sich in einem See wieder. Er trieb dahin auf sanften schwarzen Wellen, der unendlichen Finsternis entgegen. Das Wasser war warm und glitt wie Seide durch seine Finger. Schwerelos und weich umhüllte es seinen Körper und trug ihn. Nichts konnte ihm geschehen, das wusste er. Nichts beschwerte ihn, nicht einmal das Amulett an seinem Hals. Er war vollkommen entspannt.

Ein vages Gefühl tief in seinem Inneren sagte ihm zwar, dass er nicht hier sein sollte, dass etwas nicht richtig, nicht wirklich war, doch gleichzeitig fühlte sich alles so gut an. Die Freiheit, das Schweben, sogar die Einsamkeit.

Eine große Welle erfasste ihn und er breitete die Arme aus, um sich von ihr davontragen zu lassen. Doch dies war keine Welle. Moritz spürte, wie ein Körper auf seinen traf, ihn vorwärts drückte, ihn sachte anhob. Aus dem Wasser in die Lüfte. Ein großes, dunkles Wesen tauchte aus der Tiefe auf und trug ihn auf seinem Rücken.

Friedlich und warm spürte Moritz das Brummen und Grollen im Inneren des Wesens. Es klang angenehm friedvoll und verlockend. Moritz schmiegte sich ganz dicht an den weichen, riesigen Leib und begann zu lauschen.

Erst war da ein tiefes Schlagen, ruhig und gemessen. Es ließ sich nicht aus dem Takt bringen, Schlag um Schlag. Darunter mischte sich ein anderer Ton, schneller, leiser und heller, als ob er meilenweit entfernt wäre.

Zwei Herzen, dachte Moritz. Eine Mutter.

Das Wesen begann zu brummen, sodass Moritz' ganzer Körper plötzlich wie eine Stimmgabel vibrierte. All seine Muskeln lockerten sich, während ein wunderbares Leuchten unter ihm entfacht wurde. Die dunkle, glänzende Haut des Wesens veränderte sich und wurde durchscheinend und klar. Er sah Adern, Organe, ein ganzes Universum aus schwebenden und pulsierenden Teilchen, die umeinander tanzten, sich gegenseitig anzogen und wieder abstießen. Und im Zentrum, tief verborgen unter Schichten leuchtenden Gewebes, schwamm ein winziges lebendiges Etwas, eingerollt in einen kleinen eiförmigen Sack.

Das große Herz schlug. PAM! PAM!

Das kleine Herz antwortete. Pam-pam!

PAM! PAM!

Pam-pam!

Sie schlugen zusammen.

Moritz schloss die Augen und presste sein Ohr ganz fest an die strahlende Haut.

PAM! PAM!

Pam-pam!

PAM! PAM!

Pam-pam!

»PAM! ... Wer hört mir zu?«, fragte eine tiefe Stimme.

Moritz riss die Augen auf. Der Leib unter ihm leuchtete milchig weiß und blutrot. Hatte gerade jemand zu ihm gesprochen?

»PAM! ... Ist da jemand?«, fragte das Wesen und der Klang seiner Stimme hüllte Moritz ein wie eine Decke.

»Ich bin hier«, sagte Moritz zögernd.

»PAM! ... Wer bist du?«

»Ich bin Moritz.«

»PAM! ... Was machst du auf meinem Kopf?«

Moritz durchforschte seine Erinnerungen. »Ich weiß es nicht.«

»PAM! ... Was willst du hier?«

Er wollte bereits dieselbe Antwort geben ... Aber das stimmte nicht, er wusste es. Und warum sollte er das Wesen anlügen? »Ich suche meine Schwester.«

»PAM! ... Und du suchst sie ganz allein?«

»Nein«, antwortete Moritz.

Das Brummen in der Stimme veränderte sich kaum merklich. Es wurde tiefer. »PAM! ... Also hast du Helfer?«

»Ja.« Er dachte an Helene und Edgar und ein Lächeln legte sich auf sein Gesicht.

»PAM! ... Wo befinden sie sich jetzt?«

Moritz schmiegte sich an den weichen Rücken des Wesens und seufzte selig, bevor er antwortete. Er hatte das Gefühl, dass er diesem mächtigen, friedvollen Geschöpf alles anvertrauen konnte. Selbst die geheimsten Geheimnisse.

29. KAPITEL

Als Helene mit der Elster den Dampfwagen betrat, fand sie den Boogelbie-Käfig ihres Bruders mitten im Zimmer vor. Das kleine Monster sah sie mit großen Augen an. Edgars Fellweste und seine Waffen lagen auf den Kissen der Sitzecke. Von ihm selbst fehlte jede Spur.

»Edgar?«

Keine Antwort.

Sie stand da und lauschte in die Stille. Dann setzte sie den Käfig mit Moritz' Boogelbie direkt neben Edgars ab.

Die Elster, die die ganze Zeit über in einer Tasche von Helenes Winterumhang ausgeharrt hatte, sprang beherzt aus ihrem Reiseversteck und hüpfte einen schiefen Bücherstapel hinauf. Sie schüttelte ausgiebig ihr Gefieder, so weit es ihr Verband zuließ, und beobachtete, wie Helene sich zum Vorhang begab, hinter dem sich das Arbeitszimmer ihres Bruders befand.

Edgar saß an seiner Werkbank, umringt von Käfigen. Er war vornübergebeugt, sodass Helene nur seinen Rücken und den Gehrock sehen konnte, der von der Jagd schmutzig und an manchen Stellen zerrissen war. Überall klebten Schlamm und Spinnweben und sogar seine verfilzten orangeroten Locken waren schwarzbraun verfärbt. Er rührte sich nicht, als sie den Vorhang beiseite zog. Er rührte sich auch nicht, als sie zu sprechen begann.

»Moritz ist fort.«

Keine Reaktion.

»Edgar, hast du gehört? Moritz ist …« Sie verstummte, als ein Zittern Edgars Körper erfasste. Sofort war sie bei ihm und ergriff seine Schulter. »Was ist nur geschehen? Warum versteckst du dich vor mir?« Sie nahm sein Gesicht in beide Hände und blickte in Augen, die voller Tränen waren.

Edgar schluchzte und wollte sich abwenden, doch Helene ließ es nicht zu. Sie hielt ihn fest und blickt ihm tief in die Augen. Was sie dort entdeckte, machte ihr plötzlich klar, warum sich ihr Bruder in den letzten Wochen und Monaten von ihr entfernt hatte. Sie verstand, warum er ihren Blick so sorgsam gemieden hatte.

»Oh«, flüsterte sie. »Warum hast du mir nichts gesagt?« Auf der Werkbank stand die schmale Holzschatulle, in der Edgar all die kleinen und großen Fläschchen und Phiolen mit seinem Trank aufbewahrt hatte. Sie waren leer.

Edgar verbarg sein Gesicht. »Ich wollte es dir sagen, aber ich konnte nicht …«

»Oh, du bist so dumm!«, sagte sie und umarmte ihn. Vorsichtig küsste sie seine tränennassen, runzligen Wangen.

»Es tut mir so unendlich leid«, sagte Edgar. »Ich dachte, wir hätten mehr Zeit.«

TAP ... TAP ... TAP ... TAP ...

Ein Fuß vor den anderen. Immer wieder. Ganz langsam.

Es war gar nicht so schwer, einen fremden Körper zu bewegen. Nicht schwerer, als einen Handschuh oder ein neues Paar Stiefel überzustülpen. Etwas seltsam zuerst, denn man musste sich an den zweiten Herzschlag gewöhnen. Doch hatte man dies erst einmal bewerkstelligt, konnte man überallhin gehen. Ohne Widerstand. Sogar in den Tod.

Nathaniel hatte es schon häufig erprobt – an den Ratten auf dem Schiff. Sicherlich weniger anspruchsvoll als ein Mensch, doch man durfte nicht wählerisch sein.

Alles, was es brauchte, war ein verbindendes Element. Ein Amulett oder ein Ring vielleicht, nicht mehr. Entscheidend war das Juwel, welches das Schmuckstück zierte. Es musste ein Splitter desselben Steins sein, das demselben Boden und derselben Gesteinsader entstammte, wie das geweihte Amulett des Meisters.

Den Unfertigen zu erwecken und zu lenken, war bisher Nathaniels größter Triumph gewesen. Doch nun war er noch einen Schritt weiter gegangen.

Und noch einen Schritt und noch einen ...

TAP ... TAP ...

Der Junge, dieser Moritz, war leicht zu beeinflussen gewesen. So verbissen, wie er anfänglich körperlich gekämpft hatte, genauso schnell hatte er sich in Trance versetzen lassen.

Nathaniel hatte den einfachsten Trick angewandt, der in den schwarzen Künsten zu finden war: die Mutter. Ein Traumbild, von außergewöhnlicher Stärke und Intensität. Eines, dem kaum ein Wesen widerstehen konnte. Eine gewaltige, trächtige, mütterliche Kreatur, die dem Träumenden Geborgenheit und Sicherheit einflößte, bis dieser sich gegen Fragen oder Befehle nicht mehr zur Wehr setzen konnte.

TAP ... noch ein Schritt ... TAP ... noch einer.

Der Körper des Jungen war leicht wie eine Feder. Er bekam offenbar nicht viel zu essen. Selbst der Rattenkönig in seinem Quartier musste mehr wiegen.

TAP ... TAP ... TAP ...

Der Junge ging eine Anhöhe hinauf. Nathaniel konnte durch seine Augen sehen. Er wusste genau, wo er hinmusste, denn der Junge wusste es. Es war ein Gedanke, ein Geheimnis, das er der Mutter mitgeteilt hatte, während sie ihn auf ihrem Rücken getragen und eingelullt hatte. Friedlich, wohlig und warm.

Jetzt knirschten Steine unter den Füßen des Jungen. Nathaniel fühlte sie durch die fremden Glieder bis hinauf in seinen Schädel. Runde Kiesel, die aneinander schabten und quietschten wie rostige Scharniere.

Ein seltsames Gebilde, groß und wuchtig, zeichnete sich gegen den grauen Abendhimmel ab. Nathaniel sah eine Ansammlung von Rohren und bauchigen Kesseln. Dort stand ein Wagen, halb Kutsche, halb Maschine, und schälte sich Stück für Stück aus dem Zwielicht.

Der Junge ging weiter darauf zu. Immer weiter.

Jetzt ging es bergauf. Eine kleine metallische Leiter musste überwunden werden. Zwei Stufen, ein Kinderspiel.

Nathaniel streckte die Hand aus und der Junge gehorchte seinem Befehl. Die Tür sprang auf.

Wärme strömte ihm entgegen und legte sich auf sein Gesicht. Ein Duft von Rosen und Sandelholz, erdig und schwer, war allgegenwärtig. Eine seltsame sonnige Wärme erfasste Nathaniels Körper, als Moritz den Wagen betrat.

Dieser Ort war das genaue Gegenteil von all dem, was er von Kindesbeinen an kannte. Hier war keine Einsamkeit, keine Kälte und Schwärze. Hier war Geborgenheit.

Ein Schauer erfasste Nathaniel, als sein Blick auf das Mädchen mit den schwarzen Haaren und dem Kleid wie Blut fiel: Endlich hatte er sein Ziel erreicht.

Das Mädchen kam aus der Küche gelaufen und rannte den Jungen fast um. Eine Schale mit Wasser und einem Lappen klatschte zu Boden und ergoss sich über die Dielen und Metallplatten.

Plötzlich waren die Schuhe und Socken des Jungen patschnass. Nathaniel aber bemerkte es nicht, er starrte wie versteinert auf das unglaubliche Wesen, das sich ihm plötzlich näherte.

»Moritz! Du bist wieder da!«

Das Mädchen zog den Jungen zu sich und umarmte ihn, ohne ihn richtig anzusehen. Ihre seidenweiche Stimme drang so nah an Nathaniels Ohr, dass er befürchtete, er müsse jeden Augenblick laut aufschreien. Denn das Mädchen, das Geschöpf, das ihn fest umschlungen hielt, stand lichterloh in Flammen.

Ein unheimliches Feuer umspielte sie, wogte wie ein Schleier aus schwarzer Seide und hüllte sie ein. Doch das Feuer war kalt. Kalt wie Stein. Kalt wie Eisen.

Das Schwarze Licht, dachte Nathaniel voller Ehrfurcht. Der Junge befolgte die Regung und versteifte sich ebenfalls.

»Du hast es dir anders überlegt. Ich danke dir«, flüsterte das brennende Mädchen in sein Ohr.

Langsam begann Nathaniel zu nicken und der Junge tat es ihm gleich. Nathaniel öffnete den Mund und sagte »Ja«. Der Junge empfing den Befehl seines Meisters, öffnete den Mund und sprach dasselbe Wort laut aus.

Nathaniel erschrak. Noch nie hatte er versucht durch eine andere Person zu sprechen. Ratten sprachen nicht. Er atmete gepresst und versuchte, seine Fassung wiederzuerlangen.

»Du musst mir helfen«, sagte das Mädchen. »Edgar geht es nicht gut.« Sie bückte sich, sammelte die Schale und den Lappen auf und lief zur Wasserstelle hinüber. »Er stirbt!«

Nathaniels Augen erfassten jedes Detail. Sein Blick lag auf dem Mädchen und der düsteren schwarzvioletten Flammenspur, die ihr folgte wie Rauch. Er ließ sein Amulett los und kappte die Verbindung für einen Moment. Dank des zweiten Amuletts würde der Junge in der Ferne ausharren. Stumm und reglos, bis er ihn wieder benötigte.

»Mantari Asham! Die Göttin des Todes ist in dieses Mädchen gefahren«, murmelte er und wandte sich an seine Herrin.

Ihre Augen funkelten in der Dunkelheit wie ferne Sterne. Kaskaden körperloser Schemen wirbelten im schwarzen Glas ihrer Maske umeinander. Die unzähligen geisterhaften Gesichter verschwammen zu wilden Schlieren.

»Sie ist unsterblich«, flüsterte Nathaniel und klang dabei so gedämpft und vorsichtig, als ob er seinen eigenen Worten nicht trauen würde.

Die Komtesse verharrte reglos. Es dauerte eine Weile, dann schossen ihre Stimmen wie ein Schwarm Hornissen durch die Finsternis. »Bringt sie mir!«

30. KAPITEL

Helene musste sich beeilen. Edgar atmete schwer. Er lag auf den Kissen in der Sitzecke, in der sie noch vor wenigen Stunden zusammen zu Abend gegessen hatten. Als sie sich zu ihm setzte, um seine Stirn mit einem feuchten Lappen zu kühlen, lächelte er schwach.

Selbst im warmen Kerzenschein zeigten sich schonungslos die Folgen eines rasch fortschreitenden Alterungsprozesses. Sein Gesicht war das eines Geistes. Hohl und bleich traten seine Wangenknochen hervor und seine langen, verfilzten Locken waren nun schlohweiß und breiteten sich wie ein Kranz um seinen Kopf aus.

Sein ganzer Körper wirkte noch dünner als zuvor. Gehrock, Hemd und Hose waren mehrere Nummern zu groß und hingen schlaff herunter.

»Moritz ist wieder da, Edgar. Siehst du?«, sagte Helene und kühlte seine Stirn.

Edgars trübe Augen richteten sich auf den Jungen. Er nickte schlapp. »Das ist schön.« Seine Stimme war nicht mehr als ein papiernes Flüstern.

Moritz reagierte nicht.

Unbemerkt erhob sich ein leises *Zarren*. Die beiden Boogelbies, die sich mit ihnen im Zimmer befanden, begannen in ihren Käfigen zu lärmen.

Edgar stöhnte leise. Seine Lippen waren spröde und rissig.

Helene wandte sich an Moritz und deutete auf den Beistelltisch. »Gib mir bitte den Becher.« Zum ersten Mal sah sie ihn richtig an und erstarrte. Seine Augen waren erfüllt von einem fremden rötlichen Glanz.

»Moritz, was ist mit dir geschehen?« Sie sprang auf und schüttelte ihn.

Die Boogelbies schnalzten mit ihren Zungen und chracherten immer lauter; die Elster krächzte.

Edgars Augen weiteten sich. Eine zittrige Hand erhob sich. »Die … die Boogel…bies!«

Ein kleines leuchtendes Amulett rutschte unter Moritz' Jacke hervor. Helene wich zurück. »Etwas hat von dir Besitz ergriffen! Du bist nicht du selbst!«

»Die … Boogelbies«, stöhnte Edgar mit letzter Kraft, doch es war bereits zu spät. Die Luft war erfüllt vom Chrachern und Rigoulen der kleinen Monster, die sich in ihren Käfigen wild um sich selbst drehten.

BAMM!

Ein Ruck erschütterte den Wagen. Edgar rutschte fast von den Kissen und Helene stürzte zu ihm, um ihn festzuhalten.

BAMM!!

BAMM!!!

Weitere Schläge trafen den Wagen und für einen Moment

schien es, als würde der komplette hintere Teil hochgehoben und wieder fallen gelassen. Es schepperte und klirrte und Edgars Sammlerstücke rutschten aus den Regalen. Ebenso die angezündeten Kerzen, die zuerst in einem schrägen Winkel in die Luft stiegen und dann zur Erde stürzten. Das Licht erlosch, sodass der Wagen vom Zwielicht verschluckt wurde. Irgendetwas bahnte sich seinen Weg ins Innere.

KRAWUMM!!!

Wie ein Rammbock bohrte sich eine Klaue durch die Außenhaut des Wagens und schlitzte das Metall mühelos entzwei. Schnee wirbelte hinein.

Die Boogelbies *schränzten* wie von Sinnen. Die Elster hüpfte davon und versteckte sich in einer Schatulle.

Das schattenhafte Echo eines Wolfsschädels stieß nach vorn und mit ihm drückte sich wankend der gewaltige Leib des Angstgötzen ins Wageninnere. Mit einem Mal war die Welt erfüllt von ohrenbetäubendem Quietschen. Ein gellender Schrei aus Glas und Eisen, begleitet von mahlendem Knirschen.

Mit qualvoll langsamen Bewegungen drängte der Koloss vorwärts und drückte alles beiseite, was ihm in die Quere kam. Er kroch mit angelegten Flügeln geradewegs auf Helene zu. Hinter dem trüben Zerrbild des Wolfsschädels glomm – so rot wie das Licht in Moritz‘ Augen – ein Runenzeichen auf seinem abgetrennten Halsstumpf.

Wieder schwankte der Wagen heftig und Helene stürzte zu Boden. Edgar versuchte sie festzuhalten, doch sein Griff ging ins Leere. Sie landete wenige Meter vor dem schattenhaften Kopf des Götzen.

Die Käfige der Boogelbies vibrierten bei jeder Erschütterung, bis sie schließlich von ihren Haken fielen und aufbrachen. Panisch nahmen die kleinen Monster Reißaus.

Der Wagen erzitterte. Immer näher kam das Steinmonster. Wie hypnotisiert starrten seine eingeritzten Augenpunkte auf das Mädchen im roten Kleid und ihr Leuchten wurde intensiver.

»Nein!«, krächzte Edgar und ließ sich von den Kissen gleiten. Sein schlaffer Körper schob sich über Helene. »Moritz, hilf uns! Das Amulett!«

Der Junge verharrte noch immer teilnahmslos mitten im Raum. Die Erschütterungen des Ungetüms ließen ihn puppengleich hin und her schwanken, doch er blieb auf seinem Platz stehen, als ob seine Füße festgewachsen wären. Der Götze schob sich dicht an ihm vorbei. Moritz hätte nur die Hand nach dem Amulett am Hals des Giganten ausstrecken und es ergreifen müssen ... doch er tat nichts. Er war wie versteinert.

»Das Amulett«, flüsterte Edgar. »Bitte ...«

Sein Flehen verhallte ungehört. Moritz starrte ins Leere. Er schien den verzweifelten Kampf nicht zu registrieren. Das Ungetüm hob eine verkümmerte Pranke und schleuderte Edgar wie ein Kissen aus dem Weg. Dann packte es Helene und riss sie mit sich. Auf engstem Raum warf sich das Monster herum, um mit einem Rumpeln aus dem zerfetzten Wagen zu verschwinden.

Mit Helene über der Schulter brauste der Koloss die schneebedeckte Anhöhe hinunter. Kurz vor den Toren Ravenbrücks spannte er seine Flügel auf und hob im Abendlicht ab.

Er hatte seinen Auftrag erfüllt.

Alles war still. Schneeflocken schwebten ins Wageninnere.

Moritz rührte sich nicht.

Eine umgekippte Schatulle klapperte. Ein schwarzer Vogelkopf zeigte sich. Zaghaft sah sich die Elster um. Sie krächzte, als sich ein Schatten in der Ecke rührte. Dürr und spinnengleich tastete eine Hand vorwärts, um sich aus den Trümmern zu befreien. Langsam schob sich Edgar voran und streckte die Hand nach Moritz aus.

»Das ... A...mu...lett«, flüsterte er, dann verlor er das Bewusstsein.

Die Elster blinzelte. Moritz stand immer noch reglos da; das rötliche Leuchten glomm in seinen Augen.

Vorsichtig befreite sich die Elster aus ihrem Versteck und hüpfte lautlos durch das Chaos, bis sie auf einem umgekippten Regal neben Moritz landete. Beherzt sprang sie auf seine Schulter und starrte auf das glitzernde Ding, das er um den Hals trug. Es schimmerte silbrig. Fast so schön wie das Medaillon, das der Junge ihr anvertraut hatte. Sie pickte mit dem Schnabel am Verschluss herum.

Mehr und mehr Schneeflocken trieben ins Wageninnere. Sie tanzten im Durcheinander, bevor sie sich überall niederließen, auch auf Edgars dürrem, leblosen Körper.

Eine Weile geschah nichts, bis ein gedämpftes PLONG erklang. Eine Kette, silbrig dünn und mit schwerem Anhänger, war zu Boden gerasselt: das Amulett.

Der Bann war gebrochen, das Rot in Moritz' Augen erlosch. Der Junge blinzelte ein paarmal, bevor ihn die ganze Welt auf einmal am Kopf traf. Seine Knie knickten jäh unter ihm ein und er schlug hart auf dem Boden auf. Schwärze umfing ihn.

31. Kapitel

Helene spürte nichts. Weder den Aufprall auf das dunkle Parkett noch die Kälte, die sich als hauchfeiner Frost auf dem Boden zeigte. Sie vernahm nur ein tiefes Grollen hinter sich, als sich der Angstgötze in die Schatten zurückzog und dort zu Stein erstarrte.

Über ihr auf der untersten Stufe eines Podestes stand die unheimliche, kleine Gestalt, die der fremde Mann untertänig *Durchlaucht* genannt hatte. Sie starrte auf Helene hinab und die Augen hinter ihrer schwarzen Maske verrieten Verlangen und Verzückung.

»Endlich.« Stimmen hatten sich erhoben, geboren im Nirgendwo hinter der Maske. »Ich hätte mir nie träumen lassen, dass es tatsächlich geschehen würde. Unter allen Mädchen dieser Welt die Eine zu finden, die mit mir ihr unsterbliches Leben teilen kann!«

Gierig streckte die Gestalt eine behandschuhte Hand nach Helenes Gesicht aus, wollte schon ihre bleiche Haut und ihr schwarzes Haar berühren. Doch die Hand verharrte in der Luft, als Helene plötzlich zu sprechen begann: »Ich bin nicht unsterblich.«

Die Echos, die gedämpft aus den Schatten widerhallten, hingen schwer und traurig in der Messe. Sie verklangen jäh, als ob sie dem unfreiwilligen Gast in ihrer Mitte nicht zu nahe kommen wollten.

Der Mann, der dem Götzen befahl, starrte seltsam bewegt auf Helene hinab. Sie erwiderte seinen Blick und las darin Erstaunen und Furcht. Einen Wimpernschlag lang konnte sie in sein Innerstes sehen und erkannte, wie ihre Erscheinung für ihn aussah. Da waren wogende schwarzviolette Flammen, die loderten und sie mit Haut und Haaren zu verzehren drohten. Doch das düstere Feuer konnte ihr nichts anhaben. Denn sie selbst war das Feuer!

»Du bist die dunkle Sonne«, sagte der Mann andächtig. »Die Göttin des Todes hat dich gesegnet. Du stehst über dem Leben, über dem Tod, über der Welt.«

»Ihr irrt euch«, flüsterte Helene.

»Wir werden sehen«, summten die Stimmen vom Podest. »Komm zu mir!«

Helene rührte sich nicht.

»Komm zu mir!«

»Ihr habt keine Macht über mich.«

Knisternde Stille. Dann verengten sich die Augen hinter der Maske zu hungrigen Schlitzen. »Bringt sie her!«

Vorsichtig streckte der Meister des Götzen die Hand aus und wollte Helene auf die Beine ziehen. Doch er tat es nicht. Stattdessen zuckte seine Hand zurück, als würden Flammen nach ihm lecken.

»Tut es!«, donnerten die Stimmen seiner Herrin.

Er gab sich einen Ruck, packte Helene, riss sie auf die Beine und stieß sie auf das Podest zu. Anschließend schüttelte er seine Hände, als hätten seine Finger Feuer gefangen. Doch da war kein Feuer und keine Hitze – nur Kälte.

»Jetzt werden wir erfahren, ob du die bist, für die wir dich halten.« Zierliche Hände wanderten hinauf zur Maske.

Ein Moment der Unachtsamkeit.

Helene reagierte sofort. Plötzlich war da ein Messer in ihrer Hand. Es war so schnell dort erschienen, dass es fast wie ein Zaubertrick wirkte. Die Klinge schnellte nach vorn und kam der gläsernen Maske gefährlich nahe. Aber nicht nahe genug.

Wachen stürmten aus den Schatten, packten Helene und verdrehten ihr Handgelenk. Es drohte, wie ein Zweig zu zerbrechen. Helene jedoch verspürte keinen Schmerz. Nicht den geringsten. Sie kämpfte gegen die schattenhaften Krieger, die sie umringten wie Aasfresser ein sterbendes Tier, doch dann erlahmte ihr Widerstand und das Messer fiel klirrend zu Boden.

»Haltet sie fest!«

Die Wachen verstärkten ihren Griff, während die kleinen dunklen Finger ihrer Herrin erneut nach der Maske tasteten. Diesmal ohne Unterbrechung. Behutsam wurde die Maske entfernt und Helene aufgesetzt.

Zuerst geschah nichts. Dann zogen sich glutrote Fäden, fein wie das Geäst kleinster Adern, durch das schwarze Glas. Es dauerte nicht lange, bis die Maske wild und gelb glühend aufleuchtete, als ob man sie ins Feuer eines Hochofens gesteckt hätte. Seltsame Stimmen erhoben sich und schienen zu flüstern, versteckt im Knacken des schmelzenden Glases.

Ja! Komm zu mir!

Doch es waren nicht die Stimmen der Herrin. Diese hier klangen gedehnter und schwerer, wie Pech. Sie troffen aus den Untiefen der Maske, als ob das Glas selbst vor Wonne seufzen würde. Und die Veränderung begann ...

Langsam schien das Mädchen einzufrieren. Ihre Haut, ihre Haare und ihr Kleid wurden weiß wie Schnee. Glitzernde Kristalle krochen über ihren Körper und ließen sie vollständig erstarren.

Als die Verwandlung abgeschlossen war, erlosch die Maske ebenso plötzlich, wie sie erstrahlt war; auch die flüsternden Stimmen erstarben.

Mit vor Aufregung zitternden Händen tastete die Komtesse nach der schwarzen Maske. Tief atmete sie ein, neue Kraft sollte nun die Maske erfüllen. Die Schatten im Glas wirkten schwer, als ob sie selbst atmen würden. Plötzlich hielt die Komtesse inne. »Ich spüre keinen Unterschied.« Sie blickte auf die weiße Statue ihr gegenüber, die sternengleich funkelte.

Wo einstmals Helenes anmutiges Gesicht gewesen war, befand sich nun nichts mehr außer einer glatten gewölbten Fläche, strahlend hell wie Eis. Die Züge des Mädchens waren verschwunden; ihr fehlten Augen, Nase, Mund und Lippen. Alles, was die Maske berührt hatte.

Unzählige Male hatte die Komtesse dieses Ritual durchgeführt. Wieder und wieder. Und alles war so verlaufen wie immer, doch das lodernde Mädchen hätte nicht erstarren dürfen. Das hatte der Hauptmann ihr versichert.

»Ich verstehe nicht.« Die Stimme des Hauptmannes bebte. »Sie ist unsterblich ... ich konnte es sehen ... *das Schwarze Licht ...*«

»Ihr habt mich belogen!« Der Arm der Komtesse war plötzlich erhoben wie das Fallbeil einer Guillotine. Augenblicklich teilten sich die Schatten und die Wachen rauschten herbei. Sie hielten den Hauptmann fest.

»Tötet ihn!«

Man zwang den Unwürdigen in die Knie. Klingen blitzten.

»Nein! Bitte!! NEIN!!!«

Ein Schwert sauste hinab.

»Seht doch!«

Das Schwert verharrte in der Luft.

Vor dem Podest löste sich die schneeweiße Statue aus ihrer Starre. Langsam, ganz langsam bildete sich das Gesicht des Mädchens zurück, bis es schließlich wieder von unheimlichem Leben erfüllt war. Das Mädchen mit den langen schwarzen Haaren und dem blutroten Kleid stand wieder vor ihnen, als hätte das Ritual niemals stattgefunden. Ihr Blick ruhte ausdruckslos auf der kleinen Gestalt der Komtesse, die mit weit aufgerissenen Augen zu ihr aufsah.

Als die Komtesse zu sprechen begann, bebten ihre Stimmen vor Erregung. »Es ist vollbracht! Ich werde niemals wieder ein anderes Mädchen brauchen! Sie wird bei mir bleiben, für immer!«

Mit gierigen, lüsternen Blicken kam die Komtesse auf das unsterbliche Wesen zu und tastete erneut nach ihrer Maske. »Lasst uns das Ritual erneut vollziehen.«

32. Kapitel

Ein uralter Edgar hob die Lider und seine Lippen öffneten sich zu einem stummen Schrei. Sein Atem ging gepresst. Er hatte so sehr gehofft, dass alles wieder gut sein würde, wenn er aufwachte. Doch nichts war gut, es war kein Traum. Helene war verschwunden und auf seiner Brust saß etwas. Er sah den vagen Umriss einer haarigen Kreatur, die nicht mehr war als ein albtraumhafter Schemen. Die Kreatur blickte sich hastig um, wurde Edgars Blick gewahr und sprang zurück in die Schatten, aus denen sie gekommen war.

Edgar blinzelte und entdeckte eine schmale Gestalt an seiner Seite. Moritz. Die Augen des Jungen waren nicht mehr verschleiert. Was auch immer Besitz von ihm ergriffen hatte, war nun fort.

»Edgar, was ist passiert?«

Edgar blickte sich um. »Hast du ihn gesehen?«

»Wen?«, fragte Moritz leise.

»Meinen Albtraum.«

Moritz stockte einen Augenblick, bis er verstand, was Edgar meinte. »Der Nachtalb ist verschwunden«, sagte er beruhigend.

Erleichtert sank Edgar tiefer in die goldenen Kissen. Der Rest des Wagens war ein einziges Chaos: Seine Sammlerstücke, Schnitzereien, Bücher, Raritäten, selbst die schaurigen Überreste längst vergangener Monstrositäten, all das lag in tausend Teile zertrümmert kreuz und quer verstreut.

Vor das klaffende Loch war provisorisch ein Vorhang gespannt, um Schnee und Wind auszusperren.

Im Licht der einzigen Kerze bemerkte Edgar, dass Moritz ein Amulett in den Händen hielt und legte seine knotigen Finger darauf. »Wir müssen Helene helfen.« Er versuchte sich zu erheben. »Der Götze hat sie ... wir ...« Er fiel in die Kissen zurück.

»Du bist zu schwach«, sagte Moritz und musterte Edgar ungläubig.

Die Blicke des Jungen entgingen Edgar nicht. »Habe ich mich so sehr verändert?«, seufzte er und rang sich ein Lächeln ab.

»Was ist mit dir geschehen, Edgar? Ist das Hexerei oder ein Fluch oder ...?«

»Nichts dergleichen«, sagte Edgar. »Das ist mein Werk.«

»Aber wie ist das möglich?«

Mit ausgestrecktem Zeigefinger deutete Edgar auf die Trümmer seines Arbeitszimmers. »Die Schatulle dort hinten.«

Moritz kämpfte sich durch das Chaos. Er wühlte sich durch aufgebrochene Käfige und Berge aus Büchern und Papier, bis er vergraben unter ein paar umgekippten Waffenkörben eine lange Holzschatulle fand.

Als er sie ergriff, kullerten zahllose kleine und große Glasfläschchen heraus. Sie rollten über den Boden und verschwanden hier und da in den Lücken gesplitterter Dielen. In der Dunkelheit dahinter funkelte es verräterisch. Rasch löste Moritz ein paar Bretter. Darunter tummelte sich ein Durcheinander aus Glasflaschen in unterschiedlichsten Farben, Größen und Formen, einige von ihnen zerbrochen, andere vollkommen unversehrt. Es mussten Hunderte sein, vielleicht Tausende. In einigen glitzerten noch vereinzelte Tröpfchen einer leuchtend grünen Flüssigkeit wie seltene Perlen.

Langsam erhob sich der Junge, den Blick immer noch auf die Schatulle geheftet, und bahnte sich seinen Weg zurück zu Edgar.

Mit zitternden Händen ergriff dieser den schmalen Kasten. Seine Fingerkuppen glitten über die wenigen leeren Fläschchen, die nicht aus ihrem Samtbett gefallen waren. Ihr Anblick schien ihm neue Kraft einzuflößen.

Er beugte sich vor und starrte Moritz mit einem Blick an, der traurig und wütend zugleich war. »In dieser Schatulle befand sich ein mächtiger Zauber. Ein Trank, der das Altern aufhält. Ich habe ihn eingenommen – jeden Tag.«

»Aber warum?«

»Moritz, es gibt etwas, was du nicht über Helene weißt ... Sie ist nicht so wie du, sie ...«

»Ich weiß, sie wurde von einem Nachtalb gebissen. Sie hat mir davon erzählt.« Moritz sprach schnell, denn er wollte Edgar schonen.

»Warte!« Edgar legte ihm eine Hand auf den Arm. »Sie hat dir nicht die ganze Geschichte erzählt. Helene ist ...«, er machte eine Pause, »... sie ist untot.«

»Wovon redest du?«

Edgar sah ihn aus roten Augen an. »Damals in Prag ... Helene und ich, wir waren gemeinsam auf der Suche nach allem, was man mit Worten nicht erklären kann.« Sein Blick schien in weite Ferne zu rücken. »Wir hatten in einer Herberge Stellung bezogen, in der die Gäste von Albträumen heimgesucht wurden. Ich vermutete ein ganzes Nest voller Nachtalbe, deshalb arbeiteten wir mehrere Nächte ohne Schlaf und legten Fallen aus. Aber so gut unser Plan auch war, wir mussten die Bestien mit einem Köder anlocken ...« Eine Träne rollte über Edgars bleiche Wange. »Wie konnte ich nur so dumm sein! Ich hätte es ihr niemals erlauben dürfen.« Erneut machte er eine Pause, diesmal länger.

»Ich habe sie gebeten, es sich noch mal zu überlegen, doch es half nichts. Helene war schon immer eine außergewöhnliche Persönlichkeit, weißt du. Seitdem sie zehn Jahre alt war, zog sie mit mir durch die Lande. Sie wollte nicht sittsam das Haus hüten und sich den Mund verbieten lassen. Sie wollte die Welt sehen. Diese und all jene, die den normal Sterblichen verschlossen sind. Hätte ich damals gewusst, was ihr nur drei Jahre später zustoßen würde, hätte ich sie niemals mitgenommen.«

Moritz' Gesicht war angespannt. Er sah, wie Edgar mit jedem Wort rang. »In jener Nacht in Prag diskutierten wir eine Ewigkeit ... Helene hatte bereits in dem breiten Himmelbett Platz genommen. Es war seltsam, sie hatte überhaupt keine Angst. Sie meinte, ihr könne doch nichts passieren, da ich sie beschützte.« Edgar erschauderte. »Sie sah mich an, als wäre sie unverwundbar ... Dieser Unerschütterlichkeit hatte ich nichts entgegenzusetzen. Ich las ihr ein Gedicht zur Nachtruhe vor. Es war so absurd. Sie besuchte mit mir die gefährlichsten Orte und sah die erschreckendsten Geschöpfe, aber sie weigerte sich, ohne ein Gedicht einzuschlafen. *Todesmelodie* von Aldus Piri waren ihre liebsten Verse. Ich las sie ihr jeden Abend vor, auch an jenem. Und sie schlief ein, so wie immer, noch bevor ich die letzten Zeilen vollendet hatte.« Er schüttelte den Kopf. »Ich glaube, sie kennt nicht einmal das Ende.« Edgars Gesichtsausdruck veränderte sich. Sein Geist schien an einen fremden Ort zurückzuwandern, an einen Punkt in längst vergangener Zeit.

Im Bruchteil einer Sekunde war Edgar wieder in Prag. Ein junger Mann von gerade mal sechzehn Jahren. Die Einzelheiten jener Nacht wirbelten um ihn herum, verwoben sich zu einem Teppich aus Wahrheiten und Lügen und ließen die Geschehnisse von damals so lebhaft hervortreten, als lägen sie nicht länger zurück als wenige Minuten.

Edgar sah sich selbst dabei zu, wie er die Tür zu Helenes Schlafkammer schloss. Er bezog im Türrahmen Stellung, seine Jagdbüchse und den Käfig mit dem Boogelbie dicht an seiner Seite.

Das Licht des vollen Mondes drang durch die bunten Bleiglasfenster. Schatten wurden länger. Irgendwo draußen bellte ein Hund. Edgar blinzelte mehrmals. Es war die dritte Nacht in Folge ohne Schlaf, ohne Ruhe. Er legte ein Ohr an die Tür. Helene atmete ruhig. Edgar gähnte und hockte sich in den breiten Türrahmen, die langen Beine angewinkelt, wie eine Heuschrecke. Seine Lider wurden schwer. Das monotone Wuppern des Boogelbies wirkte hypnotisch. Edgar schloss die Augen. Nur ganz kurz. Sie blieben geschlossen.

Ein seltsames Geräusch drang an sein Ohr, fremd und doch vertraut. Es vibrierte schnarrend und wurde stetig lauter, wie ein Schrei. Der Boogelbie!

Edgar erwachte und starrte in das weit aufgerissene Maul des kleinen Monsters. Es schränzte aus vollem Halse. Edgar sah zur Tür. Helene!

Er sprang ins Zimmer, eine Waffe in der Hand und erstarrte. Ein haariges Wesen mit Ohren, lang und spitz wie Messerklingen, hockte auf Helenes Brust. Es war nicht viel größer als eine fette Katze mit fledermausartigen Flügeln und wurde von einem seltsamen Flirren umwogt. Als ob es zwischen zwei Welten festhängen würde, halb im Diesseits, halb im Jenseits.

Helenes Kopf zuckte unruhig im Schlaf. Ein Albtraum. Der Nachtalb öffnete sein Maul, das unter dem nachtschwarzen Fell verborgen gewesen war. Spitze Fangzähne blitzten auf.

Edgars Boogelbie chracherte ängstlich. Das Geräusch wirkte wie eine Ohrfeige. Edgar sprang nach vorn, seine Büchse im Anschlag, und zielte auf den Rücken des Nachtalbes.

Der Kopf der Kreatur ruckte herum. Er keifte. Ein langer spitzer Ton bohrte sich durch Edgars Knochen. Das Geräusch von Fingernägeln auf einer Schiefertafel. Helene schrak aus ihrem Albtraum hoch – doch nur, um sich einem neuen gegenüberzusehen. Auge in Auge.

Das haarige Monster fixierte sie, beugte sich über ihre zarte Gestalt. Plötzlich ein Schrei. Er kam von irgendwoher. Edgar begriff, dass es sein eigener war.

»Helene, jetzt!«

Eine Explosion folgte. Die erste Falle zündete und blendete den Nachtalb mit gleißendem Licht. Die Kreatur drehte sich wie wild um sich selbst, versuchte zu entkommen – suchte nach einem Schatten, einem Spiegel, irgendetwas, um aus dem Zimmer fliehen zu können. Sie fand einen Spiegel.

Der Nachtalb wollte bereits zum Sprung ansetzen, als Edgar die zweite Falle auslöste. Ein Vorhang rauschte vor dem Spiegel hinab und versperrte der Bestie den Ausweg.

Der Nachtalb keifte und spie vor Zorn. Dann, ganz plötzlich, wurden seine Augen zu schwarzen Teichen des Verderbens. Er wandte den Kopf, fixierte Helene und stürzte sich auf sie. Er biss zu.

Helene schrie.

Edgar stolperte vorwärts. Ein Schuss löste sich aus seiner Büchse, doch es war bereits zu spät. Helenes Stimme wurde von Todesangst zerfetzt. Edgar schlug der Länge nach hin und landete mit dem Kinn auf der Bettkante. Schwärze umfing ihn, als ob ein eisiger Windhauch eine Kerze ausgeblasen hätte.

33. Kapitel

Es war dunkel. Irgendwo in der Ferne schlug die Turmuhr zwölf. Moritz suchte Feuerstein und Zunder und entfachte die erloschene Kerze. Der noch warme Docht saugte die kleine Flamme gierig auf.

Edgar senkte den Blick. »Durch den Biss wurde Helene verflucht. Sie starb in jener Nacht, doch sie durfte nicht ins Jenseits übergehen ... sie blieb in ihrem Körper gefangen. Verdammt dazu, ewig über die Erde zu wandeln. Das ist ihr Fluch. Sie kann nicht sterben.«

Moritz' Herz hämmerte so laut, dass er glaubte, es müsse jeden Moment aus seiner Brust springen. Er hörte zwar, was Edgar sagte, doch er wollte es nicht an sich heranlassen. Obwohl er spürte, dass alles der Wahrheit entsprach.

Helenes Ausdruck, so entrückt und geheimnisvoll, ihre Art der Betonung, wenn sie mit Moritz sprach oder ihn einfach nur ansah, mit diesem weltfernen Blick, all das ergab plötzlich Sinn. Sie war untot. Ein Riss in Raum und Zeit, an dem Trauer, Freude, Alter und letztendlich auch Tod spurlos vorbeistrichen.

Moritz stellte sich vor, wie sie selbst die einfachsten Gefühlsregungen mit der Zeit verlernt hatte. Wie ihr Lachen entschwunden war und ihre Furcht. Wie ihre Sinne in einen Bereich entrückt waren, der so weit von ihrem Selbst entfernt war, dass sie zu Worten ohne Bedeutung wurden. Tasten, Schmecken, Riechen, Fühlen – all das löste sich Stück für Stück auf und ließ nur eine leere Hülle zurück, deren Blick durch nichts getrübt wurde.

Vermutlich war das auch der Grund, warum Helene so mühelos in den Augen anderer Menschen die Wahrheit sehen konnte. Sie war wie ein Gefäß, das die Empfindungen des anderen aufnahm. Betrug und Täuschung waren ihr fremd. Sie war rein, ohne Scheu, ohne Hintergedanken. Unantastbar, unverwundbar, unsterblich und doch schon sehr, sehr lange Zeit tot.

»Es war meine Schuld«, sagte Edgar. »Ich musste etwas tun, um ihr zu helfen. In einem kleinen Ort namens Smolensk, wo wir Unterschlupf fanden, hörte ich von einem uralten Weib, das als Hexe verschrien war. Solche Frauen mit besonderen Heilkräften gab es überall zur damaligen Zeit. Doch diese war anders; man warnte mich, zu ihr zu gehen. Aber hatte ich eine Wahl? ... Ihr Name war Großmütterchen Jadwiga, doch alle nannten sie nur *Baba Jaga*. Ich bat sie, den Fluch von meiner Schwester zu nehmen ... Sie lehnte ab. Sie sagte, der grimmige Schnitter mit der Geige hätte bereits seine Hand nach ihr ausgestreckt. Ich war verzweifelt. Da bot sie mir einen Handel an. Sie sagte, sie hätte den Schlüssel zum ewigen Leben in den Händen, einen Trank, der das Altern aufhielte. Ich wusste sofort, dass dies meine einzige Chance war Helene zu helfen ... Mit mehr Zeit, so dachte ich, könnte ich etwas finden, um den Fluch zu brechen. Ich bot der

Hexe alles, was ich besaß, doch sie wollte nur eines ...«, Edgar machte eine kurze Pause, »... meine Seele, wenn meine Aufgabe auf Erden erfüllt und Helene wieder sterblich ist.« Seine runzligen Lippen wurden schmal. »Ich fragte sie, ob sie sich dadurch nicht mit dem Tod überwerfen würde, doch sie verneinte. Wenn ich mich auf den Handel einließe, besäßen wir einen bindenden Vertrag, zu Lebzeiten geschlossen und mit Blut besiegelt. Gegen einen solchen könne noch nicht einmal das alte Knochengesicht etwas ausrichten.« Edgars Augen suchten Moritz. »Ich schlug ein. Ich wollte nicht, dass Helene allein ist ... dass alle Menschen um sie herum sterben, während sie nur zusehen kann. Also unterschrieb ich den Vertrag und die Baba Jaga gab mir alles, was sie von dem Trank besaß ... jeden einzelnen Tropfen.«

Moritz' Blick glitt hinüber zu den unzähligen Flaschen, die unter den Dielen in Edgars Arbeitszimmer versteckt waren. »Ich dachte, wenn ich den Fluch von Helene nehmen könnte, dann wäre alles wie früher.« Wieder entstand ein Schweigen, diesmal länger. »Über fünfzig Jahre später las ich in einem alten Buch von einem Monster, dem sogenannten *Mock*. Sein Atem hat die Macht, Tote wieder ins Reich der Lebenden zurückzuholen. Dieses Wesen ist der Grund, warum wir von Stadt zu Stadt ziehen und nach Monstern suchen.« Sehnsucht trat in Edgars Blick. »Ich dachte, wenn wir den Mock finden, könnte ich Helene erlösen ... Doch die Zeit verflog und der Trank reichte nicht aus. Vorgestern Nacht nahm ich den letzten Rest zu mir. Meine Zeit ist abgelaufen. Ich habe Gevatter Tod schon zu lange betrogen.«

Moritz nahm all seinen Mut zusammen und blickte das greise Männlein an, zu dem Edgar geworden war. »Wie alt bist du?«

Anfänglich zeigte Edgars Gesicht keinerlei Regung, doch schließlich sagte er mit einem trägen Blinzeln: »*Dreihundertsechsundzwanzig*.«

Moritz lief ein Schauer über den Rücken.

»Helene und ich, wir reisen schon seit über dreihundert Jahren durch die Welt. Den größten Teil des Zaubertrankes nahm ich bei der alten Hexe zu mir. Das reichte für über zweihundert Jahre. Danach trank ich jeden Tag davon.« Edgars Atem rasselte und er verfiel in Schweigen.

Moritz nahm den Lappen und betupfte hastig Edgars Stirn. »Bitte, halt noch eine Weile durch! Wir finden eine Lösung.«

»Es ist nicht mehr aufzuhalten, mein Junge.« Ein quälend langer Augenblick verstrich. »Es tut mir leid, ich wollte Helene nicht enttäuschen und dich nicht im Stich lassen, aber meine Kraft hat nicht gereicht.«

»Was kann ich tun?« Heiße Tränen rannen über Moritz' Gesicht.

»Du musst Helene helfen. Sie ist an diese Erde gekettet. Was auch immer der Meister des Götzen vorhat, Helene wird unerträgliche Qualen erleiden ... bis in alle Ewigkeit.«

Moritz schnürte es die Kehle zu. »Ich kann niemandem helfen! Ich habe es noch nicht mal geschafft, meine eigene Schwester zu retten.« Er wandte sich ab, schlang die Arme um die Knie und vergrub sein Gesicht. Sein gesamter Körper krampfte sich zusammen. Angst und Verzweiflung schlugen über ihm zusammen; Hoffnungslosigkeit drohte ihn zu ersticken. All der Tod, all das Leid, dem er begegnet war, seitdem seine Eltern gestorben waren, forderten nun ihren Tribut.

Tief, ganz tief in seinem Herzen spürte er das Loch, das in ihn gerissen worden war. Es war so übergroß, dass es ihn von innen heraus aufsaugen wollte. Er wünschte sich, darin zu verschwinden. Ohne Vater, ohne Mutter und ohne seine kleine Schwester war alles nichts. Und nun auch noch Edgar.

Warum starben alle Menschen um ihn herum? Warum starb man überhaupt? Warum seine Eltern? Warum Edgar? Warum?

Er kannte die Antwort nicht. Es gab keine.

Moritz schluchzte. Er spürte das Medaillon an seiner Brust, es warf seinen eigenen Herzschlag zurück. Doch es war nur Metall. Heiß und tot. Sie kamen nicht wieder. Keiner von ihnen.

Irgendwann legte sich eine welke Hand auf seine Schulter. »Nicht weinen, Moritz«, flüsterte Edgar. »Du musst weitermachen.«

»Ich kann nicht! Und wofür auch? Ich habe alles nur schlimmer gemacht. Ich habe uns alle in Gefahr gebracht. Dabei wollte ich nur meine Schwester wiederfinden. Ich sollte sie doch beschützen.«

»Man kann niemanden auf ewig beschützen. Nicht vor der Welt und schon gar nicht vor sich selbst.« Edgar lächelte matt. »Irgendwann kommt der Moment, an dem jeder von uns diese Welt verlassen muss. Deshalb ist es wichtig, den Menschen, die wir lieben, so viel Vertrauen, Liebe und Kraft mit auf den Weg zu geben, dass sie auch ohne unsere Hilfe zurechtkommen.«

»Aber meine Eltern haben mir die Verantwortung übertragen ...«

»Natürlich«, sagte Edgar. »Denn sie haben dir vertraut, weil sie dich lieben. Gib das Vertrauen weiter. Du hast Wunden, von denen du glaubst, dass sie nie verheilen werden. Das tun sie vielleicht auch nicht, aber du lernst, mit ihnen zu leben.«

Ein Schatten tauchte neben Moritz auf. Er riskierte einen Blick und sah Edgars Hand, auf der die Elster saß. In ihrem Schnabel hielt sie Konstanzes Haarband. Mit einem Keckern spreizte sie die Flügel und flog auf. Sie segelte in einem eleganten Bogen durch den Raum und ließ das Band fallen, während Edgar weitersprach. Seine Stimme drang durch die düsteren Gedanken, die Moritz' Geist gefangen hielten: »Ich vertraue dir.«

Das Band landete in Moritz' Händen. Seidig weich glänzte es im Schein der Kerze. Aus tiefen Erinnerungen drang ein Kinderlachen zu ihm. Konstanze. Sie wartete auf ihn.

Langsam wandte er den Kopf. Edgar lag ruhig in den Kissen, ein friedliches Lächeln auf dem Gesicht. Es war so voller Zuversicht und Schmerz und Erschöpfung, dass Moritz meinte, ihm würde das Herz brechen. Er kannte diesen Ausdruck. Es war der gleiche wie auf dem Gesicht seines Vaters, bevor er starb.

Edgars Atem rasselte und sein Körper erschauderte.

Nein, so würde es nicht enden, dachte Moritz. *Diesmal nicht.*

34. KAPITEL

Moritz' Hände arbeiteten schnell und methodisch. Binnen weniger Minuten hatte er sämtliche Glasflaschen, die nicht zerbrochen waren, aus dem Versteck in Edgars Arbeitszimmer geholt und um sich herum aufgestellt.

Nun kniete er inmitten der kleinen und großen Flaschen und sammelte die letzten Tropfen in einer einzigen Phiole zusammen. Als er fertig war, hatte er das kleine, bauchige Fläschchen gerade mal einen Finger breit gefüllt. Mehr gab es nicht. Der Trank strahlte smaragdgrün und tanzte seidig an den Glaswänden auf und ab.

Moritz seufzte leise. Er konnte nur hoffen, dass dieses klägliche bisschen Trank für seinen Plan ausreichen würde.

»Edgar?«

Der greise Mann schlug die Augen auf.

Der Junge versuchte sich sein Entsetzen nicht anmerken zu lassen. Edgar war in den letzten Minuten noch einmal um Jahrzehnte gealtert.

»Willst du Helene befreien?«, fragte Moritz.

Edgar brachte ein kaum merkliches Nicken zustande.

Moritz schluckte. *Bitte lass es funktionieren.*

»Dann trink«, sagte er.

Wenig später stand Moritz an Edgars Arbeitstisch. Holz und Glassplitter rieselten auf den Boden herunter. Nun war auch die zweite La-Ka-Fellweste vom Schmutz befreit. Auf dem Tisch lagen bereits zwei Teleskopstöcke und ein alter Stoffsack mit diversen Waffen.

Er legte die kleinere der beiden Westen an und spürte sofort ihre erstaunliche Wirkung. Dann griff er nach einem Lederbeutel mit gelbem Pulver. Mimosenhornsalz. Wer weiß, wozu es nützlich ist, dachte er und stopfte es in die Seitentasche der größeren Fellweste. Als er aufblickte, flatterte ein Schatten zu ihm. Mit einem Krächzen landete die Elster auf seinem Arm.

»Diesmal kommst du mit mir«, sagte er und lächelte. Die Elster keckerte als Antwort und nahm auf dem zugeschnürten Stoffsack Platz.

Alles war vorbereitet. Moritz zitterte vor Anspannung. Nachdem Edgar die letzten Tropfen Zaubertrank zu sich genommen hatte, war lange Zeit nichts passiert. Dann hatte er Moritz gebeten, ihn allein zu lassen. Widerwillig hatte dieser gehorcht und den halb heruntergerissenen Vorhang vor dem Zimmer behelfsmäßig zugezogen. Nun war es ganz still auf der anderen Seite. Moritz hoffte inständig, dass die wenigen Tropfen genügen würden, um Edgar wieder zu Kräften kommen zu lassen.

Ein vertrautes Geräusch drang plötzlich an sein Ohr. Ein leiser, brabbelnder Laut kam aus den Trümmern. Moritz versuchte es zu orten.

Da war es wieder: ein Wuppern? Sofort begann er wie wild in den Überresten des Arbeitszimmers zu graben. Und wirklich, verschüttet unter ein paar Regalbrettern, fand er zwei Käfige mit Boogelbies darin. Die Kreaturen blinzelten und begannen glücklich zu lummern.

Moritz lächelte. Er hatte angenommen, dass alle Wesen aus ihren Käfigen ausgebrochen waren. Umso glücklicher war er, die beiden kleinen, schuppigen Exemplare vor sich zu sehen. Eifrig zog er die Käfige aus den Trümmern und stellte sie nebeneinander auf die Arbeitsfläche.

Hinter ihm schwang der Vorhang beiseite.

Moritz wandte den Kopf um.

Vor ihm stand Edgar.

Die Veränderung war unglaublich. Edgars Gesicht war wieder jung, auch wenn er nicht mehr wie Ende zwanzig aussah. Man hätte sein Äußeres auf Mitte vierzig schätzen können. Unzählige dünne Linien zogen sich über sein Gesicht. Besonders auffällig waren die Fältchen unter seinen Augen, die hervortraten, als Edgar lächelte. Ein Geflecht grauer Haare, fein wie Spinnweben, durchwirkte seine orangerote Lockenmähne, die er mit einem schwarzen Seidenband zu einem Pferdeschwanz zusammengefasst hatte. Er hatte seine verschmutzte, schrille Kleidung gegen einen dunklen, fast schwarzen Waffenrock getauscht, der ihm ein grimmiges Äußeres verlieh. In seinen Augen las Moritz eine Ernsthaftigkeit, die er noch nicht kannte. Dies war ein anderer Edgar.

Er kam auf Moritz zu, zog sich wortlos eine La-Ka-Weste an und schulterte dann den größeren der beiden Boogelbie-Käfige. »Erzähl mir alles, was du weißt.«

Der Schnee wirbelte nun stärker. Ein wahrer Eiszyklon tobte vom Meer her auf sie zu und drohte Ravenbrück zu verschlingen. Der Wind pfiff der kleinen Gruppe entgegen und peitschte Eis, Schnee und Graupel durch die Nacht.

Edgar folgte Moritz, der in weiten Sprüngen über die Dächer hastete. Über ihnen schoss die Elster wie ein schwarz-weißer Pfeil durch das wirbelnde Schneetreiben.

Mit einer Mischung aus Faszination und Entsetzen hatte Edgar gelauscht, als Moritz ihm von dem schwarzen Schiff im Hafen berichtet hatte und von dem Mann, der offenbar der Meister des steinernen Götzen war. Bei Moritz' Schilderung der Komtesse mit ihrer schwarzen Glasmaske erschauerte Edgar. Was dort mit den entführten Mädchen passierte, konnte Moritz nicht sagen, aber Edgar ahnte bereits, dass die Fantasie des Jungen grausame Haken schlug. Und er befürchtete, dass dessen Vorstellungskraft nicht einmal ansatzweise ausreichte, das zu ermessen, was dort wirklich vor sich ging. Edgar hingegen, der in über dreihundert Jahren auf der verzweifelten Suche nach einem Heilmittel für seine Schwester bis in die entlegensten Winkel der Welt vorgedrungen war, hatte Dinge und Monstren gesehen, die selbst seine schrecklichsten Albträume übertrafen.

Als der Junge das schwarze Glas beschrieben hatte, war seine Seele in Aufruhr geraten. Er hatte von wirbelnden Schatten gesprochen, Schemen, Gesichtern von Kindern, die sich unruhig schlängelten wie die Geister verfluchter Seelen.

Diese Maske schien auf absurde Weise lebendig zu sein. Edgar hoffte nur, dass sie erkennen würden, um was für ein Wesen es sich handelte, wenn es darauf ankam.

Sie erreichten den Hafen. In dem wilden Treiben aus Schnee und Eis konnte Edgar das dunkle Heck eines Schiffes ausmachen, das ihm wie ein toter Fleck entgegensprang. Es war von einer leblosen Aura umgeben, die selbst den Schnee wie in heißem Fett verdampfen ließ.

Moritz landete im Eisregen auf einem Kontorhaus, rannte den langgezogenen First entlang und stieß sich am Ende ab. Wind und Weste trugen ihn weit über den Uferdamm hinweg, geradewegs auf das schwarze Heck zu. Er übersprang mühelos die Schiffsbalustrade. Edgar folgte ihm.

Sie drückten sich mit ihren Boogelbie-Käfigen eng an das undurchsichtige Bleiglas der Fensterflügel, während der Wind wie ein heulender Wolf an ihnen vorbeibrauste.

Sie warteten. Nirgendwo zeigte sich die geringste Bewegung. Keine Wachen.

KLICK!

Die Schwertklinge schnellte aus Edgars Stock hervor. Vorsichtig legte er eine Hand auf den Türgriff. Die Balkontür öffnete sich. Eine Falle, da war Edgar sicher. Doch ihnen blieb keine Zeit. Er tauschte mit Moritz einen Blick aus. Dann verschwanden sie im Inneren des Schiffes.

35. Kapitel

Die Dunkelheit, die in dem Vorraum herrschte, nahm Moritz fast den Atem. Das wenige Licht, das durch die großen Balkontüren fiel, schimmerte dunkelviolett und drang nur wenige Meter bis ins Innere vor.

Die Elster flatterte zu Moritz und ließ sich auf seiner Schulter nieder, auf der sich eine dünne Eiskruste gebildet hatte. Sie schüttelte die Nässe ab und blinzelte in die Düsternis. Edgar nickte Moritz zu und gemeinsam traten sie in die Schatten ein.

Ein langer gewundener Korridor erwartete sie nach wenigen Metern. In den Nischen brannten Fackeln, deren Licht leichenblass wirkte. Zahllose Gänge, verzerrt und unwirklich, säumten ihren Weg. Gähnende Tunnel, die ins Nichts zu führen schienen.

Unter ihren Füßen knirschten Steine und Eiskörner. Das Geräusch war so laut, dass Moritz glaubte, sie würden ein ganzes Heer damit wecken. Doch nichts geschah.

Plötzlich schwappte ein Laut durch die Schwärze zu ihnen herüber. Dumpf und hohl. Moritz warf einen Blick auf den Boogelbie, der die Gitterstäbe seines Käfigs fest umklammerte.

Das schuppige Monster beobachtete die Umgebung, sah offenbar in die Schatten hinter den Schatten und zarrte wachsam. Doch es schlug nicht Alarm. Was auch immer hier hauste, es war kein Monster. Oder zumindest keines, das Boogelbies kannten.

Sie erreichten eine hohe Doppeltür. Atmend wie ein Schlund, öffnete sie sich von selbst.

»Wir werden erwartet«, murmelte Edgar.

Eine weite Halle lag vor ihnen, die Schiffsmesse. Bis auf einen gleißenden Lichtstrahl, der ein einsames, mehrstufiges Podest in der Mitte des Raumes erhellte, regierten auch hier nur Schatten.

Edgar ging voran, doch er blieb nach wenigen Metern stehen und wandte sich einer schemenhaften Seitenwand zu.

Was hatte Edgar entdeckt? Schnell trat Moritz neben ihn.

In der Düsternis befanden sich kleine Nischen, eingelassen in die massiven Holzbalken des Schiffsrumpfes. Die beiden wichen zurück – in jeder Nische stand ein Mädchen auf einem kleinen Sockel. Gräulich blass und von einem merkwürdigen Schimmer umgeben. Es waren perfekt geformte Statuen, lebensecht und detailreich, bis auf ihre fehlenden Gesichter. Anstelle von Mund, Nase und Augen leuchtete nur eine blanke glatte Fläche wie Schnee in der Nacht.

Moritz' Magen zog sich schmerzhaft zusammen. Diese Statuen standen überall. In jeder Nische ringsherum, verteilt im gesamten Rumpf des Schiffes. Sie waren umzingelt von ihnen. Zahllose geisterhafte Mädchen, reglos, gesichtslos, tot.

Während sich Moritz umblickte, untersuchte Edgar die Statuen genauer. Er beäugte fasziniert die glitzernde Oberfläche und roch sogar daran. Dann benetzte er einen Finger und tippte einer der Skulpturen mitten auf die Stirn. Neugierig steckte er den Finger in den Mund.

»Was machst du da?«, flüsterte Moritz.

»Salz!«, sagte Edgar.

»Kein gewöhnliches Salz«, riefen mehrere Mädchenstimmen im Chor. »Es sind Tränen.«

Moritz fuhr herum und zückte seinen Stock. Sein Boogelbie begann warnend zu zarren und zu chrachern. Ebenso Edgars.

Eine kleine nachtschwarze Gestalt stand auf dem Podest im Herzen der Halle und ihre mannigfaltigen Worte echoten durch die Finsternis.

Edgar musste unwillkürlich an eine Puppe mit einem Gesicht aus Glas denken. Das also war das seltsame Mädchen mit der Maske, von dem Moritz erzählt hatte.

»Gefällt euch meine Sammlung? Durch die Seeluft werden sie hart wie Stein.«

Bevor Edgar einen weiteren Gedanken fassen konnte, flammten überall kalte Fackeln auf. Wachen mit Stahl in ihren düsteren Fäusten glitten aus dem Nichts herbei und umzingelten die Eindringlinge.

Die Falle!

»Willkommen zurück, Moritz«, rief das Mädchen mit den vielen Stimmen. »Schön, dich wiederzusehen. Und du hast deinen Freund mitgebracht.«

Edgars Augen verengten sich zu Schlitzen. »Wer bist du?«

Das Mädchen mit der Maske legte den Kopf schief. Stärker,

als es eigentlich möglich war. »Ein Kind. Eine Komtesse. Eine Reisende.« Sie lauschte dem Echo ihrer Stimmen. »Ihr dürft mich Durchlaucht nennen.«

»Wo ist Helene?«, rief Moritz.

Er erntete ein Kichern, das sich unheimlich mäandernd durch die Halle schlängelte. »In Sicherheit.«

»Was habt ihr mit den verschwundenen Mädchen angestellt?« Edgars Stimme klang zornig.

»Nichts.« Die Augen hinter der Maske funkelten. »Sie sind alle hier.«

Edgar sah, wie entsetzt Moritz die Statuen anstarrte. Er konnte die Panik des Jungen fast körperlich spüren und ahnte, dass Moritz die falschen Schlüsse zog. Die entführten Mädchen befanden sich nicht in den Statuen.

»Sie sind in der Maske.« Seine Worte schnitten durch die Messe.

»Ei, ei, ei, wie gescheit!« Die Stimmen der Komtesse vibrierten wie die Saiten eines schlecht gestimmten Musikinstruments. »Sie sind hier bei mir. Sie sind meine Augen, meine Ohren und meine Stimme.«

Moritz zitterte. »Was soll das heißen?«

Erneutes Kichern. Die Stimmen der Komtesse überlappten sich und begannen zu heulen. Sie drifteten so weit auseinander, dass eine grausame Dissonanz entstand.

»Ahnst du es nicht?« Mit einer einzigen Bewegung nahm das Mädchen ihre Maske ab.

Es war, als ob jemand Moritz einen Bottich Eiswasser über den Kopf geschüttet hätte. So wie die unzähligen Statuen, die sie umringten, hatte auch dieses Kind kein Gesicht. Die unheimlichen Augen waren verschwunden. Blanke bleiche Haut, glatt und glänzend, spannte sich wie eine Schicht aus weißem Wachs über den kugeligen Schädel, durchzogen von einem Gespinst feinster dunkler Äderchen.

Das fahle Antlitz hatte keinen Mund, keine Nase, keine Ohren. Anstelle der Augen befanden sich nur zwei mit Haut überzogene, kleine Mulden.

Dann, mit einer langsamen Geste, setzte sich das Kind seine Maske wieder auf. Und als es seinen Kopf hob, um Edgar und Moritz anzusehen, waren die schrecklichen Katzenaugen zurückgekehrt.

»Mein Gott!«, entfuhr es Moritz.

»Dein Gott hat damit nichts zu tun«, sprachen die Kinderstimmen aus dem Glas. »Ich brauche die Maske und die Maske braucht mich. Wir sind eins. Wir sind Freunde.«

Moritz schluckte. »Du stiehlst den Mädchen die Stimmen, ihre Augen, ihre Gesichter, einfach alles?« Die letzten Worte schrie er fast.

»Nein!«, donnerte die Antwort zu ihm herüber. »Sie kommen zu mir. Sie sind meine Freundinnen und sie haben es gut bei mir. Sie geben mir ihren Lebensfunken, dann können wir zusammen sein.«

Edgar warf Moritz einen Blick zu. »Die Statuen sind das, was von den Mädchen übrig bleibt, wenn sie mit ihnen fertig ist. Aus Tränen des Leids.«

»Des Abschieds«, stießen die Stimmen hervor.

Moritz spürte eine Kälte, die mit nichts vergleichbar war,

was er kannte. Dieses teuflische Kind ohne Gesicht hatte seiner Schwester ihr Leben gestohlen, so wie vielen anderen vor ihr und nach ihr. Das musste ein Ende haben!

»Ihr habt noch eine letzte Möglichkeit. Wenn ihr nun verschwindet, werde ich euer Leben verschonen.« Die Katze spielte mit ihrer Beute.

»Wir werden nichts dergleichen tun.« Moritz' Stimme klang fest.

Edgar erhob sein Schwert. »Es endet heute Nacht! Ihr werdet nie mehr einem Kind etwas zuleide tun!«

Abermals erscholl das vielstimmige Kichern. »Das muss ich auch nicht mehr ... dank dir, Moritz! Du hast die Quelle der Unsterblichkeit zu mir geführt. Meine neue Freundin Helene ist die strahlende dunkle Sonne. Sie wird für immer bei uns bleiben!«

»Das werde ich zu verhindern wissen!«, rief Edgar.

Die Komtesse verharrte reglos, doch in der Maske überschlugen sich die Schemen. »Wenn das so ist, wird sich wohl meine Bestie um euch kümmern müssen. Hauptmann!«

An einer Wand, die nicht von den Fackeln erhellt wurde, erwachten zwei rote Punkte. Der unheimliche, schemenhafte Kopf des Angstgötzen schälte sich aus den Schatten. Knirschend wankte der Koloss aus der Dunkelheit, gefolgt von dem Mann, der die Bestie mit einem Amulett beschwor.

Im Nu erfüllte ein ohrenbetäubendes Chrachern und Rigoulen die Halle. Die Boogelbies spürten die Anwesenheit des Götzen mit jeder Schuppe.

Das Monstrum polterte ins Zentrum der Messe. Eine Lawine auf sechs Beinen. Der Hals, in den das rubinrot glühende

Erwache-Zeichen geritzt war, blitzte immer wieder durch den schattenhaften Wolfsschädel hindurch auf.

Edgar wies auf den Mann mit dem Amulett. »Der Meister des Götzen?«

Moritz nickte stumm.

»Dann zeig jetzt, was du gelernt hast.« Edgar löste den Riemen seines Boogelbie-Käfigs und ließ ihn mitsamt seinem Waffensack zu Boden gleiten. Moritz tat das Gleiche mit seinem Käfig. Dann funkelte Edgar die bis zur Unkenntlichkeit verhüllten Wachen an. »Wie wär's mit einem Tänzchen?«

36. Kapitel

Im Bruchteil einer Sekunde verwandelte sich die Halle in einen brodelnden Hexenkessel aus Schatten mit peitschenden Umhängen und blitzenden Schwertern.

Edgar wehrte die ersten Angreifer mit dem Schwert ab und verlängerte seinen Teleskopstab. Er traf eine Wache am Kopf. Sie taumelte zischend, dann stürzten mehrere Gestalten auf ihn ein. Edgar sprang zurück und langte in den Sack, der neben seinem Käfig lag. Er spürte den Griff einer Netzpistole und riss sie nach oben ...

ZONG!

Das Netz traf zwei Angreifer, schlang sich um deren Köpfe und ließ sie gegeneinanderschlagen. Edgar tauchte unter ihnen weg und stürzte sich ins Getümmel.

Moritz reagierte ebenso schnell. Die Elster flog auf und sauste hoch in die Untiefen des Schiffsrumpfes.

KLICK! Moritz verlängerte seinen Stock und katapultierte sich in die Luft. Die La-Ka-Weste ließ ihn weit nach oben steigen, während die Wachen unter ihm fauchend zusammenkrachten.

Moritz landete auf dem Parkett und wich mit mehreren Zickzack-Sprüngen den Klingen der Angreifer aus. Er versuchte einen Blick auf den Hauptmann zu erhaschen, der soeben dem Angstgötzen ein Zeichen gab: Seine Hand fuhr über den Karfunkel, von unten nach oben …

Augenblicklich preschte der Steingötze vorwärts, die narbenhaften Fratzen, die seinen Körper bedeckten, waren plötzlich von unheimlichem Leben erfüllt. Das Monstrum donnerte auf Edgar zu.

Edgar wandte den Kopf und sah, wie der Koloss in atemberaubender Geschwindigkeit auf ihn zukam. Der Riese trampelte die Wachen in seinem Weg nieder und ihre Umhänge zerrissen wie zähe Spinnweben. Als das *Erwache*-Zeichen höllisch rot aufblitzte, stieß sich Edgar vom Boden ab und lief mit Hilfe des La-Ka-Fells senkrecht einen der Stützpfeiler hinauf. Nur einen Augenblick später krachte der Götze gegen den Pfeiler und riss ihn um.

Edgar vollführte einen Salto und landete am hinteren Ende des Ungeheuers. Es rannte los und riss einige Angreifer mit sich.

Moritz fixierte den Hauptmann im Sprung, als etwas Weißes vor ihm aufblitzte. Metall. Eine Wache mit erhobenem Schwert. Da stieß etwas von der Decke herab, mitten in das verhüllte Gesicht des Angreifers. Die Elster. Krallen und Schnabel hackten nach den leeren Augenschlitzen der Wache. Verwirrt taumelte die Gestalt und schlug klatschend wie ein nasses Wäschestück auf dem Boden auf.

Moritz machte einen Salto auf den Hauptmann zu. Sein Stock traf den Mann mit voller Wucht auf der Brust und unterbrach so die Beschwörung. Der Hauptmann sackte zusammen.

Im selben Moment brach der Götze seinen Angriff ab. Er strauchelte und kippte zur Seite um. Dabei begrub er eine Handvoll Wachen unter sich und blieb auf der Flanke liegen.

Aus dem Augenwinkel sah Moritz das steinerne Ungetüm fallen, dann traf ihn ein Tritt, der ihn gegen einen Balken schleuderte. Der Hauptmann stürzte auf ihn zu. Sofort schoss die Elster herbei und attackierte das Gesicht des Mannes. Wie von Sinnen schlug er um sich.

Moritz schüttelte benommen den Kopf. Dann stemmte er sich hoch, während es dem Hauptmann gelang, die Elster zu verscheuchen. Mit einer Hand umklammerte der Mann dabei das Amulett.

Und wieder durchzuckte unheimliches Leben die Bestie auf der gegenüberliegenden Seite der Messe. Das Untier drehte sich mühsam auf die Seite und krachte dann zurück in eine aufrechte Position. Ein markerschütterndes Grollen platzte aus ihm heraus und ließ das Schiff auf dem Wasser wie eine Stimmgabel vibrieren. Mit dem gewaltigen Schlag seiner Flügel begann es erneut seinen Lauf durch die Halle.

Unterdessen kämpfte Edgar inmitten einer Schar von Angreifern wie ein Schwertkrieger. Er wirbelte herum und schaltete eine Wache nach der anderen aus. Dann traf ihn ein Schlag in die Rippen. Edgar ging zu Boden und verlor dabei seinen Stock.

Sofort stürmten drei Angreifer auf ihn zu. Rückwärts kriechend wich er zurück und spürte, wie etwas Kleines aus seiner Westentasche fiel. Ein Lederbeutel, aus dem ein gelbes Pulver rieselte. Mimosenhornsalz! Das musste ihm Moritz in die Weste gesteckt haben … *Teuflisch ausgefuchster Junge!* Er griff nach dem Pulver, erhob sich und blies es den heranstürzenden Wachen mitten ins Gesicht. Sie wichen zurück und ein abgebrochenes Niesen entrang sich ihren Umhängen. Mit einem Laut, der wie der verzerrte Schrei eines Habichts klang, fielen die Angreifer in sich zusammen. Nichts blieb von ihnen übrig außer ihrer Kleidung, die wie feuchte Spinnweben auf den Boden klatschte.

Edgar blinzelte. Als die nächsten Wachen auf ihn zuglitten, wiederholte er den Trick mit dem Salz. Der Erfolg ließ nicht lange auf sich warten. Mit dem Ruf eines abstürzenden Raubvogels klappten die Wachen in sich zusammen und lösten sich in Nichts auf.

»Moritz, die Wachen sind nur leere Hüllen!«, brüllte er durch die Halle. »Sie sind hohl!«

Moritz hörte Edgars Worte und handelte instinktiv. Als die nächste Wache auf ihn zustürmte, verlängerte er seinen Stock mitten in den Bauch des Vermummten. Der Stock glitt mühelos durch den Umhang hindurch und kam auf der anderen Seite wieder heraus.

Alles Illusion, dachte Moritz, als die Kleidung der Wache in sich zusammensackte. Aber wie war das möglich? Ihre Körper und Klingen wirkten gefährlich echt! Die Antwort packte ihn mit kaltem Grausen, als die Schreie der Komtesse durch die Halle gellten. Lauter als tausend Mädchen, die auf einem Scheiterhaufen verbrannten. All das war ihr Werk.

Moritz entdeckte das Geschöpf mit der Maske, das von einer Garde schattenhafter Wachen umringt wurde. Sie bildeten einen Kreis um den Podest der Komtesse und versperrten ihm die Sicht. Doch kurz gelang es Moritz, ihr Antlitz zu sehen, ihre Augen. Sie waren aufgerissen, erschrocken, ertappt: Die Wachen waren nur Schemen, die ihrem Willen gehorchten. Sie waren wie Gedanken. Immer da, aber nur so schnell und so fest, wie derjenige, der an sie dachte – nur so stark und real wie ihre Herrin.

Wenn dem so war, war es an der Zeit, etwas Verwirrung zu stiften.

Moritz ging zum Angriff über. Er rannte wie ein Blitz auf den Kreis um die Komtesse zu. Mehrere Wachen warfen sich in seinen Weg und attackierten ihn. Einer nach dem anderen wurde von dem Jungen ausgeschaltet. Er rannte weiter, schneller, schlug und hackte sich durch die wirbelnden Schattenkrieger, deren Umhänge und Klingen an ihm vorbeipeitschten. Nur noch eine Wache trennte ihn von der Komtesse.

Er stieß vor, drehte sich in der Luft – das La-Ka-Fell trug ihn weit –, schlug der letzten Wache mitten in das nicht vorhandene Gesicht und …

PAMM!

Eine Pranke, hässlich, groß und mit abgebrochenen Fingergliedern stoppte ihn mitten im Flug. Mit einem Hieb, der Moritz quer durch die Halle schickte, beendete der Götze seinen Angriff.

Moritz rutschte weit über den nackten Boden und prallte gegen einen der Sockel, auf dem eine kleine Mädchenstatue ohne Gesicht bedrohlich wackelte. Er rappelte sich auf und starrte die Figur aus Tränen an: die kleinen Füßchen, die kleinen Händchen und das weite Nachtgewand mit den Rüschen am Kragen. All das kam ihm so schmerzlich vertraut vor.

»Konstanze?« Plötzlich bekam er keine Luft mehr. Seine Hand zitterte, als er ihre Füße berühren wollte. Ein fernes Krächzen riss ihn aus seinen Gedanken. Die Elster flatterte herbei und setzte sich auf seinen Arm. Ein Blick in ihre schwarzen Knopfaugen und Moritz war wieder Herr seiner Sinne.

»Wir brauchen das Amulett!«, sagte er und blickte zum Hauptmann, der das Ungetüm jetzt direkt auf ihn zulenkte. »Nur damit können wir das Monster ausschalten!«

Die Elster krächzte und flog auf. Moritz sah ihr hinterher. Hatte sie verstanden, was er gesagt hatte? Ein absurder Gedanke.

Die abgebrochenen Beine des Ungeheuers bohrten sich mit der Kraft von zig Tonnen in den Holzboden. Parkett splitterte. Moritz rannte. Fort von den Nischen mit den zerbrechlichen Statuen.

Über ihm kreiste die Elster, suchte den Hauptmann und stürzte dann auf seinen Hinterkopf hinab. Ihre Krallen verfingen sich halb in seinem langen, fettigen Haar und schlossen sich um den Verschluss des Amuletts. Sie zog und zerrte daran. Der Hauptmann drehte sich um sich selbst, versuchte den Angreifer zu sehen.

PLING!

Der Verschluss war offen, das Amulett frei. Doch der Hauptmann hielt es fest. Die Elster flatterte um seinen Kopf herum und hackte mit ihren Krallen nach den Augen. Wieder und wieder.

Hauptmann Nathaniel schlug um sich. Die kleinen Krallen hakten sich in seinen Lidern fest – zerrten daran. Halb blind ertrank seine Welt in warmem Rot. Dann löste er seinen Griff vom Amulett. Es fiel, gleichzeitig löste sich ein Schrei aus seiner Kehle: »NEIIIIINN!«

Pfeilschnell tauchte die Elster hinab und fing das Amulett auf.

Moritz rannte immer noch, als der Götze hinter ihm im Lauf erstarrte und als steifer Felsbrocken mehrere Meter auf den verunstalteten Stummelbeinen über den Holzboden schabte. Mit einem mahlenden Knirschen blieb er stehen. Der schemenhafte Wolfskopf verblasste.

Die Elster ließ das Amulett über Moritz' Kopf fallen und er legte es an. Als seine Finger den schwarzroten Edelstein berührten, war ihm, als ob ein Teil seines Blutes durch ein Loch in der Brust in das Amulett gesaugt wurde. Die Welt begann sich zu drehen und der Boden unter seinen Füßen wurde weich wie Butter. Wie ein Betrunkener taumelte er und versuchte, seine Gedanken zu bündeln, um sich nicht zu übergeben. Er torkelte vorwärts und rückwärts und versuchte, still zu stehen. Fest auf dem Boden. Wie Stein.

Der Edelstein auf seiner Brust begann zu leuchten und er hörte, nein, er spürte, wie der Steingötze erwachte. Moritz sah blinzelnd, wie der wölfische Kopf aus dem abgeschlagenen Hals hervorbrach. Schwach und zaghaft.

Moritz drehte sich um sich selbst, doch der Götze hatte bereits den Befehl empfangen.

Mit einer volltrunkenen Kurve setzte er sich in Bewegung und begann, sich zu drehen. Moritz nahm die Veränderung wie durch einen Schleier wahr, doch er konnte sie nicht beeinflussen. Ein leises »Verdammt!« kam lallend über seine Lippen, während er versuchte, nicht hintenüberzukippen.

Der Götze drehte sich wie ein Kreisel immer schneller und schneller. Seine kurzen Stummelglieder tanzten fast. Mit irrsinniger Geschwindigkeit und weit aufgespannten Flügeln donnerte der Koloss durch die Halle und rasierte jeder Wache in seiner Nähe den Kopf ab. Ihre leeren Umhänge fielen wie nasses Laub.

Moritz fühlte, wie immer mehr und mehr Blut aus ihm herausgezogen wurde. Er stöhnte, als der Koloss wie ein Derwisch auf das Kampfgetümmel um Edgar zuraste.

Edgar kämpfte mittlerweile mit zwei Schwertern und wirbelte wie ein Besessener durch die Reihen der Angreifer. Umhänge flogen, Maskierungen fielen. Doch er war keineswegs überlegen. Immer mehr Wachen stürmten aus den Schatten auf ihn zu und drängten ihn zu der Seite, wo auch die Boogelbie-Käfige und sein Waffensack lagen. Mit einem beherzten Sprung setzte Edgar zurück und langte in den Sack. Er bekam eine Radschlosspistole zu fassen und feuerte um sich.

KLICK!

KLICK-CK!!

KLICK-CK-CK!!!

Nichts! Die Waffe war leer. Natürlich, dachte Edgar, er hatte Moritz nie erklärt, wie man die Waffen lud. Der Junge hatte sie nur vorsorglich in den Sack gepackt in der Hoffnung, er, Edgar, hätte dies getan. »Teufel auch!«

Edgar schlug und hackte weiter auf die Angreifer ein. Er zerrte stolpernd den Waffensack mit sich, um irgendetwas zu greifen zu bekommen, egal was. Seine Finger ertasteten etwas Weiches, Langes. Er zog es heraus und warf es in das Gesicht seines Angreifers.

Ein seltsam wirbelndes Ding schnellte aus seiner Hand und noch bevor Edgar überhaupt wusste, was passierte, wickelte sich Moritz' selbst gebaute Bola um den Kopf des Vermummten. Die drei Steine schlugen mit solcher Wucht zusammen, dass der Schattenkrieger mit einem pfeifenden Schrei zusammenbrach.

Verblüfft starrte Edgar auf die kargen Überreste seines Gegners, dann blickte er in die Runde der anderen Angreifer. »Ha! Eine Bola!«, rief er. »Kennt ihr wohl nicht, was?!«

Die Krieger zögerten noch, als ihnen eine gewaltige Flügelscholle die Köpfe absäbelte.

Edgar schluckte. »Oh-oh!« Er taumelte zurück, stolperte über den Waffensack und knallte gegen die Bordwand. Mit seinen Stummelbeinen zermalmte der Götze den Waffensack. Edgar zog die Käfige mit den wild chrachernden Boogelbies an sich, während der Gigant unaufhaltsam näherkam.

Moritz blinzelte träge. Seine Augen waren voller Tränen. Alles verschwamm. Seine Knie wurden weich. Langsam schwanden ihm die Sinne. Die Angreifer um Edgar waren verschwunden – sein Plan, das Monster für sich zu nutzen, hatte geklappt. Er sah undeutlich, wie Edgar sich hinter dem rotierenden Ungetüm an die Wand zwischen zwei leeren Nischen presste.

Moritz reagierte sofort und öffnete die Hand, die an dem Amulett zu kleben schien. Der pulsierende Stein erlosch.

In einer Welle, die Moritz fast von den Füßen riss, floss sein

Blut wieder zurück in den Körper. Sofort klärte sich sein Blick auf und ein kalter Schauer erfasste ihn.

Der Götze war zu Stein erstarrt.

Zögernd öffnete Edgar ein Auge. Er starrte auf das Steinmonster, das ihm einen langen, gezackten Flügel entgegenreckte. Die Spitze des Flügels wies genau auf seinen Hals. Er spürte sie an seinem Adamsapfel, als er schluckte. Das Ding hätte ihn um ein Haar geköpft.

»Entschuldige«, rief Moritz vom anderen Ende der Halle. »Das ist schwieriger, als es aussieht!«

Edgar tauchte mit den Boogelbie-Käfigen unter dem erstarrten Felsbrocken weg und lief hinüber zu Moritz. »Tu mir bitte einen Gefallen«, schnaufte er. »Werd niemals Barbier!«

Hauptmann Nathaniel lag auf allen vieren und zitterte. Seine halb blinden Augen schielten nach oben. Dünne Rinnsale von Blut rannen über seine Wangen und verteilten sich in den tiefen Falten, die sein Gesicht durchzogen. Ein jämmerliches Wimmern schüttelte ihn.

Die Komtesse starrte von ihrem Podest aus auf das Feld der Zerstörung. *Das würden sie büßen!* Augenblicklich erhoben sich die Umhänge der verblichenen Krieger und füllten sich erneut mit unheimlichem Leben.

Edgar stellte den kleineren der beiden Boogelbie-Käfige vor Moritz ab. »Ich suche Helene! Sie muss hier irgendwo sein.« Er schulterte seinen Käfig. »Schaffst du das hier ohne mich?«

Moritz sah, wie sich immer mehr Krieger versammelten, und blickte hinunter auf das Amulett. Über ihm krächzte die Elster. »Ich denke schon.«

»Wenn ich zurückkomme, finden wir deine Schwester. Versprochen!«, sagte Edgar und berührte ihn an der Schulter.

»Vielleicht habe ich das bereits ... Beeil dich!«, flüsterte Moritz, aber Edgar rannte längst von dannen.

Und als der Junge die Hand wieder auf das Amulett legte und spürte, wie der magische Stein sein Blut in sich aufsaugte, dachte er bitter: Das wird bestimmt ein Kinderspiel.

37. KAPITEL

Aufs Geratewohl bahnte sich Edgar seinen Weg durch die weniger erleuchteten Winkel der Halle. Nach einigem Suchen fand er eine weitere Flügeltür an der Steuerbordseite. Vor ihm lag ein düsterer Korridor. Er rannte hinein und folgte einem spitz zulaufenden Gang in Richtung Vorschiff. Ein Geruch nach vermodertem Tang und Schlick schlug ihm entgegen, als er eine Kreuzung erreichte.

»Helene?«

Seine Stimme verlor sich in den finsteren Eingeweiden des Schiffes, während er in den nächsten Gang stürzte. Um ihn herum wanden sich schwarze Planken, wie die Schuppen eines Reptils. Er war gefangen in einem Irrgarten, in dem jeder Weg dem vorherigen bis ins kleinste Detail glich. Doch Edgar gab nicht auf. »Helene!«

Keine Antwort. Er lief weiter, tiefer und tiefer in die Düsternis. Rief nach seiner Schwester und wartete auf eine Reaktion, manchmal minutenlang. Nichts.

»Bitte«, wimmerte er. Tränen verschleierten seinen Blick. Die allgegenwärtige Dunkelheit wurde immer undurchdringlicher.

Mit blanken Fäusten begann er an die Wände zu schlagen, dann setzte er mit den Füßen nach. »HELENE!«

Nichts.

Er rannte weiter, brüllte und malträtierte Holz, wann immer Wut und Verzweiflung übermächtig wurden. Und jedes Mal hätte es auch genau dieselbe Stelle wie vor wenigen Minuten sein können – ein Unterschied war nicht zu erkennen. Lief er im Kreis? War dies Teil des Hexenwerks? Ein Labyrinth aus identischen Tunneln, die keinen Anfang und kein Ende hatten?

»Helene«, keuchte er. »Wo bist du nur?«

Ein fernes Flüstern ließ ihn aufhorchen. »Helene?«

Die Stimme war nicht mehr als ein Murmeln, vergraben unter Schichten dicken, dunklen Holzes. Erstickt und unterdrückt.

»Helene, ich bin hier! Ich komme zu dir!«

Edgar meinte, eine Antwort zu vernehmen, aber er konnte die Worte nicht verstehen. Woher kamen sie? Er verlangsamte seinen Schritt und lauschte in die Düsternis.

Die Stimme war kaum noch zu hören. Er war in die falsche Richtung gelaufen. Sofort kehrte er um. »Helene!«

Er trommelte mit den Fäusten mal links, mal rechts gegen die Wände und rief immer wieder nach seiner Schwester.

»Ich bin hier, Edgar! Hier!« Die Stimme klang plötzlich ganz nah!

»Helene!« Edgar japste vor Erleichterung. »Ich bin gleich bei dir!«

Ein Gang zu seiner Rechten. Edgar rannte los, der Boogelbie-Käfig auf seinem Rücken hüpfte auf und ab. Hastig suchte er die Wände nach einer verborgenen Tür ab.

»Helene!«

»Hier drin! Hier!«

Edgar stieß auf einen Vorsprung in den Schatten, tastete vorwärts, entdeckte einen Eisenriegel, schob ihn beiseite. Mit einem Ruck stieß er die Tür auf. Der Anblick traf ihn wie ein Schlag.

Er sah in eine düstere Kammer mit seltsamen Lichtern, schwarzen Kerzen, unheimlichen Apparaturen, toten Tieren, die von der Decke hingen – Ratten, Möwen und Krähen. Und überall lagen Federn. Sie klebten wie ein eigenartiger Teppich aus Wachs und Flaum auf dem Boden, an den Wänden, an Büchern und sogar an der Decke.

Eine Hexenküche, dachte Edgar und presste die Hand vor den Mund. Der Gestank ließ ihn würgen. »Helene?«

»Ich bin hier!« Ihre Stimme war ganz klar zu verstehen. Sie drang aus der Tiefe der Kammer.

Edgar spürte, wie der eigenartige Teppich unter seinen Füßen knackte. Das Wachs zerbrach unter seinen Sohlen. Er eilte vorbei an bauchigen Gefäßen, gefüllt mit gespenstischen Substanzen. Einige enthielten Wesen, die ihm bekannt vorkamen. Er entdeckte einen räudigen Ringelwurm, zwei schwarze Pferdepfeiffer, Quäkermilben und einen Bottich mit Fieberaalen. Andere wiederum hatte er noch nie zuvor gesehen.

Die Kammer wurde schmaler und niedriger, die Gefäße rückten näher zusammen. Edgar zwängte sich zwischen ihnen hindurch und fragte sich, ob er gleich feststecken würde, als der Raum sich plötzlich öffnete. Er stolperte voran und fiel auf die Knie. Überraschenderweise landete er nicht auf wächsernen Federn. Hier war der Boden frei von dem merkwürdigen Belag.

Keuchend rappelte er sich auf und sah sich um. Dieser Teil der Kammer erinnerte an eine Kajüte in Form einer Rotunde. Sie war schlicht gehalten: Waschschüssel, Tonkrüge, Schlafkoje, Hocker, Beistelltisch, Bank, Decken und Felle. Hier wohnte jemand. Der Hauptmann, dachte Edgar. Vermutlich war er der einzige echte Mensch an Bord. Zumindest das, was einem Menschen am nächsten kam.

Edgars Blick fiel auf die Schlafstätte. Es waren zwei Kojen, die übereinander angelegt waren. Jede genauso lang wie ein ausgewachsener Mann und gerade mal eine Elle hoch. Unweigerlich musste Edgar an Särge denken. Nur die obere schien benutzt zu werden, unten lag zu viel Staub. Edgar wollte sich gerade abwenden und nach seiner Schwester rufen, als ihm eine Planke an der Rückseite der oberen Koje auffiel. Jemand hatte mit einem Messer etwas ins Holz geritzt. Unbeholfen und zaghaft. Ein Wort, überlagert von Kratzern und Kerben. Jemand hatte versucht die Buchstaben zu überdecken. Da war ein N, vielleicht ein A und ein T. Ganz deutlich erkannte er ein I und ein L am Ende des Wortes.

N-A-T ... I-L

Edgar berührte die Kratzer im Holz und bemerkte, wie seine Hand zu zittern begann. Auf einmal atmete er schwer. Er verspürte einen Stich in seiner Brust. Er durfte nicht länger hierbleiben. Seine Zeit lief ab.

»Helene?«

»Edgar!« Die Antwort kam von rechts.

Er lief die Rotunde ab, von der kein weiterer Gang abzweigte, außer dem, durch den er sich gezwängt hatte. Er klopfte gegen die Wände.

»Ich bin hier!«

Edgar hielt inne, legte ein Ohr an eine Wand. Er versuchte, so ruhig wie möglich zu klingen. »Helene?«

»Ja!« Ihre Stimme war so nah, als ob sie nur durch einen leichten Vorhang dringen würde.

»Ich hole dich da raus!« Edgar legte beide Hände flach auf die Wand und drückte und schob. Er hoffte, dass es sich um einen einfachen Mechanismus handelte. Vielleicht ein Schnappverschluss oder eine Drehklappe oder …

PLONK!

Die Wand glitt zur Seite und ein bleiches Gesicht kam zum Vorschein. Helene stand aufrecht in einem schmucklosen Eisenkäfig, der an einen geflochtenen Korb erinnerte. Edgar ließ seinen Teleskopstab klicken und brach das rostige Schloss mit dem Schwert auf.

Helene fiel in seine Arme. Sie hielt ihn fester als jemals zuvor. »Edgar, du lebst!«

»Das haben wir Moritz zu verdanken«, flüsterte er. »Aber ich habe nicht viel Zeit. Ich bin nur gekommen, um dich zu holen.« Er streichelte sanft über ihr Haar. »Es tut mir so leid. Ich kann die Zeit nicht zurückdrehen. Ich meine, habe ich dir alles gesagt, dir alles gegeben, was ich konnte …?«

Helene löste sich von ihm. Ihre Stimme klang ruhig, als sie antwortete. »Du kannst mit Monstern besser umgehen, als jeder andere Mensch auf der Welt.« Sie verstummte. »Du isst sogar ihr Essen seit Hunderten von Jahren, jeden Tag, ohne zu zögern … Ich danke dir – für alles.«

Edgar wusste, dass Helene sich damit gemeint hatte. Sie hielt sich selbst für ein Monster ... es war unerträglich. Eine Träne kullerte seine Wange hinunter.

Es waren ihre letzten gemeinsamen Augenblicke. Bald würde alles vorbei sein. Er küsste seine Schwester auf die kalte Stirn und lächelte. »Lass uns verschwinden.«

Edgar und Helene rannten durch das Labyrinth aus Gängen und Korridoren. Sie folgten dem stetig lauter werdenden Rufen des Boogelbies. Er führte sie dorthin zurück, wo der Angstgötze tobte.

Nach unzähligen Biegungen und Kreuzungen sah Edgar die große Flügeltür der Halle vor sich. Da warf sich ihm aus dem Nichts eine düstere Gestalt entgegen.

Der Mann rammte Edgar mit voller Wucht. Helene stieß gegen ihren Bruder und stürzte zu Boden. Edgar strauchelte und der Mann packte ihn. Im schummrigen Licht der Halle erkannte Edgar das entstellte Gesicht des Hauptmanns. Die Haare hingen ihm wie ein zerrissener Vorhang vor den halb blinden Augen, aus denen hauchdünne Bäche von Blut sickerten.

Bevor Edgar seinen Stock zücken konnte, wand sich der Hauptmann wie eine Schlange um ihn und presste ihm einen Dolch an die Kehle.

»Weg mit dem Schwert!«, zischte er. Sein Tonfall ließ Edgar erschaudern. Dieser Mann hatte nichts mehr zu verlieren. Als Edgar nicht reagierte, verstärkte der Irre den Druck der Klinge.

Scheppernd fiel die Waffe zu Boden. Hauptmann Nathaniel trat danach und schleuderte sie in eine finstere Ecke. Sein getrübter Blick glitt in die Schatten. Zu seinen Füßen tastete eine Gestalt forschend über den Boden, umwogt von dunklem, totem Feuer. Das Mädchen suchte nach der Waffe.

»Weg da oder dein Beschützer stirbt!«

Sie blickte auf. Kalt und unnahbar. Ohne auch nur einen Muskel zu rühren.

Eine Ewigkeit verstrich.

»Steh auf!« Nathaniel presste die Worte hervor.

Langsam erhob sich die Göttin und näherte sich ihm.

»Nein, bleib stehen! Zurück in die Halle! Los, alle beide!« Mit einem Stoß drängte er seinen Gefangenen vorwärts ins Chaos.

38. KAPITEL

Wirbelnde Schatten umkreisten Moritz. Sie näherten sich – lauernd zuerst –, bis sie schließlich nach vorne stießen. Schwerter blitzten auf, zischten durch die Luft. Ein gewaltiger, vernarbter Körper riss sie fort, bevor sie Moritz erreichen konnten und ein lebloser Umhang nach dem anderen löste sich in der Düsternis in Schlamm auf. Wen das Felsmonster nicht enthauptet oder mit seinen Beinen niedergetrampelt hatte, der wurde von der pfeilschnellen Elster ins Visier genommen. Was ihr an Kraft im Kampf fehlte, machte sie durch Wendigkeit und Tempo wett.

Die Bestie tanzte auf einer Umlaufbahn, deren Zentrum Moritz war. Die Kreise des Ungetüms wurden immer enger, sodass ein rotierender Luftstrom entstand, der Moritz' Haare und Kleidung flattern ließ. Der Götze war ein Tornado und Moritz sein Auge. Zuerst hatte sich Moritz aus Furcht vor seinen Angreifern mehrfach um sich selbst gedreht, ohne zu ahnen, dass er damit eine Idee in dem Koloss freisetzte. Das Ungetüm übernahm die Rotation und begann, sich um Moritz zu drehen, wobei er zahlreiche Stützbalken und Wachen niedermähte. Moritz hatte keine Ahnung, wie er das ändern konnte – zumindest nicht, ohne das Wesen zum völligen Stillstand zu bringen. Außerdem saugte das Amulett weiterhin unaufhörlich Blut aus ihm heraus. Seine Glieder wurden schwerer und schwerer und schmerzten bei jeder Bewegung.

Moritz hatte keine Kontrolle mehr über den Götzen. Wie konnte ein Sandkorn Kontrolle über einen Sandsturm besitzen? Nein, das Amulett hatte die Kontrolle.

Zitternd und kraftlos bewegte er sich auf das Podest der Komtesse zu. Schritt für Schritt. Sein Kopf schwirrte, als ob tausend Fliegen in ihm summten, und seine Hände schlotterten hemmungslos. Er blinzelte, wieder und wieder, konzentrierte sich auf sein Ziel.

Die Komtesse verbarg ihre winzige Gestalt hinter einer Reihe von Kriegern, doch er hörte ihre Stimmen durch das Chaos. »Tötet ihn! Tötet ihn! Tötet ihn!«

Die Wachen bildeten einen Schutzkreis um ihre Herrin, doch sie glichen einem Haufen aufgescheuchter Hühner. Sie zuckten wie Blitze, ohne Richtung oder Plan. Dies konnte nur eines bedeuten: Ihre Gebieterin hatte Angst! Panische Angst! Je näher Moritz kam, desto aufgewühlter wurden sie. Dazwischen erhaschte er wieder einen Blick auf die Komtesse – ihr Gesicht war nach oben zum Licht gerichtet. Ein wilder, ungezügelter Schrei brach hinter der Maske hervor. Sie loderte glutrot auf, als bestünde sie aus Feuer.

Jeden Moment, glaubte Moritz, würde etwas Unglaubliches, Furchteinflößendes aus dem brennenden Glas herausbrechen und alles verschlingen. Die Schattenkrieger, die Statuen, das Schiff, alles.

Edgars Worte schossen ihm durch den Kopf: *Jedes Monster hat eine Schwäche – einen wunden Punkt. Wenn wir den kennen, können wir es einfangen und besiegen.*

Moritz spürte, wie wenig Kraft er noch hatte, doch sein Kopf war mit einem Mal erstaunlich klar.

Die Maske. Sie nahm den Mädchen ihren Lebensfunken und verwandelte sie in gesichtslose Statuen. Dasselbe war vermutlich auch mit diesem seltsamen Geschöpf geschehen, das sich nun Komtesse nannte. Sie war nur der Körper, eine Hülle. Die eigentliche treibende Kraft war die schwarze Seele, die dem Glas innewohnte. Es drehte sich nur um sie. Darum, dass sie umhegt wurde, versorgt und gefüttert wie eine fette Schlange.

Moritz' Gedanken überschlugen sich. Das war es! Jetzt brauchte er nur noch einen Plan, wie er die schwarze Seele zerstören konnte.

Hauptmann Nathaniel blinzelte in die drückende Düsternis. Allmählich klärten sich die Schemen auf. Er presste seinem Gegner den Dolch an die Kehle und zwang ihn weiterzulaufen. Direkt neben ihm plärrte ununterbrochen das fremdartige Biest, das dieser Mistkerl in seinem Käfig auf dem Rücken herumschleppte. Während das schuppige Vieh immer lauter wurde, beruhigte sich sein Atem. Es brauchte nicht viel, dann hatte er wieder die Oberhand über diese Eindringlinge, die ihm und seiner Herrin alles nehmen wollten. Jetzt konnte er beweisen, wie ergeben, wie würdig er ihrer war.

Nur eines fehlte noch, um seine Macht wiederherzustellen. Er richtete den verschwommenen Blick in die Mitte der Halle, wo ein wahrer Wirbelsturm aus Umhängen, Staub und Schatten tobte.

»Ich will den Unfertigen! Sag dem Jungen, er soll mir die Macht über meinen Götzen wiedergeben, sonst stirbst du!«

Als sich sein Gefangener nicht rührte, drückte er ihm den Dolch noch fester gegen den Adamsapfel. »Befiehl es ihm!«

Der Mann schüttelte nur sanft den Kopf. »Du musst das nicht tun.«

Nathaniel hätte fast gelacht. »Schweig!«

»Wer auch immer du bist, was auch immer du getan hast, du kannst damit aufhören – jetzt und hier.«

»Halt den Mund!« Nathaniel keuchte und verstärkte abermals den Druck der Klinge. »Alles was ich will, ist mein Götze! Ich will ihn wiederhaben!«

»Du bekommst ihn zurück. Aber dafür musst du mich loslassen.«

»Nein! Nie!«

Der Mann streckte seine Arme von sich, eine Geste der Kapitulation. »Mein Name ist Edgar und du kannst mir vertrauen. Wie heißt du?«

»Nein! Nichts! Niemand!« Nathaniels Herz raste.

»Mein Name ist Helene.« Plötzlich war die dunkle Göttin ganz nah bei ihm. Sie war zu ihm geglitten, leise wie ein Windhauch. Nathaniel sah ihre Gestalt, hell erleuchtet durch ihr düsteres Feuer.

»Nein, nein! Geh weg!«, rief er.

Die Augen der Göttin schimmerten wie flüssiges Gold. Es war, als ob sie sich ihm näherte, ohne sich zu bewegen. Sie kam zu ihm und füllte ihn aus, ganz sanft, ganz warm. Nathaniel versuchte wegzusehen, versuchte, seinen Geist zu verschließen, doch sie zog ihn immer näher und näher an sich.

»Du bist so allein«, sagte ihre Stimme. »Du fürchtest dich. Du willst fort. Es gibt nur dich und ihn – den Götzen, deinen einzigen Freund. Nur er kennt deinen Namen, nur er kennt dein Geheimnis.«

Nathaniel wand sich. Sein Dolch schabte über den Hals des Mannes, der sich als Edgar vorgestellt hatte. Die Klinge bewegte sich vor und zurück, vor und zurück – bis sie sich rot färbte.

»Du bist kein Niemand. Ich kann dich sehen. Ich kenne deinen Namen. Den Namen, den dir deine Mutter gab.«

»Nein, nein«, wimmerte Nathaniel.

»Er bedeutet *Geschenk Gottes.*«

»Nathaniel!«, flüsterte der Mann namens Edgar.

Ein Schrei löste sich aus Nathaniels Kehle. So viele Jahre hatte niemand mehr seinen Namen ausgesprochen. So lange Zeit war ihm der Gedanke daran verboten gewesen. Und nun hörte er ihn, laut und deutlich. Aus dem Munde dieser Eindringlinge. Es durfte nicht sein. Sein Vater hatte es so bestimmt.

Er stieß einen unartikulierten Fluch aus. Mit einer rasenden Bewegung wirbelte er seinen Gefangenen herum, erhob den Dolch, bereit zum Stich …

Alles musste sehr schnell gehen. Moritz wollte das Überraschungsmoment für sich ausnutzen. Wenn er jetzt aus dem Zentrum des Sturms hervorbrach, konnte er sie vielleicht überrumpeln.

Undeutlich sah er die wabernden Schattenkrieger, die die Komtesse umkreisten. Noch eine Umdrehung des Götzen, dann war er weniger als zwanzig Meter von seinem Ziel entfernt. Die Weste würde ihn tragen. Weit, sehr weit, wenn er erst mal in der Luft war. Seine Knie zitterten. Er hatte das Gefühl jeden Augenblick zusammenzubrechen.

Nein, er musste es tun. Jetzt!

Wie in Zeitlupe zischte der Angstgötze an ihm vorbei und begann seine Runde von vorn. Moritz löste die Hand von dem Amulett. Sofort rauschte das Blut in seinen Körper zurück. Es war wie ein Flug mit einem Katapult ...

Moritz sauste vorwärts und durchbrach die Rotation, während der steinerne Felsbrocken in Sekundenschnelle erstarrte und ungebremst quer durch den Raum schlitterte ... immer noch um sich selbst drehend ... immer noch in voller Fahrt ...

Helene schrie. Laut und klar, wie eine Glocke, als der halb blinde Nathaniel seinen Dolch in den Hals ihres Bruders rammen wollte.

Reflexartig wandte ihr Edgar den Kopf zu. Sein Gesicht war blankes Erstaunen. In seinen Augen las Helene Verwirrung und Bestürzung. Aber auch Rührung. Sie wusste warum: Eine Empfindung, die so tief, so lange in ihrem untoten Selbst vergraben gewesen war, hatte es plötzlich an die Oberfläche geschafft. Wie eine Luftblase, die über dreihundert Jahre auf dem Weg nach oben gewesen war. Ein einzelner Schrei der Angst. Angst um ihn.

Nathaniels Dolch zischte an Edgars Hals vorbei und verkeilte sich zwischen den Gitterstäben des Boogelbie-Käfigs. Edgar riss den Kopf zurück und starrte in die entstellten Augen seines Gegners.

»Nathaniel«, flüsterte Edgar, »es ist vorbei.«

Das Gesicht seines Gegenübers hellte sich auf wundersame Art auf. Ein mildes Lächeln mit zittrigen Lippen.

Edgar stutzte. »Warum lächelst du?«

Auf Hauptmann Nathaniels Wangen vermischte sich eine Träne mit dem getrockneten Blut. »Du hast recht, es ist vorbei ...«

Edgar runzelte die Stirn.

»Er kommt zu mir zurück«, raunte Nathaniel. »Der Unfertige.«

Und als der Hauptmann selig die Augen schloss und die Arme ausbreitete, begriff Edgar. Hinter ihm schob sich etwas mit atemberaubender Geschwindigkeit heran. Es klang wie eine Lawine aus Fels, die über nacktes Holz schabte.

Dann überschlugen sich die Ereignisse.

Edgar warf sich auf den lächelnden Nathaniel und versuchte, ihn aus der Bahn des Ungeheuers zu ziehen. Da verspürte er einen stechenden Schmerz. Edgar schrie auf und rutschte seitlich ab. Er spürte noch, wie eine Hand nach ihm griff und ihn mit sich zog, während die Lawine aus steinernen Fratzen und Staub donnernd an ihm vorüberrauschte und seinen Meister unter sich begrub. Dann versank Edgars Welt in Finsternis.

Er rührte sich nicht. Edgars Körper lag auf Helene und drückte sie mit seinem ganzen Gewicht nach unten. Sie versuchte sich zu befreien, ihren Bruder auf die Seite zu schieben. »Edgar«, keuchte sie. »Edgar, nein.«

Als sein schlaffer Körper sich endlich drehte, löste sich der zylindrische Boogelbie-Käfig und rollte über den Boden davon. Der Tragriemen war zerschnitten. Zerschnitten? Wie konnte das sein?

Sofort begann Helene zu suchen und entdeckte Blut. Es floss dort aus dem Körper, wo Nathaniels Dolch bis zum Heft in Edgars rechter Seite steckte.

»Helene ...« Ein Seufzen entrang sich Edgars Brust.

»Ich bin hier, Edgar ... ich bin bei dir.« Sanft hielt sie ihn in ihren Armen.

»Du bist in Sicherheit«, sagte er leise, »... das ist schön ...« Seine Lippen kräuselten sich zu einem Lächeln. Zärtlich berührte er ihr Gesicht, bevor er das Bewusstsein verlor. Und Helene hielt ihn fest und wiegte ihn.

Moritz rannte, sprang, flog an den Wachen vorbei und direkt auf die Komtesse zu. Die Maske, er musste sie zerstören!

Er sah, wie die Schattenkrieger sich vor der Komtesse formierten. Eine Wand aus Körpern wuchs vor ihm in die Höhe, sie verschmolzen zu einem undurchdringlichen Ganzen: ein schreckliches Ding aus mit Waffen bewehrten Armen, vermummten Köpfen und fliegenden Umhängen.

Moritz durchstieß die Mauer mit einem Schrei, der ihm selbst Angst einjagte. Er tauchte in eine kalte Welt ein, die sich gleichsam feucht und tot anfühlte. Sein Körper teilte den Schutzring wie ein Pfeil und kam auf der anderen Seite wieder heraus. Angesichts dieser Seelenkälte wirkte die Kühle der Halle wie ein warmes Bad.

Vor dem Podest rollte der Junge ab, stolperte die Stufen hinauf und sah dann die schwarzen Schuhe und den Rocksaum der Komtesse vor sich. Sie hatte sich von ihm abgewandt, hielt die Hände schützend vor die Maske. Er stieß sich ab und raste auf die Komtesse zu. Seine Hand war ausgestreckt, bereit, dem Dämon das zornig glühende Ding vom Gesicht zu reißen.

Plötzlich ließ die Komtesse die Hände sinken, drehte sich zu ihm um und Moritz sah in die Untiefen des Glases. Die Zeit schien stillzustehen.

Die Maske war fast durchsichtig. Sie zeigte das leere Antlitz der Komtesse und noch etwas, das sich wie Dunst durch das Glas ringelte: Ein sich ständig veränderndes Wesen aus Rauch und funkensprühender Asche. Zwei lidlose Augen fixierten Moritz. Und Moritz starrte zurück auf das Ding, das in der Maske hauste.

Eine Kreatur aus Impuls und Trieb wurde seiner gewahr, ohne Gewissen, ohne Reue. Brüllend brach es aus dem Glas hervor und drängte all die Seelen, die es gefangen hielt, zur Seite. Ein Blitz, heller als Licht, donnerte Moritz entgegen, blendete ihn, als ein geflügelter Schatten in die Schusslinie geriet. Ein jämmerliches Krächzen beherrschte den Augenblick – der Schatten wurde getroffen und fiel.

Die Elster blieb reglos liegen.

»Nein!«

»Niemand berührt meine Maske!«, brüllten die verzerrten Stimmen im Fegefeuer.

Blitzartig wuchs eine neue Wache, größer und dunkler, vor der Komtesse empor – eine gewaltige Hand schoss gleich einem

Hammer nach vorn und traf Moritz an der Brust. Er stürzte zurück. Der Aufprall schien ihm das Rückgrat zu brechen.

Ein Chor aus irrem Gelächter erhob sich, summte, zischte und überlappte zu einem infernalischen Getöse. In Moritz' Ohren brodelte es. Ein langer, durchdringender Ton bohrte sich unbarmherzig in seinen Kopf. Seine Brust und seine Arme schmerzten, als er versuchte aufzustehen. Die Schattenkrieger gingen in Stellung. Einige sammelten sich um die Komtesse. Sie zog ihre Kräfte zusammen für den letzten Schlag, der alles Leben in der Halle auslöschen sollte.

Immer noch lachte die Komtesse hoch und schrill. Ihre entsetzlichen Stimmen erklommen sämtliche Tonleitern, sämtliche Oktaven, die Glas zerspringen lassen würden.

Moritz schluckte. Glas! Das war es!

Was hatte die Komtesse gerufen? *Niemand berührt meine Maske!*

Moritz' Augen weiteten sich. Er sah zu der Stelle, an der Edgar und er sich zuvor getrennt hatten. Dort stand immer noch der kleinere der beiden Boogelbie-Käfige. Er lief los, schlitterte an auferstandenen Schatten vorbei und ergriff den Käfig. Ohne zu zögern, stürzten Schattenkrieger in seinen Weg. Moritz öffnete im Lauf den Käfig, befreite das Wesen und sah von allen Seiten Klingen auf sich zukommen. Er warf den Käfig von sich, packte den Boogelbie und warf ihn in hohem Bogen über die Köpfe seiner Angreifer; gleichzeitig fiel Moritz auf die Knie und rutschte unter den Schwertern hindurch.

KLIRR!

Metall schlug über ihm zusammen und er schlitterte an Umhängen und Schattenkörpern vorbei. Auf der anderen Seite stieß er sich ab, fing den Boogelbie auf und rannte quer durch die Halle, fort von den wirbelnden Wachen.

Hastig blickte er sich um. Wo war Edgar? Er hätte schon längst zurück sein müssen. Scharen von Schattenkriegern huschten vorüber. Sie wirkten orientierungslos und wild, so als ob sie auf weitere Befehle warten würden.

Verdammt, wo war Edgar? Er brauchte den zweiten Käfig. Jetzt!

Ein ängstliches Zarren drang an sein Ohr. Moritz drehte sich einmal um sich selbst und erblickte etwas im Schein einer düsteren Fackel. Der zweite Käfig! Er lag wie weggeworfen wenige Meter entfernt von der Stelle, an der der Steingötze gegen die Flügeltür der Steuerbordseite gekracht war. Wie war der Käfig dort hingekommen? Wo war Edgar? Und wo war Helene?

Moritz rannte los, doch währenddessen bemerkte er die Veränderung: Die Schattenkrieger beruhigten sich, agierten gefasster, bewusster. Sie beobachteten ihn. Wieder erscholl das unheimliche Lachen. Die Komtesse hatte ihre Fassung zurückgewonnen.

Aber Moritz hatte keine Wahl – er brauchte den zweiten Boogelbie. Sein Blick fiel auf einen zerstörten Stützbalken, der dem Tanz des Götzen zum Opfer gefallen war.

Als er hinter sich die peitschenden Umhänge der Schattenkrieger hörte, preschte er los und rannte den schräg aus dem Parkett ragenden Balken empor. Am obersten Ende vollführte er eine Drehung, stieß sich ab und segelte über die vermummten Häupter der Wachen hinweg, die gierig nach ihm langten.

Pfeilschnell sauste Moritz geradewegs auf die Stelle zu, an der der zweite Käfig lag, krachte ungebremst zu Boden, überschlug sich und rutschte mehrere Meter weiter, bevor er mit dem Käfig zusammenstieß. Der Boogelbie im Inneren hörte vor Schreck auf zu chrachern. Moritz rappelte sich auf, packte den durchtrennten Riemen und ging hinter einem Pfeiler in Deckung. Mit dem Fuß brach er den zweiten Käfig auf und schnappte sich Edgars Geschöpf.

Einen Boogelbie in jeder Hand, so trat er aus dem Schatten. Er hörte das Lachen der Komtesse und hob die kleinen Monster vor seine Brust.

Druck und Wärme, das waren Edgars Worte gewesen. *Bitte, lieber Gott, lass es funktionieren.*

So kräftig er konnte, drückte er die Wesen aneinander, die schon begonnen hatten, sich leise singend und golden leuchtend zu umarmen. Schnell wurde ihr Gesang lauter und das Licht heller.

Ein Schrei, der Viele war, brach durch die Halle und ließ die Schattenkrieger erzittern. Die Maske vibrierte. »Tötet ihn! TÖTET IHN!«

Moritz' Hände begannen zu brennen, die Kreaturen wurden immer heißer. Aber er würde nicht aufhören und wenn seine Hände in Flammen stünden.

Die Töne wurden noch heller, erreichten ihren Höhepunkt. Glas knackte, Risse weißer als weiß durchzogen die Maske und ließen sie erzittern. Kleine Hände krallten sich in flüssiges Glas.

»Nein! Nein!! NEIIIN!!!«

Ein einzelner Ton der Boogelbies, klarer und reiner, als alles, was Moritz jemals zuvor vernommen hatte, brach durch die Halle. Eine Welle aus gleißendem Licht verschluckte alles, als die Maske zerbrach.

39. Kapitel

Moritz öffnete die Augen. Bleischwere Stille. Er lag mit pochendem Schädel auf dem Boden. Seine Ohren klingelten. Die Boogelbies neben ihm drehten sich um sich selbst, als ob sie betrunken wären. Gerade in dem Moment, als er den Kopf in ihre Richtung wandte, fielen sie nacheinander in Ohnmacht, umgeben von Rauchwölkchen.

Angestrengt spähte er in die Dunkelheit. Die kalten Fackeln waren erloschen. Nur das Podest im Zentrum der Messe wurde noch von einem Rinnsal weißen Lichts erhellt. Die Schattenkrieger waren verschwunden. Die Komtesse war fort. Die Halle weit und leer.

Vorsichtig erhob er sich. Steinstaub knirschte unter seinen Schuhen, als er die Halle durchquerte. Sein Fuß stieß gegen Fetzen von Umhängen, die schlammig glänzten wie Pech. Sonst war da nichts mehr. Doch! Moritz sah etwas glitzern, vor den Stufen des Podests.

Die Maske lag in Tausenden von Splittern über dem leeren Kleid der Komtesse verstreut. Alles Leben war aus ihr gewichen. Das unheimliche Mädchen, das die Komtesse gewesen war, war vernichtet.

Als Moritz sich abwandte, erblickte er einen kleinen federweichen Körper. Sein Herz zog sich zusammen und er erinnerte sich wieder, was er verloren hatte.

Die Elster war noch warm, die Flügel weit aufgespannt, als ob sie jeden Moment auffliegen würde. Ihr Kopf hing schlaff und tot zwischen Moritz' Fingern. Das Herz wurde ihm schwer. Er drückte die Elster an sich, küsste und streichelte sie. Ihr Gefieder roch schwach nach Rosen und Sandelholzöl, wie das Innere des Dampfwagens.

Edgar, Helene, wo waren sie? Er stand auf und begann in Richtung der großen Flügeltür zu laufen. Dort hatte Edgars Boogelbie-Käfig gelegen.

»Edgar? Helene?« Seine Rufe hallten heiser durch die Finsternis.

Nichts.

Dann flüsterte jemand seinen Namen. Helene?

Moritz rannte weiter, bis sich plötzlich die monströse Gestalt des Angstgötzen vor ihm aus der Dunkelheit schälte. Stumm, starr, leblos.

»Wir sind hier, Moritz«, sagte eine Stimme. Nun war sich Moritz sicher, dass es Helenes war. Rasch umrundete er den Felskoloss und blinzelte in die Richtung, aus der die Worte gekommen waren.

Und da kniete sie und blickte ihn über ihre Schulter an. Zart und bleich, ihre blass violetten Augen schimmerten in der Dunkelheit.

»Helene!« Erleichtert lief er auf sie zu, die leblose Elster an die Brust gepresst. Dann fiel sein Blick auf den reglosen Körper, den Helene behutsam in den Armen hielt.

»Oh nein«, flüsterte Moritz.

Edgars Kopf lag auf Helenes Schoß. Seine Augen waren weit geöffnet und starrten Moritz an.

»Edgar, nein ... Was ist passiert?«

Helene deutete auf Edgars Flanke, in der immer noch der Dolch steckte. Eine dunkelrote Lache hatte sich unter ihm ausgebreitet.

»Bitte nicht!«, flehte Moritz und sank auf die Knie.

Edgar schenkte ihm ein Lächeln. »Weißt du, was ich wirklich bedauere?«

Moritz schüttelte den Kopf.

»Dass ich nie ein *unsichtbares* Monster gefunden habe.« Edgar zwinkerte.

Der Monster-Unterricht kam Moritz wieder in den Sinn: die Borstigen, Feurigen, Versteckten und die Unsichtbaren. Traurig ergriff er Edgars Hände. Sie waren nass und eiskalt. »Bleib bei uns, bitte!«

Edgar lächelte schwach. »Wenn deine Eltern dich jetzt sehen könnten, sie wären so stolz auf dich.«

Eine Träne lief über Moritz' Wange.

Edgar schloss die Augen. Er atmete ein. Ganz kurz. Dann war es vorbei. Er rührte sich nicht mehr.

Moritz erinnerte sich daran, was sein Vater einst zu ihm gesagt hatte: *Der Tod spielt auf seiner Geige ein Lied für diejenigen, die von der Welt gehen.* Er glaubte, es jetzt hören zu können.

Sein Blick glitt hoch zu Helenes Gesicht. Obwohl sie direkt

vor ihm saß, schien sie weit von ihm entfernt. Es war ihr Blick, der Moritz das Herz brach. Er verriet keine Regung. Keine Trauer. Kein Leid. Nichts. Es war ihr verwehrt. Einst, in einer weit entfernten Vergangenheit, hatte sie Traurigkeit verspürt und Leid und Liebe und Glück. Doch diese Tür war verschlossen. Vielleicht für immer.

»Er hat auf dich gewartet«, sagte sie. »Er wollte nicht gehen. Nicht, ohne dich noch einmal gesehen zu haben.«

Moritz nickte stumm. Ein dunkles Gefühl übermannte ihn, das sich nur schwer in Worte fassen ließ. Er wischte sich die Träne fort, schniefte und beugte sich zur Elster herunter. Vorsichtig hob er sie auf, legte sie auf Edgars Brust und faltete schützend seine Hände um den Vogel.

»Danke«, sagte er und erhob sich. »Für alles.«

Helene sah ihn mit undurchdringlichem Blick an und berührte sanft seinen Arm.

»Konstanze«, sagte er.

Sie nickte. »Wir finden sie.«

Moritz war sich sicher, dass er im Kampfgetümmel die Statue seiner Schwester gesehen hatte – wenn er nur wüsste, wo! Gemeinsam liefen sie an dem gewaltigen Steingötzen vorbei, um in den Nischen der Halle nach Konstanze zu suchen. Moritz betete, dass sie seine Schwester finden würden. So viele zu Salz erstarrte Leben ... und alle warteten darauf, befreit zu werden.

Edgars Körper lag leblos in der Dunkelheit. Seine Augen waren geschlossen, die Lippen leicht geöffnet. Der letzte Hauch des Lebens entwich seinem Mund.

Es war ein kleines, leuchtendes Fragment seiner Seele, so smaragdgrün wie das geheimnisvolle Elixier, das er über Jahrhunderte eingenommen hatte. Es tanzte, suchte – zart und weich – nach einem neuen Körper in der Düsternis. Es begab sich auf Wanderschaft und fand ein Gefäß, das nahezu perfekt war.

Federleicht senkte es sich auf die leblose Elster hinab und verschwand in ihrem Schnabel. Und während Edgars tote Hand von seiner Brust rutschte, erwachte die Elster zu neuem Leben und blinzelte verwirrt.

»Scha-rakk!«

Moritz glaubte, seine Sinne würden ihm einen Streich spielen. Hatte er das wirklich gerade gehört? Nein, es konnte nicht sein. Doch als er das Krächzen ein zweites Mal vernahm, wandte er den Kopf.

Edgar lag tot am Boden, aber etwas rührte sich auf seiner Brust. Die Elster starrte ihn an und legte den Kopf schief.

Unmöglich!

Sie flog auf und landete ungelenk – als wäre es ihr erster Flug – auf Moritz' Arm. »Du lebst?«

»Scha-rakk-akk«, kam ihre Antwort.

Helene berührte seinen Arm. »Moritz, sieh doch.«

Sie deutete in die Richtung des erleuchteten Podestes, an dessen Fuß die Splitter der zerstörten Maske rauchten. Der Dampf hatte sich verdichtet. Die Maske kühlte nicht ab – sie erhitzte sich weiter. Etwas perlte aus den Scherben. Schneeflocken aus Licht. Zuerst eine. Dann eine weitere. Und noch eine.

Immer mehr Flocken stoben aus dem Glas, sausten wie Glühwürmchen durch die Halle und erhellten auch die tiefsten Schatten. Es war ein atemberaubend schöner Anblick.

Zuerst glaubte Moritz, die Flocken würden nach einem Ausgang suchen, doch sie drangen in Ecken und Nischen ein und schwirrten um die kleinen, glitzernden Statuen herum. Hier und da hielten sie inne, um schließlich in die fehlenden Gesichter der Mädchenfiguren einzutauchen.

Und dann passierte es.

Die Statuen erwachten zum Leben. Gleich einer Schicht aus Frost, die in der Sonne schmilzt, kehrten ihre Gesichter langsam zurück. Die Mädchen schüttelten sich, bis der kalte Schauer von ihnen abgefallen war und sprangen, eine nach der anderen, von ihren Sockeln.

Im Nu war die ganze Halle erfüllt von Leben. Rufe nach Müttern, Vätern und Geschwistern wurden lauter und vermischten sich mit dem Tapsen Hunderter nackter Füße auf Parkett. Moritz hörte Sprachen, die er sonst nur vom Hafen kannte: Dänisch, Holländisch und selbstverständlich Französisch. Aber es waren auch Sprachen dabei, die er noch nie zuvor gehört hatte. Und versteckt unter all den Rufen, hörte Moritz die eine Stimme, die seinen Namen rief. In einem Meer von Kindern stand sie da und rührte sich als Einzige nicht.

»Konstanze!«

40. KAPITEL

Moritz' Herz setzte einen Schlag aus. Da stand seine Schwester, nur wenige Meter von ihm entfernt, getrennt durch die rennenden Kinder und die Überreste der Komtesse, aus denen sich feine Aschefäden kräuselten.

»Moritz!«, rief Konstanze. Sie kämpfte sich durch die Reihen von Mädchen, die ihr den Weg versperrten, und Moritz tat das Gleiche. Helene folgte ihm, während die Elster aufflog und sich über das Getümmel schwang.

Konstanze lief, rannte durch die leeren Kleiderfetzen der Komtesse – und blieb plötzlich stehen. Ein Ruck ging durch ihren Körper. Asche verwirbelte, Funken stoben auf.

»Konstanze!« Moritz wollte zu ihr stürzen, als ihn jemand am Arm festhielt.

»Warte«, sagte Helene. Ihre Stimme schnitt wie ein Messer durch die lauten Rufe der übrigen Kinder. »Das ist sie nicht!«

Moritz verstand nicht. Er wollte sich befreien, doch Helenes Griff hielt ihn eisern. Ihre Fingernägel gruben sich in seinen Oberarm. »Sieh dir ihre Augen an.« Es klang tonlos und ruhig. »Das ist nicht Konstanze.«

»Was redest du?«

»Es ist ein Trick.«

Moritz sah Helene an. Sollte das ein Scherz sein? Er blickte zu Konstanze, die nur zwei Meter von ihm entfernt stand.

»Du irrst dich, sie ...«

Ein anderes Mädchen rannte an Konstanze vorüber, riss sie fast um, aber Konstanze nahm davon keine Notiz. Das Mädchen strauchelte, fing sich und rannte weiter, während Konstanze stur geradeaus starrte.

Ihre Augen hatten einen seltsamen Glanz. Den Glanz goldener Münzen. Die Augen der Komtesse.

»Sie hat recht«, erklang plötzlich eine Stimme. »Wenn du einen Schritt näherkommst, werde ich diesen Körper hier zerstören. Dann wirst du deine Schwester nie wiedersehen.« Die Stimme kam zwar aus Konstanzes Mund, doch die Art, wie sie mit ihm sprach, war ihm völlig fremd.

»Nein, das kann nicht sein! Ich habe die Maske zerstört.«

»Nur das Äußere, nicht meinen Geist. Dies wird meine neue Hülle.« Konstanzes Stimme knurrte wie die eines wilden Tieres.

»Nein ...« Moritz machte eine Bewegung auf seine Schwester zu, doch Helene verstärkte ihren Griff.

»Bleib, wo du bist!«, befahl Konstanze.

Moritz war wie betäubt. Sein letztes bisschen Kraft war aufgebraucht und blanker Angst gewichen. Er starrte auf das kleine Mädchen, das seine Schwester war und doch wieder nicht.

Konstanzes Lippen verzogen sich zu einem Grinsen. Es kroch schief ihre Wangen hinauf und entblößte ihre kleinen weißen Zähne auf erschreckend böse Art.

Moritz wandte seinen Blick ab und schloss die Augen. Er konnte es nicht länger ertragen. Alles um ihn herum begann sich zu drehen.

Eine Stimme aus der Vergangenheit drang an sein Ohr. Moritz versuchte sich zu konzentrieren. Es war Edgar. *Wer seinen Feind umarmt, macht ihn kampfunfähig. Hast du diesen Spruch schon mal gehört? ... Er bedeutet, dass man manchmal genau das tun muss, wovor man sich am meisten fürchtet.*

Moritz wandte sich Helene zu. Ihre Blicke trafen sich und sie löste ihren Griff von seinem Arm. Etwas hatte sich verändert. Schlagartig war er ganz ruhig. Es gab nichts mehr, was man ihm noch antun konnte. Er würde nicht mehr kämpfen.

Er sah Konstanze an.

Sie grinste noch immer.

Hab keine Angst ...

Langsam machte er einen Schritt auf seine Schwester zu.

»Was tust du da?«

Dann noch einen.

»Bleib stehen oder ich werde diesen Körper zerstören!«

Und noch einen.

»Ich werde Konstanze töten, hörst du!«

Noch einen.

»Du wirst sie nie wiedersehen!«

Letzter Schritt. Konstanzes Körper ruckte herum, wollte fliehen, aber Moritz war bereits bei ihr und hielt sie fest. Ruhig sank er auf die Knie und sah ihr in die Augen.

»Du bist meine Schwester und ich lasse dich nicht gehen«, sagte er und schloss sie in seine Arme.

Das Mädchen zuckte wild und wand sich. »WAS SOLL DAS? LASS MICH LOS! ICH TÖTE DAS MÄDCHEN!«

»Dann nimm mich mit dir«, flüsterte Moritz in ihr Ohr.

Ein Zittern schüttelte Konstanzes Körper. Ihre Augen brannten wie Feuer.

»WAS TUST DU DA?«

Moritz hielt sie fest und flüsterte in ihr Ohr. Es waren leise Worte, die das Wesen, das den Körper seiner Schwester besetzt hielt, nicht kannte.

»Ich bin hier und werde nicht weggehen. Ich halte dich fest. Konstanze, du kannst es besiegen, ich weiß es. Vertraue auf dich, du bist stark. Du brauchst keine Angst zu haben, ich bin bei dir.«

Und er spürte, wie Konstanze zu kämpfen begann. Zahllose Aschefäden, schmutzig und grau suchten sich ihren Weg nach draußen, hinaus aus dem Körper, der zu glühen begann. Sie kräuselten sich aus allen Poren, als goldenes Licht plötzlich zwischen den Geschwistern hervorbrach.

Die unzähligen Mädchen, die soeben noch wild durcheinander gerannt waren, blieben unvermittelt stehen und bedeckten ihre Augen. Nur Helene nicht. Sie starrte unverwandt in das aufbrandende Gleißen vor ihr und schützte mit einer Hand die Elster, die sich zu ihr geflüchtet hatte.

Die ganze Halle erstrahlte im Licht einer kleinen Sonne. Moritz sah es durch seine geschlossenen Augen und glaubte zu erblinden, doch er hielt Konstanze fest. Das gleißende Licht hüllte ihn ein und ließ alles um ihn herum verschwinden. Das schwarze Schiff, die vielen Mädchen, Helene, die Elster, den Hafen, die Stadt Ravenbrück, das Meer und schließlich die ganze Welt.

Moritz fand sich allein in einem großen, weiten Festsaal mit einer langen Tafel wieder. Er war größer als die Schiffsmesse, größer als alle Räume, die er je zuvor gesehen hatte. Es war ein Ort wie aus einem Traum. Doch wessen Traum war es?

Eine warme Frühlingssonne drang durch die hohen Fenster, die mit schweren grünen Vorhängen dekoriert waren. Sie strahlte vor blauem Himmel über einer kleinen steinernen Stadt. Die gemauerten Häuser wanden sich in weiten Bögen die Anhöhe hinauf. Er sah eine Mauer mit Wehrgängen und eine Brücke, die über einen kleinen Wassergraben führte. Das hier musste eine Burg oder ein Kastell sein. Aber in einer Region, die weit von seinem Zuhause entfernt war. Die Bäume und Sträucher vor dem Fenster waren mit nichts vergleichbar, was er aus den heimischen Wäldern kannte. Sie schienen mildere Winter und heißere Sommer gewöhnt zu sein.

Ein Geräusch drang an sein Ohr. Ein Lachen. Konstanze.

Moritz schritt durch den Saal. Seine Schuhe klapperten hallend über polierten Marmor. Er wurde schneller und lief vorbei an einer langen, festlichen Tafel, reich gedeckt mit köstlichen Speisen, die dampften und dufteten. Dann hielt er inne.

Ein überirdisch heller Glanz blendete ihn aus einer Ecke des Saales. Es leuchtete wie ein Berg aus Sonnenlicht. Als Moritz näherkam, erkannte er unzählige Kostbarkeiten aus Gold und Silber. Geschenke mit Bändern und Schleifen verziert. Doch für wen?

Unschätzbare Juwelen schimmerten zwischen Schaukelpferden aus Porzellan, erlesenen Gewändern auf kindergroßen Schneiderpuppen, glitzernden Spielzeugen und Schmuckschatullen noch und noch. Konstanze saß ganz oben auf einer kleinen Anhöhe aus Spieluhren und Puppen neben einem anderen Mädchen und lachte.

Das fremde Mädchen hatte wunderschöne goldene Locken und trug ein weißes Festtagskleid, aber so sehr sich Moritz auch anstrengte, er konnte ihr Gesicht nicht erkennen. Es war verformt, so als würde man sie durch ein bauchiges Stück Glas oder einen Zerrspiegel betrachten.

Moritz rief nach Konstanze. Da sie ihn nicht zu hören schien, begann er den Berg aus Geschenken zu erklimmen. Die glitzernden Gegenstände unter seinen Füßen fühlten sich weich an, dauernd sank er ein und kämpfte sich wieder heraus, immer seine Schwester vor Augen. »Konstanze!«

Sie drehte den Kopf, schien in seine Richtung zu blicken, doch dann wandte sie sich wieder ab und tuschelte mit dem fremden, gesichtslosen Mädchen. Moritz kletterte weiter. Die Geschenke wurden spitzer und kantiger. Etwas schnitt in seine Hände und Knie. Scharfe Edelsteine und nadelfeine Zinken von Bürsten stachen in seine Haut und ließen Blut hervorquellen. Doch er ließ sich nicht beirren, krallte sich in den scharfen Gegenständen fest und zog sich nach oben zu den beiden Mädchen.

Konstanze kicherte. Sie flüsterte mit ihrer Freundin und bemerkte ihn nicht. Moritz streckte eine blutige Hand aus. »Konstanze, komm mit mir.«

Seine Schwester reagierte nicht.

Moritz berührte sanft ihre Wange. »Konstanze, hörst du nicht? Ich bringe dich fort von hier.«

Konstanze blickte ihn an, lächelte einen wunderbaren Augenblick ... dann drehte sie sich weg und kicherte über einen Scherz, den nur sie gehört hatte.

Moritz schlotterte. Kälte lag in der Luft. Er sah das andere Mädchen an – versuchte durch den verzerrten Schleier zu sehen, der ihr Gesicht umgab. »Bitte lass meine Schwester gehen.«

Das Mädchen öffnete das, was sie anstelle eines Mundes hatte, und was sie sagte, klang sonderbar. Es war eine fremde Sprache, doch Moritz verstand sie. Er verstand sie auf eine Weise, die einzelne Silben und Worte überflüssig machten – er verstand ihren Sinn. *Sie ist meine Freundin.* Ihre Stimme klang unendlich weit entfernt, wie ein Echo aus vergangener Zeit.

»Sie ist meine Schwester«, sagte Moritz. »Ich möchte sie wiederhaben.«

Aber dann bin ich allein. Ich will nicht alleine sein.

Moritz schluckte. »Ich auch nicht.«

Das Mädchen mit den goldenen Locken senkte den Blick und ihr Gesicht schien noch mehr zu verrutschen.

»Wie heißt du?«, fragte Moritz leise.

Sie blickte auf. *Emilia.*

»Das ist ein sehr schöner Name. Ich bin Moritz.«

Kannst du mein Freund sein?

Moritz schenkte ihr ein Lächeln. »Ja, das kann ich.« Er reichte ihr die Hand und sah, dass kein Blut mehr an ihr klebte. Emilias Gesicht begann sich zaghaft zu ordnen. Sie lächelte.

»Komm mit mir!«, sagte Moritz.

Doch statt Emilias legte sich plötzlich Konstanzes Hand in seine. Er blickte sie an und sie lächelte fröhlich. Sie erhob sich und wollte mit ihm gehen, doch Emilia rührte sich nicht.

»Komm mit uns, Emilia«, wiederholte Moritz.

Ich kann nicht, flüsterte sie. *Er lässt mich nicht.*

Erst jetzt bemerkte Moritz, dass Emilia ein dunkles Wesen an der Hand hielt. Es war schmutzig, klein und pelzig. Es saß auf ihrer anderen Seite in einer schlichten Holzschatulle und blähte sich beim Atmen auf wie ein kleiner Blasebalg. Moritz musste an einen haarigen Wurm oder eine Blindschleiche denken, doch dann erkannte er, dass einige der Haare lange Spinnenbeine waren. Und eines dieser lachhaft dünnen Beinchen hielt Emilia umklammert.

»Lass ihn los«, sagte Moritz ruhig. »Du brauchst ihn nicht mehr.«

Emilia zögerte.

Das haarige Wesen blähte sich knurrend auf und ließ einen stinkenden Schwall Luft entweichen.

Ich kann nicht.

Moritz kniete vor ihr nieder und berührte sanft ihr Gesicht. »Hab keine Angst, Emilia.«

Sofort kam Bewegung in ihr Antlitz. Alles schien wieder an seinen Platz zu rutschen. Sie war wunderschön. Leuchtend blaue Augen, eine kleine Stupsnase und ein Mund mit fein geschwungenen Lippen.

Moritz lächelte. »Du kannst es, wenn du nur willst.«

Emilia betrachtete die schmutzige Kreatur an ihrer Seite und ihr Gesicht begann wieder zu zerfließen. *Er hat gesagt, er wäre mein Freund*, wimmerte sie.

Moritz betrachtete das Etwas in der Schatulle, wie es sich aufblähte und widerliche Gase ausdünstete. Es hatte keine Augen, keine Nase, keinen Mund. Alles, was es konnte, war hungrig zu knurren.

»Das ist eine Lüge«, sagte Moritz und streichelte abermals Emilias Wange. »Er ist ein Schmarotzer, ein Wurm, sonst nichts.«

Emilias Gesicht formierte sich neu, dann zerfloss es wieder. *Ich habe solche Angst.*

»Ich auch«, sagt Moritz. »Ich habe ständig Angst. Ich habe Angst, dass meiner kleinen Schwester etwas passiert. Ich habe Angst, dass auch sie fortgeht, so wie meine Eltern fortgegangen sind. Ich habe Angst, alles falsch zu machen und meine Eltern zu enttäuschen. Aber weißt du was?« Moritz beugte sich ganz nah an Emilias Ohr. »Ich glaube, das muss so sein. Weil ich meine Schwester und meine Eltern liebe.«

Konstanze umarmte Moritz und küsste ihn. Emilia beobachtete die Geste mit Erstaunen. Plötzlich gerieten ihre Augen, ihre Nase und ihr Mund in Aufruhr. Sie suchten verzweifelt ihren Platz, doch fanden ihn nicht.

Moritz bemerkte das Durcheinander. »Du darfst Angst haben. Aber bleib nicht hier. Hier ist niemand sonst.« Er streckte seine Hand nach dem pelzigen Etwas aus ... »Gar nichts!« ... und klappte den Deckel der Schatulle zu.

Ein hässliches Quieken drang aus dem Inneren. Moritz hatte dem Wurm mehr als nur ein dürres Beinchen eingeklemmt. Emilias Gesicht erstarrte. Zuerst sah sie auf das geschlossene Kästchen, dann in Moritz' braune Augen. Sie betrachtete ihre Hände. Vor Schreck hatte sie das Wesen losgelassen. Ihr Blick fiel auf einen goldenen Spiegel, der zwischen ihren Füßen lag.

Ihre Augen, ihre Nase und ihr Mund waren genau dort, wo sie hingehörten.

Moritz lächelte und streckte ihr seine Hand entgegen. »Wir sind noch da.«

»Lass uns gehen«, sagte Konstanze und reichte Emilia auch die ihre. Das Mädchen ergriff sie beide.

Das Ding in der Schatulle gab einen letzten, obszön klingenden Grunzlaut von sich. Es klang wie ein Name, doch Moritz, Konstanze und Emilia hatten bereits begonnen nach unten zu klettern. Sie ließen den Berg von Geschenken hinter sich, den Saal und das Kastell und die fremde Stadt und den Traum, der sie gefangen gehalten hatte.

41. KAPITEL

Das goldene Licht war verschwunden. Die Mädchen in der Halle blinzelten umher und fragten einander, was gerade passiert war. Dann kam Bewegung in die Kinderschar. Sie suchten den Ausgang.

Moritz hielt Konstanze noch immer fest. Sie kämpfte nicht mehr, sondern erwiderte seine Umarmung. Eine kleine Ewigkeit standen die Geschwister da, bis sich Moritz von seiner Schwester löste.

Er sah in ihre dunklen, wachen Augen. Sie strahlte. »Ich hab dich im Traum gehört, Moritz.«

»Ich weiß. Ich wusste, du würdest mich hören.«

Sie küsste ihn auf die Wange. »Ich hab dich lieb.«

»Ich dich auch, Konstanze.« Es war, als ob ihm jemand eine zentnerschwere Last von den Schultern genommen hätte. Moritz genoss den Moment und spürte einfach nur die Nähe seiner Schwester. Ihren ruhigen Atem, die warme Haut unter ihrem Gewand und den Duft ihrer Haare – einen Duft, der ihn an seine Mutter erinnerte.

Irgendwann löste sich Konstanze und sah sich forschend um. »Wo ist Emilia?«

Moritz suchte in dem Drunter und Drüber nach dem kleinen Mädchen mit den goldenen Locken – doch vergebens. Gerade als er seine Suche aufgeben wollte, rief Konstanze: »Da ist sie!«

Emilia stand nur wenige Meter von ihnen entfernt. Ihr Körper leuchtete, als ob er aus Tausenden und Abertausenden von Glühwürmchen bestehen würde. Die Mädchen rannten einfach durch sie hindurch und verteilten ihr leuchtendes Äußeres, wie Schneeflocken im Wind. Emilia lächelte und hob die Hand zu einem letzten Gruß, dann war sie verschwunden. Ohne einen festen Körper war das, was von ihr übrig geblieben war, pure Schönheit.

»Sie ist fort«, flüsterte Konstanze traurig.

»Sie ist frei«, sagte Moritz und umarmte seine Schwester.

Helene, die abseits stand, beobachtete die Geschwister stumm, als etwas an ihrer Brust leise keckerte. Die zerzauste Elster schüttelte etwas ungeschickt ihr Gefieder. Dabei entblößte sie kurz ihre weiße Unterseite, wo Helene etwas schwach Glänzendes in ihren Krallen entdeckte. Es war ein kleiner schwarzer Splitter. Ein Teil der zerstörten Maske.

Helene betrachtete zuerst das funkelnde Stück Glas, dann den Vogel. Sie blickte tief in die dunklen Knopfaugen des Tieres, bis sie schließlich die *Wahrheit* dessen erkannte, was sich hinter der Vogelgestalt verbarg. Die Andeutung eines Lächelns huschte über ihr Gesicht.

Die Elster flog auf und ließ den Splitter auf Helenes Handteller liegen. Typisch Edgar, dachte sie, er kann es einfach nicht lassen.

Die Elster landete auf Konstanzes Schulter und krächzte ihr ins Ohr. »Hallo, Elster, da bist du ja wieder! Und du kannst wieder fliegen!«

Moritz lächelte. »Ja, sie ist wieder gesund. Und sie hat immer noch keinen Namen.«

Sofort begann Konstanze eine umfangreiche Liste möglicher Namen aufzustellen. »Wir könnten sie Emil nennen oder Albert oder Hugo oder ...«

Die Elster stimmte mit lautem Keckern in den Redeschwall ein.

»Ich glaube, sie möchte gern *Edgar* genannt werden«, sagte Helene und verbarg das kleine Stück Glas in den Falten ihres Kleides.

Moritz' Ausdruck veränderte sich.

»Was für ein schöner Name«, sagte Konstanze und streichelte die Elster, die ohne Scheu ganz nah an sie herankam. Sie kniff ihr sacht mit dem Schnabel in die Wange, sodass Konstanze kicherte.

Helene legte ihr die Hand auf den Rücken. »Hilfst du mir, den Ausgang zu suchen?«

»Ja, gerne. Komm mit, Edgar. Komm!«, rief Konstanze und trug die Elster stolz auf dem Arm. Helene folgte ihr durch die Reihen der anderen Mädchen, hin zu einer zweiten großen Flügeltür an der Backbordseite der Messe.

Moritz blieb zurück. Er blickte in die Schatten. Irgendwo in einer düsteren Ecke hatten zwei vernachlässigte Boogelbies damit begonnen, ein paar Planken des Schiffes aufzufressen. Sie bobbelten vergnügt in der Düsternis und blaues Feuer umspielte sie. Sollten sie sich ruhig satt fressen, dachte Moritz. Sie hatten es sich mehr als verdient, nach einer Nacht voll panischem Zarren, Chrachern und Rigoulen.

Weiter hinten stand der riesenhafte Steingötze und dahinter erkannte er den leblosen Körper von Edgar. Zusehends zerfiel seine sterbliche Hülle zu Staub.

»Leb wohl«, murmelte Moritz.

Dann war Edgar fort.

»Kommst du, Moritz?«, rief die ferne Stimme seiner Schwester und Moritz lächelte.

Die Kinder hatten den schweren Mechanismus an der Innenseite der Bordwand nach wenigen Minuten entdeckt und strömten durch die hohe Luke zurück ins Leben.

Der Morgen war bereits angebrochen. Kalt und klar zeigte sich die Sonne hinter der Silhouette der Hafenanlage im Osten. Heute fiel kein Schnee, doch auf dem groben Pflaster des Uferdamms zeigten sich die Auswirkungen des gewaltigen Eissturms. Eine feste, makellose Decke aus Schnee und Eis überzog alles und hatte das Tagwerk im Hafen lahmgelegt. Überall waren Fischer, Händler und Hafenarbeiter damit beschäftigt, all das vom hartnäckigen Weiß zu befreien, was am Abend zuvor nicht in Sicherheit gebracht worden war. Mehrere Koggen waren an den Anlegern festgefroren. Andere waren von den sturmgepeitschten Wellen auf den Steindamm geschleudert worden. Was nicht umgekippt, zerstört oder unter Schnee begraben war, hatte der Sturm mitgenommen und in die nächste Stadt getragen.

Moritz, Helene, Konstanze und die Elster ließen sich mit der Welle der Mädchen treiben, bis sie sich aus der Masse lösten und hinter eine Hausecke zurückzogen.

Als Moritz seinen Blick auf den Schiffseingang richtete, der sie soeben freigegeben hatte, fiel ihm auf, wie verändert das Schiff plötzlich wirkte. Von dem furchterregenden schwarzen Fleck war nicht mehr viel übrig. Jetzt war es dunkelgrau und verfallen, ein seeuntüchtiges Wrack. Die morschen Planken traten schief und aufgeplatzt hervor, die ehemals edlen Verzierungen und Schnitzereien waren zerstört oder fehlten ganz.

Was auch immer in der Maske gehaust hatte und dieses Schiff in seine Gewalt gebracht hatte: Es war sehr mächtig gewesen.

Immer noch strömten Mädchen aus dem Schiff. Der Wintermorgen kroch allen rasch in die Glieder. Moritz streifte seine schwarze Jacke ab, um sie Konstanze über die Schultern zu legen. Seine Weste aus La-Ka-Fell behielt er sicherheitshalber an, denn sonst wäre seine Schwester vermutlich mit einem freudigen Hüpfer von dannen geflogen.

Er bemerkte, wie die Anspannung der letzten Nacht von ihm abfiel. Jeder einzelne Muskel in seinem Körper schmerzte. Er spürte all die Stürze und Prellungen, die sein Körper abbekommen hatte. Sein Gesicht brannte, denn unzählige Steinsplitter hatten seine Haut zerkratzt, als der Angstgötze wie eine tonnenschwere, hässliche Ballerina um ihn herumgetanzt war.

Fremde Stimmen drangen an sein Ohr. Männer und Frauen, die ihre Arbeit im Hafen niedergelegt hatten und auf die heimatlosen Mädchen zugelaufen waren. Sogar Soldaten kamen angerannt, als sie hörten, dass einige der Mädchen auf Französisch riefen. Sie kümmerten sich rührend und besorgten Decken für die bibbernde Meute – doch so viele Decken, wie benötigt wurden, gab es in der ganzen Stadt nicht. Der Strom nahm kein Ende.

Binnen weniger Minuten war der gesamte Uferdamm überfüllt mit kleinen, vor Kälte zitternden Geschöpfen, die nach ihren Eltern riefen.

Ein kleines Mädchen kam zu Moritz herüber und zupfte an seiner Fellweste. Es hatte flammend rote Locken und trug ein weißes Nachtgewand, das am Saum mit Rosen bestickt war. »Ich suche meine Mama, kannst du mir helfen?«

Moritz lächelte sanft und wandte sich an Helene. »Wir sollten zur Stadtwache, damit die Mädchen wieder zu ihren Familien zurückkommen.« Sofern diese überhaupt noch leben, fügte er in Gedanken hinzu. Manche der Mädchen durften schon vor über 100 Jahren entführt worden sein.

Er erinnerte sich an das letzte Mal, als er bei den Wachmännern vorstellig geworden war. »Diesmal werden sie mir wohl glauben.«

»Du, Moritz, können wir was essen?«, sagte Konstanze. »Edgar und ich haben einen Bärenhunger.« Die Elster keckerte zur Bestätigung.

Helene beugte sich zu ihr. »Ich koche uns nachher etwas Leckeres.«

»Au fein!«, jubelte Konstanze.

»Gott steh uns bei«, murmelte Moritz.

Helene schenkte ihm einen Seitenblick. »Wie bitte?«

»Ach, nichts«, antwortete er und blickte auf seine Brust

hinab. Unter dem Eisenamulett spürte er das warme Silber des kleinen Familienmedaillons. Er kniete nieder und legte seiner Schwester das Medaillon um. Manche Dinge musste man loslassen können.

Konstanze strahlte ihn an und Moritz wuschelte ihr liebevoll durch die braunen Locken.

»He!«, rief sie. »Du machst ja meine Haare ganz unordentlich!« Dabei kicherte sie.

»Ach, wirklich? Dann willst du das hier also wiederhaben?« Mit einer schnellen Bewegung hatte er ihr rosa Haarband hervorgezaubert.

Konstanze ließ sich mit ihrer Antwort Zeit und Moritz nahm ihr die Entscheidung ab. »Vielleicht kannst du es ja sonntags tragen.«

Konstanze nahm das Band. »Für schick?«

»Für sehr schick«, sagte Moritz.

Konstanze lachte und es war das zauberhafteste Lachen, das Moritz je gehört hatte. Er nahm ihre Hand und spürte ihre warmen Finger in den seinen. Und das Loch, das in seinem Herzen wohnte, seitdem seine Eltern gestorben waren, war ein Stück kleiner geworden. Seine Angst und der Schmerz waren wie weggewischt. Er fürchtete sich nicht mehr.

Sein Kampf war vorüber. Nein, noch nicht ganz. Er sah, wie Konstanze Helenes kalte Hand ergriff und sie anlächelte. Diese Geste – drei Kinder, Hand in Hand – schloss einen Kreis, der sich für ihn anfühlte wie daheim. Helene versuchte zwar, das Lächeln zu erwidern, doch ... sie konnte nicht. Sie fühlte es nicht.

Moritz erinnerte sich an die Zeichnung des Nachtalbes zurück und an Edgars Worte im Dampfwagen. Und dann fasste er einen Entschluss. Für ein neues Lächeln. »Helene, du musst mir alles erzählen, was du über ein Wesen namens Mock weißt.«

Ein Funkeln trat in Helenes Augen. Kaum merklich nickte sie und ein geheimnisvolles Lächeln huschte über ihr Gesicht. Die Sphinx zeigte sich heute von ihrer besten Seite.

Edgar flog krächzend von Konstanzes Schulter. Gemeinsam setzten sich die Kinder in Bewegung und reihten sich wieder ein in den nicht abreißenden Strom der Mädchen. Er wurde zu einer Welle aus Lachen, aus freudigen Rufen, die durch die Straßen brandete wie der reißende Fluss des Lebens.

EPILOG

Tief in den Falten des blutroten Kleides verborgen schaukelte der einsame Rest der Maske hin und her. Das Bewusstsein, das sich darin versteckt hatte, war verwirrt gewesen, als man ihm seine Form genommen hatte. Doch nun waren seine Gedanken wach und klar.

Die Maske, die so lange sein Zuhause gewesen war und eine ganze Welt in sich aufbewahrt hatte, brauchte es nicht länger. Es hatte ein neues Ziel, eine neue Aufgabe.

Unzählige Male hatte es seine Form schon verändert. Wie oft, wusste es nicht mehr. Es war ein Reisender. Es war seine Natur, zu wachsen, zu verändern und zu beherrschen. Derzeit mochte es nur ein winziger Splitter sein, doch das würde sich ändern. Sehr bald sogar. Denn ein Gedanke half ihm dabei. Ein neuer Gedanke. Ein Name. *Moritz.*

Es konnte die Stimme des Jungen durch die Kälte hören. Es war der erste Name gewesen, der es durch den Schleier des Vergessens geschafft hatte. Dieses kleine Mädchen, Konstanze, hatte ihn mitgebracht und festgehalten, so wie ein Ertrinkender sich an ein Seil klammert. Kein anderes Kind hatte dies je zustande gebracht.

Aber der Junge hatte die Verbindung zu seinem Wirt unterbrochen, hatte einfach seine Schatulle zugeklappt und ihn als *gar nichts* bezeichnet. Keine Frage. Dieser unverfrorene Bursche war anders als all die anderen.

Deshalb musste es ihn haben, diesen Moritz. Musste ihn besitzen. Und wie würde es das anstellen? Wie immer. Indem es ihm gab, wonach es dem Jungen verlangte. Mock. Viel, viel Mock.

ENDE

LESEPROBE

DER ZWEITE TEIL DER GLAS-TRILOGIE

Das flüsternde Glas, 384 Seiten, geb., 17 €, ISBN 978-3-96594-060-4

PROLOG

Ein hühnerbeiniges Hexenhaus im Dezember 1512

Edgar van Lichtholm starrte auf die Tasse, in der eine purpurne Flüssigkeit schimmerte. Die alte Frau, die sie ihm serviert hatte, weigerte sich mit ihm zu sprechen, und deutete stattdessen auf den Trank. »Пей, чучело!«*

Edgar stutzte. Er verstand, dass er trinken sollte, aber ... hatte sie ihn gerade als *Vogelscheuche* bezeichnet?

Die Alte heizte ihren Ofen nach, um einen Kessel aufzusetzen. Alles um sie herum wirkte seltsam überdimensioniert. Vermutlich, weil sie hutzeliger war als jeder andere Mensch, den Edgar je gesehen hatte. Trotz ihrer Kleinwüchsigkeit hatte die Alte jedoch keinerlei Probleme, Geschirr oder einen Topf aus den riesenhaften Regalen zu holen – sobald sie sich dem Inventar näherte, passte es sich von selbst ihrer Größe an. Ein irritierender Trick, der Edgar in seiner Vermutung bestärkte, dass es sich bei dieser Frau um eine Hexe handeln musste. Als ob ihr seltsamer Fuchsschwanz und die gebogenen Hühnerkrallen, die unter ihrem traditionellen Bauernkleid mit der Schürze hervorragten, nicht genug Indizien gewesen wären.

** Russisch, sprich: Pei, tschutschelo! = Trink, Vogelscheuche!*

Ihr Blick traf ihn. Sie hatte zwei unterschiedlich farbige Augen. Eines hatte die Farbe frischer Erde, das andere schimmerte grau wie Eisen. Wieder stieß sie dieselben Worte aus, die ihn aufforderten, zu trinken.

Edgar schaute auf die rote Flüssigkeit, seufzte und stürzte die Brühe in einem Zug herunter. Sie schmeckte bitter und legte sich wie Sirup über Zunge und Gaumen. Seine Ohren wurden augenblicklich warm. Er schluckte mehrmals, bevor er bemerkte, dass die Alte weitergesprochen hatte.

»Jetzt fallen dir die Haare aus.«

Erschrocken griff Edgar in seine roten Locken. Er hatte die Worte so deutlich gehört, dass er nicht glaubte, sie sich eingebildet zu haben.

Die Alte kicherte und entblößte Zähne, die ebenfalls die Farbe von Metall hatten. »Jetzt verstehen wir einander.«

Edgar starrte sie verblüfft an. Sie benutzten dieselbe Sprache. Oder kommunizierten sie durch den Trank auf einer anderen Ebene? Er blickte auf die Tasse hinab und seine Überraschung wuchs. Sie war nicht mehr leer, sondern wieder randvoll – diesmal mit einer Flüssigkeit, die smaragdgrün funkelte.

»Ihr seid die Frau, nach der ich gesucht habe.« Er sah auf. »Die, die man Großmütterchen *Jadwiga* nennt.«

»So ist es«, sagte die Alte und setzte sich zu ihm an den Tisch. Im Widerschein des golden schimmernden Möbelstücks bemerkte Edgar, dass ihr graues Auge nicht nur die Farbe von Eisen hatte, sondern aus Metall bestand. Genau wie ihre Zähne. »Lass uns keine Zeit verschwenden. Ich weiß, warum du hier bist.«

Sein Blick glitt durch die geschnitzte Stube mit ihren unzähligen eingelassenen Kästen, mysteriösen Türchen, einfarbigen Intarsien und aufwändigen Schnitzereien. Das Innere einer Rätselkiste.

Eine kühle Brise streifte sein Gesicht und er wandte sich dem einzigen Fenster im Raum zu. Es war weit geöffnet. Draußen tobte der Schnee durch die Dunkelheit. Die Wälder von Smolensk waren unter einer meterhohen weißen Decke begraben. Manche behaupteten, dass das auch im Frühling, im Sommer und im Herbst der Fall wäre. Ewiger Winter.

Edgar war geneigt, das zu glauben. Er wusste, dass es mystische Orte und verhexte Stätten gab. Gegenden, die sich weigerten, sich den Gesetzen der Welt zu unterwerfen. Genau dort war er zu Hause.

»Meine Schwester Helene wurde verflucht«, sagte er halblaut. »Sie wurde ...«

»... von einem Nachtalb gebissen und ist seitdem untot«, ergänzte Großmütterchen Jadwiga. »Ihr wart in einer Herberge in Prag und du hast zugelassen, dass sie den Köder für eines dieser Schattenwesen spielt. Nun machst du dir Vorwürfe und hoffst, ich könnte dir helfen. Du hast mit Jilda Scvablon vom Wittlitz-Hof gesprochen und auch mit der fetten Frau Gruell. Beide haben dich zu mir geschickt.« Die Alte spulte die Sätze herunter, als hätte sie sie schon hundert Mal gehört. »Komm bitte zur Sache, ich erwarte Besuch.«

Edgars Blick glitt zu einer Anrichte neben der Tür, auf der eine einsame Schatulle ruhte. Sie war dunkel und glatt und mit Pfauenaugen verziert.

Die Worte der Frau kreisten in seinem Kopf. Woher wusste sie all das über ihn? Konnte sie etwa …?

»Nein, ich lese keine Gedanken. Es sei denn, die Gesichter der Menschen sind wie ein offenes Buch. Es handelt sich auch um keinen Zauber – zumindest keinen herkömmlichen – wie du mich anschließend fragen wolltest.« Sie verschränkte die Arme vor der Brust. »Sagen wir einfach, du bist ein *Echo*. Ein Schonmal-gesehen, das mir immer wieder erscheint, weil dein Wunsch, der dich hierher geführt hat, einen komplexen Zauber betrifft.«

»Ein Echo?«

Großmütterchens braunes Auge schielte zur Decke. »Ich sehe dich heute schon zum siebten Mal. Beim ersten Mal, als du dein Anliegen vorgebracht hast, wurde eine neue Schraube im Haus angebracht. Und weil es ein schwieriger Zauber ist, muss sich dein Wunsch erst festigen. Eine Schraube braucht mehrere Umdrehungen, bis sie fest im Holz sitzt. Erst dann fließt die Zeit wieder in die richtige Richtung. Solange hängen wir hier fest.«

»Aber wenn ich schon mal hier gewesen bin, warum erinnere ich mich nicht daran?«

»Weil das, worum du mich bitten wirst, dein Leben für immer verändert.« Sie machte eine Pause. »Mein Haus möchte sichergehen, dass du es ernst meinst.«

Edgars Mund wurde trocken.

»Es ist unhöflich, eine Tasse nicht zu leeren, wenn sie einem angeboten wurde«, fügte sie hinzu.

Edgar löste sich nur langsam aus seiner Starre. »Aber, wenn ich heute schon sieben Mal bei Euch war, dann wisst Ihr, was ich hier will. Warum also die Frage?«

Großmütterchen Jadwiga wiegte den Kopf und ihr flaumiges weißes Flusenhaar wogte hin und her. »Weil wir den Kreis nicht durchbrechen dürfen. Du musst dein Anliegen vortragen, wie es beim ersten Mal geschehen ist. Nur so bleibt die Schraube gerade. Und es gibt nichts Schlimmeres als krumme Schrauben ... Es ist Teil eines *Vertrages*, wenn man so will. Deine Tasse, bitte.«

Edgar hob sie an die Lippen und leerte sie gehorsam. »Ich möchte Helene erlösen«, sagte er dann. »Könnt Ihr den Fluch von ihr nehmen?«

»Nein. Nächste Frage.«

Edgar wurde bleich. Er hatte so sehr gehofft, endlich jemanden gefunden zu haben, der die Kraft besaß, das Unglück, das seine Schwester vor nunmehr elf Jahren ereilt hatte, ungeschehen zu machen. »Aber, ich dachte ...«

»... ich wäre eine mächtige Hexe? Das ist wahr. Doch ich bin nicht dumm. Ich werde mich in keine Angelegenheiten einmischen, die mit *Zhatka*, dem Knochenmann, zu tun haben. Er hat seine eigenen Regeln. Wenn deine Schwester untot ist, hängt sie zwischen den Welten. Sie ist nicht diesseits und nicht jenseits. Falls der grimmige Schnitter bereits seine Hände auf sie gelegt hat, kann ich nichts für sie tun.«

Diese Antwort schnürte Edgar die Kehle zu. Er klang müde, als er leise fragte: »Heißt das, meine Schwester ist für immer verloren?«

»Das habe ich nicht gesagt.« Großmütterchens Hände machten eine vage Geste. »Wenn sich die Welt der Menschen und die der Monster überschneiden, gibt es gewisse *Besonderheiten*. Häufig ist es so, dass nur eine der beiden Seiten einen Fluch wieder aufheben kann. Wenn also ein Schattenwesen wie ein Nachtalb für den Zustand deiner Schwester verantwortlich ist, dann würde ich dort nach einer Lösung suchen. In der Welt der Monster.«

Edgars Magen wurde von Sekunde zu Sekunde schwerer. Der grüne Trank schien ihn in die Tiefe zu ziehen. Er war weit gereist – hatte Bücher gewälzt, Städte besucht und Menschen befragt – alles, um Helene zu retten. Und er war keinen Schritt vorwärtsgekommen. Jetzt, mit siebenundzwanzig Jahren, war das Gefühl, sich im Kreise zu drehen, übermächtig geworden. Was, wenn er niemals eine Lösung für den Zustand seiner Schwester finden würde? Was, wenn er irgendwann sterben würde und sie ganz allein zurücklassen müsste? Allein in einer Welt, der sie entrückt war. Ohne Gefühle, ohne Liebe, ohne Schutz. Ein endloses, unsterbliches Dasein, ohne Hoffnung auf Erlösung. »Ich habe nicht genügend Zeit …«

»Ah«, sagte Großmütterchen Jadwiga. »Da haben wir es.«

Edgar hob den Blick. »Was?«

»Dein Anliegen«, lächelte sie.

Edgar blinzelte und fühlte, wie die Tasse in seinen Fingern heiß und schwer wurde. Zögernd sah er hinab. Sie war wieder randvoll mit dem smaragdgrünen Getränk. »Ich verstehe nicht«, sagte er und schwenkte die Flüssigkeit. Sie schwappte tanzend hin und her.

Großmütterchen Jadwiga sagte nichts, sondern deutete auf die Tasse. Edgar verstand und stürzte den Inhalt hinunter. Ein seltsames Kribbeln überkam ihn. Es erfasste seinen ganzen Körper und ließ die Haut prickeln.

»Du liebst deine Schwester sehr«, sagte Großmütterchen Jadwiga leise.

»Ja.«

»Und du würdest alles für sie tun, nicht wahr?«

Edgar nickte.

»Was wir aus Liebe tun, ist niemals falsch«, sagte die Alte. »Ich kann dir Zeit verschaffen. Dann kannst du nach einer Lösung für dein Problem suchen.«

In der darauffolgenden Stille hörte Edgar das Feuer im Ofen knacken. »Was schlagt Ihr vor?«

Großmütterchen Jadwiga beugte sich vor. »Ich besitze ein Elixier, das die Zeit anhalten kann. Wer es trinkt, altert nicht. Verletzungen und Wunden heilen schneller und man bleibt so jung und stark wie an jenem Tag, an dem man den Trank zum ersten Mal zu sich genommen hat.«

Edgar hob eine Augenbraue. »Ewiges Leben?«

»Nicht ganz«, wandte Großmütterchen Jadwiga ein. »Mein Trank verlängert das Leben – er lässt es nicht ewig währen. Sonst kämen wir wieder mit Gevatter Tod in Konflikt. Der Trank verliert mit den Jahren seine Wirkung, aber wenn man genug davon trinkt und immer wieder und wieder ...« Ihre Stimme ähnelte einem Echo.

»Und Ihr würdet mir den Trank überlassen?«

»Wenn der Preis stimmt.«

Ein kurzes Schweigen. »Was verlangt Ihr?«

Großmütterchen Jadwiga schwieg. Es war kaum zu ertragen.

»Ihr könnt *alles* von mir haben«, sagte Edgar. »Nennt Euren Preis.«

Die alte Frau bleckte die Zähne und schenkte ihm ein Lächeln, das schmerzte. »Deine unsterbliche Seele.«

Edgar lachte auf. »Ist das Euer Ernst?«

Großmütterchen Jadwiga gab keine Antwort.

»Und Gevatter Tod?«

»Was kümmern ihn die Entscheidungen der Lebenden? Wenn wir zwei einen bindenden Vertrag aushandeln und mit Blut besiegeln, kann nicht einmal das alte Knochengesicht etwas dagegen sagen. Wir nehmen ihm nichts weg, wir verzögern die Sache nur. Er kommt schon zu seinem Recht.« Sie zwinkerte. »Das tut er immer.«

Edgar schwieg lange. Sein Blick wanderte hinüber zum geöffneten Fenster, hinter dem ein unbarmherziger Winter lauerte. Er dachte an Helene. Sie befand sich mehrere Kilometer entfernt in ihrem Wagen, der vor den Toren von Smolensk abgestellt war. Obwohl es tiefschwarze Nacht war, würde sie nicht schlafen. Ihre Augen wären weit geöffnet und ausdruckslos wie die einer Eule. Und das würde so weitergehen. Für immer.

»Ihr könnt meine Seele haben«, sagte er. »Wenn meine Aufgabe auf Erden erledigt ist – wenn meine Schwester erlöst ist.«

Großmütterchen Jadwiga atmete auf. »Das ging schneller, als die letzten Male.« Sie erhob sich und wackelte hinüber zum Ofen und ihrem brodelnden Kessel. Sie warf Kräuter und Gewürze in das kochende Wasser und rührte darin herum. Ein herber Geruch verteilte sich im ganzen Raum.

»Und jetzt?«, fragte Edgar.

Großmütterchen Jadwiga rührte weiter. Ewigkeiten.

Edgar stellte seine Tasse ab und ging zu ihr. Leider passte sich das Inventar nicht *seiner* Größe an, sodass er eine gebückte Haltung vor dem Ofen einnehmen musste. Er starrte auf den Inhalt des Kessels. Da war ein Sud, goldbraun und seidig. Er funkelte und glitzerte geheimnisvoll. »Ist das der Trank?«

»Das ist mein Abendessen, Dummkopf«, sagte Großmütterchen Jadwiga.

»Und der Trank?«

Die alte Frau deutete auf die kleine Tasse, die auf dem Tisch stand. »Das meiste davon hast du bereits getrunken. Zwei Tassen von dem grünen Sud. Das reicht für die ersten zweihundert Jahre. Mehr davon findest du draußen im Schnee. Dort steht ein Karren für dich bereit. Mehr habe ich nicht.«

Edgars Atem ging schneller. Ein ganzer Karren? Wenn zwei winzige Tassen für zweihundert Jahre reichten, für wie lange würde dann ein ganzer Karren reichen?

»Du hörst nicht richtig zu«, knurrte die Alte, als ob sie seine Gedanken erraten hätte. »Mein Haus ist ein besonderer Ort. Alles, was sich hier befindet, gehört nicht in die Welt der Menschen. Eine kleine Tasse hier bedeuten mehrere Liter da draußen. Wundere dich also nicht, wenn es dir in den nächsten Tagen sehr, sehr schlecht geht. Nach menschlichen Maßstäben hast du etliche Tage ohne Unterlass getrunken.«

Edgar schnappte nach Luft.

»Der Zauber wird wirksam, sobald du den Vertrag unterschrieben hast«, sagte sie und wies auf den Tisch.

Edgar ging hinüber und suchte nach einem Schriftstück, doch er fand keines. Da stand nur die Tasse auf goldenem Grund.

»Sieh hin«, brummte Großmütterchen.

Edgar beugte sich tiefer hinab und besah sich die Tischplatte. Jede Maserung, jede Erhebung und jede Unebenheit bestand aus massivem Gold. Fein gearbeitet und täuschend echt. Und versteckt im Firnis befanden sich Linien. Eine schräge, wohlbekannte Handschrift: Edgars.

Dort standen Sätze. Dutzende davon, so als hätte ein Floh die gesamte Unterhaltung der letzten Minuten in das Metall eingeritzt. Von dem Teil, wo Edgar um Hilfe gebeten hatte, bis hin zu seinen eigenen Worten:

… Ihr könnt meine Seele haben. Wenn meine Aufgabe auf Erden erledigt ist – wenn meine Schwester erlöst ist.

Edgars Herz raste. Der Trank in seinem Magen wurde von Sekunde zu Sekunde schwerer. Panik ergriff ihn. Wie sollte er unterschreiben? Es gab keine Schreibfeder oder Anweisung. Seine Finger berührten die Stelle unter dem letzten Satz und ein kleiner Schmerz durchzuckte ihn. Überrascht zog er seine Hand zurück. Ein goldener Splitter steckte in der Spitze seines Fingers. Und wo er das Gold berührt hatte, stand nun ein Name, geschrieben mit Blut:

Edgar van Lichtholm.

»Oh!« Sein Magen machte ein seltsames Geräusch.

Ein weiterer Name erschien. Edgars Augen tränten, als er versuchte, ihn zu entziffern.

Baba Jaga

»Du solltest jetzt gehen«, sagte Großmütterchen Jadwiga, den Kopf über den Kessel mit Brühe gebeugt. »Mach bitte keine Pfütze wie beim letzten Mal. Der Teppich ist neu.«

Edgar stürzte durch den Vorraum zum Eingang. Alles, woran er denken konnte, war seine Schwester Helene. Noch während er zur Tür lief, winkelte das Hexenhaus die Hühnerbeine an und senkte sich dem Erdboden entgegen. Es setzte auf im tiefen Schnee.

Draußen wartete ein Karren. Er war halb so groß wie ein Fuhrwerk, verfügte am Kopfstück über zwei Traggabeln mit Gurten und war unter dickem Weiß begraben. Edgars Magen wurde sekündlich schwerer. Durch dichte Flocken besah er sich die Ladung. Da waren Flaschen in allen Formen. Bauchige, längliche, kleine, große, durchsichtige und vielfarbige. Und alle waren mit einer Flüssigkeit gefüllt, die smaragdgrün leuchtete.

Edgar stöhnte, als ihn eine Welle aus Schmerz überkam. Die Flüssigkeit dehnte sich in seinem Bauch aus und drohte, ihn zu zerreißen. Er musste schnell weiter! Sich bewegen!

Er spannte sich selbst vor den Karren und begann zu ziehen. Der Wagen rollte nur mühsam durch den knietiefen Schnee. Doch Edgar gab nicht auf. Er musste zu Helene, musste ihr erzählen, was er erlebt hatte und musste seine Suche fortsetzen.

Durch die Worte der Hexe hatte er ein neues Ziel. Ein Monster, das ihm helfen würde, seine Schwester zu erlösen. Ein heilendes Wesen. Wo auch immer es stecken mochte, er würde es finden. Und wenn er jedes Buch, das jemals geschrieben worden war, und jeden Menschen, der lebte, befragen müsste.

1. KAPITEL

Über 300 Jahre später

»Moritz, du hast da etwas.« Konstanzes Stimme drang durch das Brausen des Dampfwagens. Der Fahrtwind im Ausguck hoch über der Glaskuppel zerzauste Moritz' schwarzes Haar, als er in der Dunkelheit auf den Weg vor ihnen spähte. Mit dem Finger deutete seine Schwester auf seine Schulter. Moritz wandte den Kopf, um zu erkennen, was dort saß. Ein *Schattengeck*.

Die eigenwillige Mischung aus Raupe und Dompfaff starrte ihn mit kleinen Knopfaugen an, ihr dunkelrotes Gefieder wurde vom Wind zerwühlt. Die Kreatur war absolut harmlos, aber eindeutig zu anhänglich.

Moritz nahm eine Hand vom Steuer, zupfte den Schattengeck von seiner Jacke und schnipste ihn vom Wagen. Er glaubte ein winziges HUIII! zu hören, während das Geschöpf in der Nacht verschwand.

Konstanze starrte ihn entsetzt an.

»Was?!«, schnaubte Moritz. »Der Kleine ist in fünf Minuten sowieso wieder da. Außerdem kann er fliegen.«

Konstanze schüttelte den Kopf und widmete sich wieder dem

grauen *Boogelbie* auf ihrem Schoß. Die Kreatur mit Namen Brummi *schronzte* schon seit geraumer Zeit aus voller Kehle. Seine leuchtend gelben Augen drehten sich nach außen und traten aus den Höhlen hervor. Wäre Moritz zu einer solchen Grimasse fähig, wäre auch ihm danach gewesen. Der Gestank, der in dieser Gegend herrschte, erinnerte an etwas, was vor langer Zeit in einer schmutzigen Ecke verendet war.

Der Dampfwagen sauste eine finstere Schotterpiste entlang. Scharf rechts, dann links und wieder links. Mit einem Hüpfer verließ das monströse Konglomerat aus Kupfer, Holz und Glas die festgelegten Pfade, jagte eine Böschung hinunter und bretterte über eine Pflasterstraße. Eine Brücke kam in Sicht, das dazugehörige Namensschild am Straßenrand flog so schnell vorüber, dass Moritz es von oben kaum entziffern konnte. Sankt Grafenschwein? Das klang nicht sonderlich einladend ...

Der Wagen passierte ein Stadttor und tauchte in einen von schummrigen Gaslaternen beleuchteten Irrgarten aus Sträßchen und Gässchen ein.

Brummi wandte die Ohren und *pleurrte* dumpf.

»Links!«, rief Konstanze.

Moritz drehte eilig an der Kurbel neben seinem Sitz. Der Wagen legte sich in die Kurve, krängte wie ein Schiff in Seenot. Knapp schrammte er an einer Hauswand entlang und zog einen Funkenschweif hinter sich her, als er die Fassade touchierte.

»Das andere Links!«, brüllte seine Schwester.

Moritz stöhnte. »Also rechts!«

»Sag ich doch!«

Moritz kurbelte erneut, als die nächste Häuserecke auf sie

zuschnellte. Einmal links, dann noch einmal links, immer im Kreis. Die Gebäude glitten in aberwitziger Geschwindigkeit an ihnen vorbei. Der Dampfwagen schepperte und pfiff, seine Achsen glühten vor Anstrengung. Noch eine Kreuzung und sie waren wieder auf der richtigen Straße.

»Jetzt rechts«, murmelte Moritz und begann in die entgegengesetzte Richtung zu steuern. Ächzend bog der Wagen ab, das Pflaster fegte unter ihnen hinweg.

Brummis Ohren streckten sich. Er *chracherte* zweimal kurz, einmal lang.

»Es ist nicht mehr weit!«, rief Konstanze und hielt sich die Nase zu. Der Gestank wurde stärker.

Moritz hoffte, dass der alte Boogelbie sie nicht in die Irre führte. Und er hoffte, dass die Bremsen hielten, wenn er sie betätigte. Es würde ein Halt bei voller Fahrt werden.

Sie waren einer Spur gefolgt – einer Spur toter Tiere über mehrere Höfe im Südwesten. Was auch immer für den Tod in dieser Gegend verantwortlich war, es hatte sie gehörig im Kreis herumgeschickt. Beinahe hatte es sich angefühlt, als ob man sie verfolgte, nicht umgekehrt. Der Gedanke war absurd, aber Moritz erschauderte. Inzwischen hielt er nichts mehr für unmöglich.

Ein Blick auf den Sitz an seiner Seite ließ ihn erstarren. »Was wird denn das, wenn's fertig ist?«

Konstanze zurrte eine kleine Netzpistole mit einem Gurt an ihrer Brust fest. »Du hast gesagt, ich dürfte diesmal mithelfen!«

»Helfen, aber nicht mit Waffen herumspielen!« Moritz warf einen Blick auf die Straße unter ihm und streckte die Hand aus. »Los, her damit!«

»Aber …«

»Sofort!«

Konstanze verdrehte die Augen und reichte ihm die Waffe. Ihre gemurmelten Flüche gingen im Schnaufen des Dampfwagens unter.

»Du darfst helfen, aber du musst tun, was ich sage.« Heftige Schläge erschütterten seine Stimme. »Deine Aufgabe ist es, dich um mögliche Verletzte zu kümmern. Du bringst die Menschen mit der Elster in Sicherheit.«

»Edgar«, sagte Konstanze.

»Wie bitte?«

»Die Elster hat einen Namen. Sie heißt Edgar!«

Moritz schluckte und verriss die Kurbel. Der Wagen geriet ins Trudeln – er tanzte über das Pflaster. Eilig packte Moritz den Griff des Steuers und stemmte sich dagegen, bis das Schlingern aufhörte.

»Konstanze, wir haben keine Zeit für eine weitere Diskussion darüber.«

»Warum weigerst du dich, ihn bei seinem Namen zu nennen?«

Moritz stöhnte. »Es ist eine Elster, verflixt! Sie ist treu, klug, liebt Glitzerkram und hat schöne Federn, aber was viel wichtiger ist: sie gehört zu jemandem, auf den ich mich heute verlassen können muss. Keine Alleingänge, verstanden?«

Der Boogelbie bewegte die Ohren und chracherte erneut. Eigentlich hätte Konstanze ihm nun die Richtung ansagen müssen, schließlich musste er sich auf die Straße konzentrieren – doch sie fixierte ihn über das Gerüttel des Dampfrosses hinweg. »Was stört dich an dem Namen Edgar?«

Moritz holte tief Luft und bereute es im selben Moment. Der Gestank wurde immer erbärmlicher. »Gar nichts stört mich daran!« Er deutete auf den Boogelbie. »Könntest du dich jetzt bitte wieder auf deine Aufgabe konzentrieren?«

Konstanze kniff die Augen zusammen und antwortete mit gerümpfter Nase: »Wir sind fast da.«

Moritz nickte. Mit dem Schuh trat er gegen das Metall unter ihm. Zweimal. Im Fußraum öffnete sich eine schmale Luke und ein blasses vollkommenes Gesicht kam zum Vorschein. Violette Augen funkelten ihn an. Helene van Lichtholm.

»Wie weit bist du?«

»Ich habe eine Mischung aus blauem Mohn, Alraunen, Bilsenkraut und Alkohol zusammengebraut. Ich denke, das wird nützlich sein.«

»Was ist, wenn du dich irrst?«

Die Elster im Wageninneren keckerte leise und Helene schenkte ihm einen geheimnisvollen Blick. »Die Tiere hatten Stichwunden überall. Sie wurden erwürgt, ihre Köpfe auf den Rücken gedreht. Etwas hat versucht, sie unter die Erde zu ziehen, vermutlich, um sie zu verspeisen. Wir wissen beide, was das bedeutet.«

Moritz nickte.

Der Boogelbie in Konstanzes Armen chracherte dreimal kurz.

»Wir sind da!«

Helene wollte bereits die Luke schließen, doch dann stockte sie. »Moritz, du hast da etwas auf deiner Schulter …«

Moritz' Brust entrang sich ein Seufzen. Er machte sich gar nicht die Mühe nach dem Schattengecken zu sehen. »Ich weiß, ich weiß«, murmelte er nur. Seine Hand glitt zur Bremse. »Festhalten!«

Der Dampfwagen vollführte einen letzten Satz, dann blockierten die Räder und schabten über das Pflaster. Ein metallisches Kreischen hob an, das sich mit einem Schrei in der Nähe vermischte. Einem Jammerlaut, der aus einem Wirtshaus drang.

2. KAPITEL

Die Dielenbretter knarrten leise im Schankraum der *Schwarzen Katze*. Es war die Mitternachtsstunde des 1. Septembers 1813 und Rita Holzer hatte gerade die Fensterläden überprüft, als eine Erschütterung das ganze Wirtshaus erfasste. Die eisernen Kronleuchter schwankten hin und her und ließen die Schatten im mächtigen Gebälk unheilvoll tanzen.

Die wenigen Gäste, die zu dieser Stunde noch in der Stube saßen, reckten ihre Köpfe. Da waren Kante, Tonke und Stiller, die geistigen Väter und einzigen Mitglieder der selbsternannten *Respektablen Greifensteiner Wach- und Schutzgesellschaft*, kurz RGWSG. Einer Gemeinschaft, die es sich zur Aufgabe gemacht hatte, über Angriffe und Todesfälle in der Stadt Bad Greifenstein penibel Buch zu führen.

Kante, eigentlich Friedrich Spöttel, war der Sprecher der Gesellschaft, weil er über die lauteste Stimme verfügte. Ein drahtiger, kleiner Kerl, der durch seinen Dienst in der Pfarrei über jede Bewegung in der Stadt bestens unterrichtet war. Wie üblich trug er die Haare zu einem kecken Scheitel geformt und wirkte fromm wie ein Chorknabe (allerdings mit einer Schwäche für Messwein). Zu seiner Rechten saß Tonke, mit bürgerlichem Namen Freiherr Willem von Tonkwitz, und blickte von seinem Schreibheft auf. Er war der Schriftführer und erinnerte an ein zu groß geratenes, unrasiertes Kind in zerschlissenem Mantel und Kniebundhose.

Das Trio wurde von Josef Stiller vervollständigt, der seinem Nachnamen alle Ehre machte. Er sprach nie. Rita hatte sich oft gefragt, ob er stumm war oder einfach klug genug, den Mund zu halten. Auf jeden Fall vertrug Stiller das meiste Bier und brachte seine Kameraden nach Hause, wenn diese zu angeheitert waren, um geradeaus zu laufen. Nicht selten war er derjenige, der zahlte, was ihn zum unfreiwilligen Schatzmeister der Gesellschaft machte.

Weiter hinten, verborgen in einer düsteren Ecke, starrte eine vierte Person nach oben. Ein schweigsamer Geselle, der von allen nur *Jauche* genannt wurde. Er gehörte weder zur RGWSG noch trank er Alkohol. Niemand kannte seinen wahren Namen, niemand wusste, wo er herkam oder wohin er in der Nacht verschwand. Er war schlicht Jauche. Den Spitznamen hatte ihm seine ungepflegte Erscheinung eingetragen. Er sah aus, als hätte jemand oder etwas lange und mit Hingabe auf ihm herumgekaut. Sein schiefes Gesicht glänzte wie ein Laib Käse und seine Haare waren fettig wie Gänseschmalz. Nicht einmal Ritas hausgemachter *Muntermacher* hätte diesem ungesunden Kerl etwas Farbe ins Gesicht zaubern können.

Die vier Männer waren so fest in ihrer Heimatstadt verwurzelt, dass sie den allgegenwärtigen Gestank kaum noch wahrnahmen. Rita Holzer hingegen nahm ihn sehr wohl wahr. Heute war es eine Mischung aus fauligem Blumenwasser und welken Blättern.

Eilig richtete sie ihr Trachtenmieder und wollte den Schankraum durchqueren, als ein weiterer, weitaus heftigerer Stoß Tische, Stühle und Gäste auf und ab hüpfen ließ. Bier schwappte aus den Krügen und ergoss sich über den Boden. Das Wirtshaus ächzte.

Rita erstarrte. Der Geruch veränderte sich. Er erinnerte nicht mehr an verdorbene Pflanzen, nein, da war eine süßliche Note: totes Fleisch! Der Geschmack von Verwesung.

»Nicht schon wieder!« Sie raffte die Röcke und begann zu laufen, als ein Bersten und Knacken die Dielen vor ihr splittern ließ. Fünf, sechs, sieben Dornenranken zwängten sich durch die Ritzen im Bretterboden und wuchsen unkontrolliert in sämtliche Richtungen. Sie warfen Tische, Bänke und Stühle um. Jede Einzelne von ihnen sah gefährlich wie ein Morgenstern aus und brachte gammlige Schwaden mit sich.

»Himmel Sakra!«, entfuhr es Rita. Mit einem Satz sprang sie durch eine Lücke zwischen den Ranken, die sich wie Tentakel hierhin und dorthin wanden. Sie musste zum Tresen kommen!

Die Respektable Greifensteiner Wach- und Schutzgesellschaft hatte den ersten Schrecken überwunden und bewaffnete sich routiniert mit Stühlen und Krügen. Die Dornenranken schlichen sich an Kante, Tonke und Stiller an und versuchten sie zu packen, doch sie hatten nicht mit Jauche gerechnet. Der unscheinbare Vierte sprang aus seiner Ecke und zog eine beeindruckende Feuerwaffe unter dem Mantel hervor. Sie erinnerte an eine Kombination aus kurzen Messern, gepaart mit überlangen Dolchen. Alles an dieser Waffe blitzte im Schein der Kerzen. Ein Schießmesser.

Die Luft explodierte, als eine Vielzahl von Klingen mit Getöse durch den Raum zischte. Sie zerfetzten die dicken Ranken. Eine nach der anderen klatschten sie wie nasse Taue zu Boden, begleitet von einem markerschütternden Schrei, der unter den Dielen hervordrang.

Kante, Tonke und Stiller schnappten sich die herumliegenden Ranken, um sie als Peitschen zu benutzen.

Derweil schwang sich Rita über den Tresen und duckte sich. Hastig kramte sie in einer mit Holzspänen gefüllten Kiste unter dem Zapfhahn. Wo steckte das Ding? Sie hatte es neulich erst poliert und hier verstaut. »Aha!«

Rita zog eine schwere Waffe mit einem Tragriemen aus den Spänen und legte sie auf den Boden. Eilig prüfte sie das kleine 10-Liter-Schnapsfässchen, das als Munitionstrommel in der Mitte angebracht war, und zog ein Schubfach an der Unterseite auf. Es war gefüllt mit massiven Eisennägeln. Zweihundert Stück. Das reichte hoffentlich, um die Bestie zu erledigen!

Mit dem geladenen *Brezelwächter* kam Rita aus ihrer Deckung hervor und feuerte auf die Stelle, aus der die Ranken und der Gestank aus dem Boden krochen. Ein blechernes Rattern bellte durch die Schwarze Katze. Rostige Nägel, dick wie die Finger eines starken Mannes, flogen durch das Wirtshaus und gruben sich tief in das Rankenfleisch. Die Respektable Greifensteiner Wach- und Schutzgesellschaft zog gemeinschaftlich die Köpfe ein.

Mit jeder Salve wurden die Schreie des Wesens, das durch den Boden an die Oberfläche drang, lauter und schriller. Dann tat sich der ramponierte Dielenboden vollends auf und eine Welle aus Dornen, Ranken und Tentakeln ergoss sich in das Wirtshaus. Wie unförmige graugrüne Würmer schwappten sie aus der Tiefe empor und verteilten sich rasend schnell. Kante, Tonke, Stiller und Jauche wurden überrollt und zu Boden gedrückt.

Die Kreatur, die unter der Oberfläche gelauert hatte, war größer, als Rita angenommen hatte. Sie hörte, wie die Ranken gegeneinanderschlugen, während sich die stacheligen Pflanzententakel auf sie zuschoben. Der Tresen, der ihr Schutz geboten hatte, wurde aus seiner Verankerung gerissen. Wenn sie nicht schnell reagierte, würde sie zerquetscht werden.

Sie stülpte sich den Tragriemen des Brezelwächters um den Hals, kletterte auf den umgestürzten Tresen und wagte einen beherzten Sprung zu einem Querbalken unter der Decke. Sie bekam ihn zu fassen und zog sich hinauf. Die Ranken unter ihr zermalmten nicht nur den Ausschank, sondern fegten auch Geschirr und Glasballons mit Branntwein von den Regalen. Im Nu roch die gesamte Stube wie eine Destille.

Die Angst verlieh Rita Bärenkräfte. Sie hangelte durch die Balkenanlage und versuchte sich einen Überblick zu verschaffen. Unter ihr krochen die Ranken über den Boden wie dicke Schlangen in einem Bottich. Dann ließ ein Schrei sie aufhorchen. Ihr Blick glitt durch den Raum und sie entdeckte die Mitglieder der Respektablen Greifensteiner Wach- und Schutzgesellschaft. Mehrere Fangarme hatten sich auf die wild rufenden Männer gelegt und zerrten sie einen nach dem anderen in Richtung des Lochs im Boden.

Rita kletterte den Balken entlang bis zu einem eisernen Kronleuchter, der sich über dem Loch im Boden befand und spähte hinab ins Herz der Kreatur.

Ein seltsam verkümmertes Köpfchen prangte wie eine Perle in einer Muschel inmitten der Fangarme. Rita sah ein schiefes Maul, das ständig auf- und zuklappte und ein kleines, schlankes Horn auf der Stirn der Kreatur.

Eine *Mimose*!

Die absurde Mischung aus Wurzelgemüse und Pflanzengeschöpf öffnete zwei faltige Äuglein, die nicht größer waren als Maikäfer, und gab einen gellenden, übelriechenden Schrei von sich. Er dröhnte wie ein Wehklagen durch das Gasthaus und ließ das Fensterglas erzittern.

Rita senkte ihren Körper auf den Kronleuchter herab. Der schwere, doppelt geschwungene Reif aus Eisen schwang hin und her und sorgte dafür, dass die Aufhängung im Querbalken wie die Ketten eines Schlossgespenstes rasselte. Als der Leuchter zur Ruhe gekommen war, brachte Rita ihr Schießeisen in Position. Sie wollte bereits den Abzug betätigen, als ein Körper in ihr Schussfeld geriet: Kante! Die Fangarme hatten ihn, Tonke, Stiller und auch Jauche gepackt und in die Luft gehoben. Sie zappelten und schrien – alle bis auf Jauche, der verzweifelt an seiner Messerwaffe herumnestelte. Der Abzug schien zu klemmen. Irgendwann warf er die Waffe von sich und langte nach einem der Messer, die überall in der Holzvertäfelung steckten. Er begann die Ranken von Hand zu zerschneiden.

Die Kreatur stöhnte und schüttelte die Männer. Sie baumelten wie überreife Äpfel in der Luft und näherten sich bedrohlich dem Maul des Ungeheuers.

Rita erhob den Brezelwächter und zielte auf den Kopf. Fangarme schoben sich vor ihr Visier, dann Tonkes Brust, anschließend Kantes Allerwertester, gefolgt von Stillers Kopf.

»Verdammt, so wird das nichts!« Rita warf den Tragriemen der Waffe über die Schulter und zog sich auf den Querbalken zurück, auf der Suche nach einem besseren Schusswinkel. Doch sie fand keinen. Immer war einer der vier Männer im Weg und blockierte ihr die Sicht.

Plötzlich mischte sich etwas Neues in die Szenerie. Ein lärmendes Geräusch, ängstlich und fremdartig. Es erinnerte entfernt an einen Warnruf: ein Quäken, ein Schnarren, ein *Zarren* und *Pleurren*.

3. KAPITEL

Ein Vogel mit schwarz-weißem Gefieder segelte herbei. Er tauchte aus dem Nichts auf und stieß hinab auf den Kopf der Mimose. Rita kniff die Augen zusammen. Eine Elster, zweifellos. Aber wie war sie hier hereingekommen? Etwa durch den Schornstein?

Wieder und wieder stieß das Tier hinab und sorgte dafür, dass sich der Kopf des Pflanzenwesens mehrmals um sich selbst drehte, bis er vor Schwindel bebte. Die Männer, die an den Fangarmen hingen, wurden gehörig durchgeschüttelt.

Die Mimose langte nach der Elster. Doch bevor eine der Ranken den Vogel erreichte, wurde das Ungetüm von etwas getroffen.

BLAMM!

Kleine Glasgeschosse verspritzten eine leuchtend blaue Flüssigkeit und sorgten dafür, dass die Fangarme auf der Stelle vereisten.

Der Kopf der Kreatur reckte sich und versuchte, den neuen Angreifer ausfindig zu machen. Rita suchte ihrerseits nach dem Schützen und fand ihn: Es war ein bleiches Mädchen, nicht älter als dreizehn Jahre, mit langen kohlrabenschwarzen Haaren. Es trug ein Kleid, das im Kerzenschein wie frisches Blut schimmerte. Das Mädchen stand inmitten der unzähligen Fangarme und hielt eine gläserne Armbrust im Anschlag. Es erhob die absonderliche Waffe und zielte auf das Gesicht der Kreatur.

»Der Vogel gehört zu mir.«

BLAMM!

Ein bläulich glühendes Geschoss zischte durch die Luft und wurde im letzten Augenblick von einer dicken Dornenranke abgewehrt. Die Kreatur fauchte, keifte und bemerkte dann, dass das Mädchen nicht allein war.

Ein weiteres Mädchen hüpfte und sprang wie ein Floh zwischen den Dornenranken herum. Dieses Mädchen war jünger – vermutlich nicht älter als acht Jahre. Es hatte wilde, dunkle Zöpfe und hielt im Getümmel nach irgendetwas Ausschau.

Sofort attackierte die Pflanzenkreatur das kleine Mädchen. Ein gewaltiger Tentakel mit nadelspitzen Dornen rollte auf es zu und bohrte sich auf seinem Weg in den Holzboden.

»Vorsicht!«, rief Rita und zielte mit dem Brezelwächter auf den Fangarm. Doch bevor sie abdrücken konnte, sprang ein hochgewachsener Junge mit einem Salto herbei. Er landete auf einem großen Rankenarm und benutzte ihn wie eine Rampe. Er schlitterte herunter, rasierte dabei einige der Dornen mit den Hacken seiner Schuhe ab und packte das kleine Mädchen im Vorbeirutschen, bevor es von der anderen Ranke zerquetscht wurde.

RUMS!

Rita beobachtete, wie der Junge im hinteren Teil des Schankraums absprang und zum Stehen kam. Da sie von ihrer gegenwärtigen Position kaum etwas hören konnte, kletterte sie durch das Gebälk, bis sie über den Köpfen der Kinder angekommen war.

Den Jungen schätzte die Wirtin auf vierzehn oder fünfzehn Jahre. Er war ein Bild in Schwarz und Weiß, trug eine silberne Fellweste und hatte einen hohen Käfig auf dem Rücken. Rita musste zweimal hinsehen, um zu erkennen, was sich darin befand: ein grauer Boogelbie! Wer um alles in der Welt war so verrückt, einen Boogelbie mit sich herumzutragen? Offenbar war das Wesen nicht sonderlich begeistert von dem Salto seines Besitzers – die gelben Glubschaugen rollten in den Höhlen hin und her und die violette Zunge hing weit aus dem Maul, als ob es sich jeden Moment übergeben würde.

»Was soll das, Moritz?! Lass mich sofort runter!«, rief das kleine Mädchen.

»Oh, Verzeihung«, erwiderte der Junge und setzte es ab. »Das nächste Mal sehe ich einfach zu, wie du von einer Mimose zerquetscht wirst!«

Ein dornenbewehrter Fangarm schnellte auf ihn zu. Im Bruchteil einer Sekunde hatte er einen Stab mit Schwertklinge gezückt und hackte ihn der Länge nach in zwei Hälften. Die Mimose schrie vor Schmerz.

»Konstanze, wir hatten eine Abmachung: Ich kämpfe gegen die Mimose und du bringst die Leute in Sicherheit! Jeder hat seinen Platz.«

Das Mädchen mit Namen Konstanze sah einen Tentakel auf sich zukommen und trat genau im richtigen Moment zur Seite. Der Tentakel bohrte sich in einen Stützpfeiler hinter ihr. »Ich weiß, wo mein Platz ist. Und ich kann den Leuten nur helfen, wenn du sie da oben runterholst!« Sie deutete auf die kopfüber baumelnden Männer.

»Oh, verstehe«, murmelte der Junge und lächelte schief. »Entschuldige mich bitte.« Damit warf er sich ins Getümmel.

Rita beobachtete, wie das Mädchen wütend davonstapfte. Es schien sich nicht dafür zu interessieren, dass es um ein Haar von einer Ranke getroffen worden wäre. Es pfiff zwei Mal – sofort flog die Elster zu ihm.

»Edgar, wir müssen die Leute hier rausbringen. Öffne die Hintertür!«, sagte das Mädchen.

»Scha-rack!«, antwortete die Elster.

Rita stutzte. Kinder, die sich mit Monstern anlegten? Aber sie schienen sich damit auszukennen. Welches kleine Mädchen kannte schon Mimosen und Boogelbies? In Bad Greifenstein war man auf Derartiges vorbereitet, doch die Kinder stammten nicht von hier.

Sie hatte genug gehört und sprang von den Dachbalken hinab. »Lasst die Türen geschlossen.«

Die Elster stieß einen Warnschrei aus und das Mädchen reagierte schnell. Es wirbelte herum und trat Rita gegen das Schienbein.

»Au! Hör auf! Ich tu dir nichts!«

Das Mädchen starrte sie atemlos an. »Wer bist du und warum schleichst du dich so an?«

»Ich bin Rita«, sagte sie. »Mir gehört dieser Laden.«

»Oh, das tut mir leid«, erwiderte das Mädchen mit einem Blick auf den Trümmerhaufen.

»Mir auch«, murmelte Rita. »Ist bereits das dritte Mal dieses Jahr und wir haben gerade mal September.«

»Immer Mimosen?«

»Meistens *Feuerspeier* und *Dickschädel*.«

Das Mädchen nickte stumm. Es verhielt sich wie ein Kenner, dem man nicht erklären musste, dass ein Feuerspeier kein Fakir und ein Dickschädel kein Mathematikprofessor war. »Warum sollen die Türen geschlossen bleiben?«

Rita kniff die Augen zusammen. »Damit nicht noch mehr von den Biestern hereinkommen.«

Das Mädchen verstand. »Was tun wir dann?«

»Wir wechseln die Strategie«, antwortete Rita. »Weißt du, was das bedeutet?«

»Das ist das, was mein Bruder nicht ausstehen kann.« Das Mädchen lächelte breit. »Ich heiße Konstanze.«

»Freut mich, junge Dame. Dann stutzen wir die Mimose mal zurecht«, sagte Rita und lud den Brezelwächter durch.

Foto: Alexandra Lier

DER AUTOR

Heiko Hentschel ist Filmillustrator, Geschichtenerzähler und Vollzeitverrückter. Wenn er nicht als Zeichner an Animationsfilmen arbeitet oder die schlechtesten Filme aller Zeiten in Dauerschleife konsumiert, erfindet er haarsträubende Abenteuergeschichten, schaurig-schöne Kreaturen und bittersüße Happy Ends. Mit seinem Lebensgefährten lebt er in Hamburg. Vermutlich isst er gerade.

Für alle Glas-Fans gibt es die Kurzgeschichten zur Glas-Trilogie als kostenloses E-Book – einfach anfordern unter info@suedpol-verlag.de:

Lügen haben spitze Zähne
aus der Welt von
»Das hungrige Glas«

Wir kaufen nichts!
aus der Welt von
»Das flüsternde Glas«

GLOSSAR

Liste verwendeter Boogelbie-Geräusche

Bobbeln, das

Freudige Auf- und Abbewegung, die erstaunlich viel Ähnlichkeit mit dem Takt des späteren »Die Gedanken sind frei« aufweist (dem damaligen »La Macarena«).

Chrachern, das *(auch altdeutsch Krachern)*

Eine sinnlose, unzusammenhängende Abfolge von Paniklauten bei Witterung von Gefahr. Es umfasst in der Regel neun Oktaven. In Meister Riechkinds *Almanach der geringen Hausgeister* (2. Auflage) wird von einer zehnten Oktave gesprochen, doch das ist Humbug. Jedermann weiß, dass Riechkind spinnt.

Fidolenzen, das

Mopsfidel und quietschvergnügt sein, in den Höhenlagen des dreigestrichenen Cs.

Lummern, das

Eine Kombination aus Lachen und Schlummern, bei dem der Boogelbie durch sein eigenes Lachen erwacht.

Rigoulen, das *(französisch)*
Die gehobene Form des Chracherns, oft in Verbindung mit einer bühnenreifen Ohnmacht.

Rondonnen, das
Ein schabendes Geräusch, als ob man mit dem Fingernagel über groben Stoff kratzt. Dem Schnurren einer Katze nicht unähnlich, allerdings einer mit chronischer Bronchitis.

Rooteln, das
Selbstgespräche unter Boogelbies. Siehe auch Autorenkrankheit.

Schnarzen, das
Scharren, knurren und knarzen gleichzeitig. Der Laut spricht für einen sehr wankelmütigen Boogelbie. Bei Menschen wäre das jemand, der dringend das Haus verlassen will, aber unsicher ist, ob er vorher noch mal auf Toilette gehen sollte.

Schränzen, das
Ein heller, gepresster Laut, der lang und sehr ausdauernd ist. Eigentlich sollte es schräääääääää...änzen heißen, doch so viele Äs passen nicht ins Buch.

Schronzen, das
Abfälliges Tuten der Nase, überwiegend nass.

Summseln, das
Wenn jede Bewegung mit einem Summen kommentiert wird (raubt einem innerhalb weniger Minuten den letzten Nerv).

Wuppern, das
Unbekümmertes Brabbeln ohne Sinn und Verstand. Wird oft mit -> Rooteln verwechselt.

Zarren, das
Eine lautmalerische Form des Ausharrens. Man spürt, dass etwas kommt, etwas Großes, Unheilvolles, in der Größenordnung einer Mathearbeit.

Zergeln, das
Neugierig an den Gitterstäben nagen und sich wundern, wenn ein Zahn abbricht.

Zonzen, das
Eine Mischung aus Niesen, Husten, Keuchen und Schlottern aus allen Poren, bei dem sich das Gegenüber einen Regenschirm wünscht.

Zosseln, das
Das Geräusch, das entsteht, wenn man mit dem losen Mund hin und her schlackert (sehr beliebt bei Pferden).

Zusseln, das
Hämisches Gelächter für Fortgeschrittene.

MONSTER-GLOSSAR

(Abb. 1, Nachtalb)

Angstgötze, der

(auch *Der mit den vielen Gesichtern* oder *Vielgesicht)*

Ein Steinrelikt aus grauer Vorzeit, geschaffen von Menschenhand. Es gibt sie in unterschiedlichen Größen und Formen. Sie befinden sich meist abseits der Stadtgrenze oder in der Nähe von Waldfriedhöfen.

Ein Stein, Felsen oder Findling wird im Rahmen eines heidnischen Rituals mit Hammer und Meißel bearbeitet, wobei Ängste und Schreckensbilder auf dessen Oberfläche übertragen werden. Dies dient dem Schutz der Gemeinschaft und soll die Gefahr bannen. Weltliche Ängste, wie die Furcht vor Wölfen, Bären, Hunger und Krankheit, sind ebenso vertreten wie die vor Dämonen, bösen Geistern und dem Teufel.

Es heißt, dass die Steingötzen des Nachts lebendig werden und umherstreifen, um diejenigen heimzusuchen, die ihnen ihre Ängste aufgebürdet haben. Dabei nehmen sie die Gestalt ihrer schlimmsten Furcht an.

Bahkauff, der

(ein *Aufhocker* aus Aachen)

Eine Mischung aus räudigem Hund und Schaf, der bevorzugt Betrunkenen auflauert, um sich von ihnen herumtragen zu lassen. Das tut er allerdings nur, um seinen verloren gegangenen Gefährten wiederzufinden. Von oben hat man einfach den besseren Überblick.

Boogelbie, der

Schuppige, überaus ängstliche Kreatur von der Größe einer Katze. Die Körperform ist eiförmig, wobei Augen und Ohren besonders ausgeprägt sind.

Boogelbies verfügen über ein hochsensibles Gehör, mit dem sie jede verdächtige Bewegung im Umkreis von einer Meile wahrnehmen können. Ihre Augen passen sich der Helligkeit der Umgebung an, sodass sie Bedrohungen auch in vollkommener Finsternis erkennen können. Sie zeichnen sich durch eine eigene Geräuschwelt aus, die sich dem geneigten Zuhörer nur allmählich erschließt. Es ist daher ratsam, Papier und Bleistift bereitzuhalten, um die Geräusche zu notieren.

Feuerputz, der

(auch *Brünnling, Glühzler, Zischler* oder *Feuermann)*

Eine feurige Spukgestalt, die zum Spektrum der Dämonenerscheinungen zählt. Es handelt sich hierbei um den Widerhall einer verstorbenen Seele, die zu Lebzeiten viel Schuld und Sünde auf sich geladen hat und daher im Fegefeuer gelandet ist. Ihr Auftreten ist Warnung und Wiedergutmachung gleichermaßen. Sie leuchten denjenigen den rechten Weg, die dabei sind, sich ebenfalls zu versündigen. Das Erscheinungsbild variiert, so gibt es Aufzeichnungen von brennenden Reitern und Kutschen, flammenden Rittern oder auch tanzenden Skeletten in einer Feuersbrunst.

(Abb. 2, Feuerputz)

Fieberaal, der

Wasserkreatur, deren Biss einen fieberähnlichen Anfall auslöst. Die Opfer halluzinieren bis zu drei Tage und glauben lebendig verdaut zu werden.

Greif, der

Geflügeltes Mischwesen mit dem Kopf und den Vorderbeinen eines Adlers und dem Körper eines Löwen. Rücken und Schweif sind mit Federn bedeckt und die Ohren sind spitz wie die eines Raubtieres.

Greife werden im Märchen oft als wild und blutrünstig beschrieben, verwüsten Dörfer, fressen Pferde und entführen Kinder. Ihre Geschichte reicht zurück bis ins Altertum, wo sie bereits bei den Ägyptern, Assyrern und Babyloniern Erwähnung finden. Es wird allerdings angenommen, dass ihre wahre Heimat Indien ist, wo sie ursprünglich zum Aufspüren von Giften abgerichtet wurden.

La-Ka, das

Die Bedeutung des Namens La-Ka reicht von *Fliegender Berg* über *Kind des Schnees* bis hin zu *Wessen Fußabdruck ist das?* Eine genaue Übersetzung ist nicht möglich, da es sich um einen verloren gegangenen Inkadialekt handelt.

In Zärtlings *Sammlung Traditioneller Sagen- und Mythengestalten aus nah und fern* findet sich folgender Eintrag: »Zu den wohl grausigsten Ausgeburten der Bergwelt gehören die Lah-Kah-Ahs der Zentralanden. Ihre Gestalt gleicht einem Schneesturm mit Stoßzähnen. Mit dem Stampfen eines Fußes lösen sie Lawinen aus, die Mensch und Tier unter sich begraben. Nur eine Opfergabe aus Gold kann ihren Zorn besänftigen.«

Unter diesem Absatz befindet sich eine Notiz von Edgar: »Falsch, falsch, falsch! Falsche Schreibweise, falsche Darstellung, alles falsch! Zärtling ist ein Stümper! Es gibt kaum ein leichtfüßigeres Wesen als die La-Kas und keines, das sanftmütiger wäre, wenn man bis zum Hals im Schnee feststeckt.«

Und eine Bemerkung von Helene: »Warum verlässt du auch mitten in der Nacht das Zelt? Das verstehe ich bis heute nicht ...«

Mimose, die

Heimtückische, unterirdisch lebende Kreaturen, die an überdimensionale Wurzeln erinnern. Sie wachsen bis zu einer Meile in die Breite. Ihr Körper besteht zum Großteil aus Fangarmen, die mit Dornen und Stacheln gespickt sind.

Mimosen packen ihre Opfer und würgen sie bis zur Bewusstlosigkeit. Anschließend ziehen sie ihre Beute unter die Erde, um sie zu verspeisen. Ihren Namen erhielt die Mimose aufgrund ihres Schreis, der wimmernd und klagend anmutet.

Bevorzugte Opfer sind Schweine, Ochsen, Ziegen, Kühe und Bauern, die ihre Hände zu tief in die Erde graben.

Der Kopf der Mimose ist mit einem Kronengeflecht aus Dornen geschmückt, bei dem ein Horn auf der Stirn besonders hervorsticht. Schneidet man dieses ab, verdorrt das Geschöpf.

(Abb. 3, Borstiger)

Mock, der
Da sich sämtliche Aufzeichnungen dieses Wesens in allen Aspekten widersprechen, gibt es hierzu keine genauen Angaben.

Mualwurm, der
Wasserkreatur aus der Familie der Ohrwürmer. Die gezackte, wurmartige Kreatur ist in stillen Gewässern heimisch. Sie schrumpft an der Luft zu einem grünen Stein zusammen und ist – um Edgar zu zitieren – okular gebunden.

Nachtalb, der
Haariges schwarzes Geschöpf, das sich nachts auf die Brust Schlafender setzt, um dunkle Schrecken hervorzurufen. Es ernährt sich von schlechten Träumen und der Aura der Angst vor dem Ersticken.
Die Kreaturen benutzen Schatten, Spiegelbilder und auch Träume als Portale in ihre Heimat, die Schattenwelt (den Bereich, der dem menschlichen Auge verborgen ist).

Pferdepfeiffer, der
Lästige Wurmwesen, die sich bevorzugt in den Ohren von Pferden einnisten, um dort zu pfeifen (ähnlich wie ihre Verwandten, die Ohrwürmer, beim Menschen). Es dauert meist nicht lange, bis die befallenen Pferde durchgehen.
Um die betroffenen Tiere von ihrer Qual zu erlösen, genügt es, ihnen ein leises, beruhigendes Lied vorzusingen, dadurch schlafen die Würmer ein und fallen aus der Ohrmuschel.

Quäkermilbe, die

Die Quäkermilbe ist mit fast zwei Zentimetern Länge der Gigant unter den Milben und gilt als Geheimwaffe jedes verkappten Opernsängers. Zwei Tröpfchen ihres Sekrets und man trällert wie von Engeln geküsst.

Ihr Name hat nichts mit dem Quäkertum zu tun, sondern stammt vom Quaken eines bestimmten, untalentierten Sängers, der an dieser Stelle ungenannt bleiben wird.

Ringelwurm, der

Ringelwürmer gelten als die ältesten Wesen der Erde und klingen spannender, als sie sind. Sie ringeln den lieben langen Tag und sind sonst zu nichts nütze. Na ja, außer der Tatsache, dass ihr Speichel Haare wachsen lässt, aber wer hat dafür schon Verwendung ...

Scheußlich-schädliche Schnickschnack, der

Diese winzige, schneckenartige Kreatur ist bis zur Geweihspitze mit tödlichem Gift gefüllt. Es gibt anatomisch gesehen keinen Körperteil, der nicht schädlich für Leib und Seele wäre.

Der Name stammt von Edgar selbst, der ihn während einer dreitägigen Halluzination, ausgelöst durch einen Fieberaal, ersonnen hatte. Da Edgar während dieses wahnhaften Zustandes paralysiert war, hatte er die Möglichkeit die quälende Langsamkeit des Schnickschnacks zu studieren – die Kreatur schaffte eine Strecke von drei Zentimetern innerhalb von 72 Stunden. Damit ist der Scheußlich-schädliche Schnickschnack nicht nur hochtoxisch, sondern auch unfassbar langsam. Mit anderen Worten: der boshafteste und langsamste vorstellbare Tod mit Geweih und Schleimspur.

Werwolf, der *(auch germanisch Mannwolf)*
Ein Mensch, der die Gabe zur Verwandlung in einen Wolf bzw. eine wolfsartige Kreatur besitzt. Dabei unterscheidet man zwei Ausprägungen. Erstens diejenigen, die von Geburt an die Fähigkeit zur Verwandlung haben (durch Vererbung in direkter Linie) und zweitens diejenigen, die von einem Werwolf gebissen wurden und somit selbst verflucht sind.

(Abb. 4, Werwolf)

In beiden Fällen vollzieht sich die Verwandlung bei vollem Mond (lat. luna plena). Obwohl geborene Werwölfe zuweilen etwas mehr Kontrolle über die Metamorphose haben, ist sie in jedem Fall äußerst brutal und schmerzhaft. Oder, um es mit den Worten des selbsternannten Schaustellerkönigs Balthasar C. Engels zu sagen: »Wie soll man nicht dem Wahnsinn anheimfallen, sich nicht tierisch wild und blutrünstig fühlen, wenn unvermittelt Knochen brechen und wieder verheilen; Klauen wachsen und borstige Haare in Sekunden sprießen? Diese Pein mag ich mir nicht in meinen ärgsten Träumen ausdenken. Ja, ich würde rasen und reißen und töten, bis mich die Morgenröte erlöst.«

Wolpertinger, der

Extrem scheue Mischwesen, ursprünglich aus Bayern. Die Anatomie lässt sich nicht festlegen. Es wurden bereits unterschiedlichste Exemplare gesehen: gehörnte Hasen mit Rebhuhnflügeln, Eulen mit Ziegenhörnern und Falkengefieder, aber auch Eichhörnchen mit Entenschnäbeln und Hahnenkämmen.

ANMERKUNGEN DES AUTORS

Das hungrige Glas spielt zu einer Zeit des Umbruchs. 1811 befand sich Deutschland in einer Art Dornröschenschlaf zwischen mittelalterlichem Leben auf dem Land und der Zeit der Aufklärung und Reformation in den großen Städten (man könnte auch sagen, zwischen Aberglauben und neuartigen Erfindungen). Geschichtskundige werden bemerken, dass ich die politische Lage innerhalb Deutschlands weitestgehend ausgeklammert habe. Napoleon Bonapartes Feldzüge, seine Eroberungen sowie die Belagerung und Truppenversorgung der Grande Armée durch das Königreich Preußen habe ich nur dort aufgenommen, wo sie relevant für den Fortgang der Geschichte waren. Das Gleiche gilt auch für den damaligen Stand der Technik. Obwohl Erfindungen wie die Dampfmaschine bereits existierten, habe ich mir die Freiheit erlaubt, diese nach Bedarf zu verändern, um sie zu abenteuerlichen Vehikeln umzufunktionieren, wie sie Jules Verne beschrieben hätte.

Das Szenario von *Das hungrige Glas* ist reine Fiktion. Sämtliche Figuren, Ereignisse und Einzelheiten der Handlung sind frei erfunden.

Viele Personen haben mir dabei geholfen, dieses Buch auf die Welt zu bringen. Einigen möchte ich besonders danken: Michael, dem Mann an meiner Seite, der jede Version dieser Geschichte in den letzten sieben Jahren mit Geduld gelesen hat. Christiane Geldmacher, meiner Erstlektorin, von der ich mehr über das

Schreiben als Handwerk gelernt habe, als von irgendjemandem sonst. Sarah und Johanna – genau ihr! –, die mich mit ihrem Können unterstützt und ihrer Herzlichkeit in den Kreis der Hamburger Nanoaten aufgenommen haben. Dem Schreibnacht-Forum und meinen Writing Buddies, den Brainstormers, die immer ein offenes Ohr für mich haben. Und Andrea Poßberg und Corinna Böckmann vom Südpol Verlag, für ihre Unterstützung und ihren Glauben an Monster.

Sie suchen dich, sie jagen dich, aber du wirst sie kriegen …

ab 12 Jahren

»Pageturner«
boys & books e.V.

»Ein toller dystopischer Jugendroman, der mir sehr viel Spaß gemacht hat. Etwas Liebe, etwas Spannung und eine super Idee.«
Nichtohnebuch

Christine Ziegler

Jaguarkrieger

Der große Krieg liegt mehr als 20 Jahre zurück. Berlin ist weitgehend zerstört und atomar verseucht. Der 16-jährige Will schlägt sich als illegaler Computerspieler durch. Er ist Anführer der Jaguarkrieger, einem erfolgreichen Gamer-Clan. Als ihn die Sicherheitsbeamten aus Sektor 1 in die Enge treiben, muss Will in die aufgegebenen Gebiete fliehen. Doch die Jagd auf ihn geht weiter, bis er sich dem Kampf stellt …

352 Seiten, geb. mit Schutzumschlag, 18,90 €,
148 x 210 mm
ISBN 978-3-943086-80-5

Band 2 der fesselnden Romantasy-Trilogie

ab 13 Jahren

Die große Lovestory zwischen Licht- und Schattenwelt

Christine Ziegler

Anna Konda – Engel der Finsternis (Anna Konda-Trilogie 2)

Halbengel Anna ist hin- und hergerissen zwischen ihrer Sehnsucht nach Leo, dem attraktiven Gehilfen Luzifers, und dem lebenslustigen Surfer Elias. Als beide nach Monaten zeitgleich zurückkommen häufen sich seltsame Vorkommnisse im Kloster – der versiegelte Durchgang zur Unterwelt, der in der Krypta verborgen liegt, hat offenbar Risse bekommen. Bietet er noch ausreichend Schutz vor den Kreaturen der Hölle? Ein geheimnisvolles Zeichen scheint Anna einen Ausweg zu weisen. Doch von welcher Seite kommt es – Himmel oder Holle? Anna weiß nicht mehr, wem sie trauen kann, aber sie wird ihre Familie mit all ihren Gaben beschützen, auch wenn sie sich dafür gegen Leo stellen muss …

384 Seiten, geb. mit Lesebändchen, 18,00 €
ISBN 978-3-96594-090-1

Malu und Papilopulus – das Abenteuer ihres Lebens!

ab 11 Jahren

»Pferde-Schmöker mit Suchtfaktor!«
Volksstimme Magdeburg

»gelungene Mischung aus Spannung, Tierliebe, Freundschaft und ein bisschen Verliebtheit«
ekz-Bibliotheksservice

978-3-943086-48-5

Band 2

978-3-943086-79-9

Band 3

978-3-96594-013-0

Band 4

Ina Krabbe

Funkelsee – Flucht auf die Pferdeinsel

Das Wichtigste für die 13-jährige Malu ist das alte Rennpferd Papilopulus, einsames Überbleibsel des maroden Gestüts Funkelfeld. Doch als die Besitzerin Sybill von Funkelfeld stirbt, muss Malu hilflos mit ansehen, wie ihre Enkelin Lenka das Pferd misshandelt. Malu bleibt nur eins: Um Papilopulus zu retten, muss sie den mysteriösen Schatz vom Funkelsee finden. Aber gibt es den überhaupt? Und wer ist der merkwürdige Junge, der nachts ums Schloss schleicht? Malu kommt einer Verschwörung auf die Spur, die nicht nur ihr eigenes Leben für immer verändern wird …

256 Seiten, 148 x 210 mm, gebunden, 14,90 €
ISBN 978-3-943086-36-2

HAFE
HAUS DER
FAMILIE BRENNER
KATAKOMBEN
SCHLEUSENTURM
WAISENHAUS
RAVENBRÜCK
ANNO 1811